FOLIO POLICIER

Shannon Kirk

Méthode 15-33

Traduit de l'américain
par Laurent Barucq

Denoël

Éditeur original : Oceanview Publishing, USA.

Titre original :

METHOD 15-33

À force de côtoyer meurtriers et délinquants, Shannon Kirk, avocate à Chicago, a décidé de se lancer dans l'écriture de romans policiers. Il faut croire que barreau et stylo font bon ménage, *Méthode 15-33*, son premier roman à paraître en Folio Policier, est un coup de maître !

À Michael et Max, mes amours

« Le développement du cerveau peut être défini comme l'éclosion progressive d'un réseau d'informations puissant et autonome, avec des interactions complexes entre gènes et environnement. »

KARNS, *et al.*, 11 juillet 2012,
« Altered Cross-Modal Processing […] »,
Journal of Neuroscience

1

4e & 5e JOURS DE CAPTIVITÉ

Allongée là le quatrième jour, je planifie sa mort. En énumérant dans ma tête la liste des choses à ma disposition, je trouve du réconfort dans ces préparatifs… *une latte mal fixée, une couverture en laine rouge, une haute fenêtre, des poutres apparentes, une serrure, mon état de santé…*

Je me souviens de ces pensées comme si je les revivais maintenant, comme s'il s'agissait de mes pensées actuelles. Je me dis : *Il est encore là, derrière la porte*, même dix-sept ans après. Peut-être que ces moments resteront toujours ancrés dans mon présent parce que j'ai survécu uniquement grâce à la minutie de chaque heure et chaque seconde passées à élaborer cette rigoureuse stratégie. Durant ces instants de souffrance indélébiles, j'étais vraiment seule. Et je dois le reconnaître aujourd'hui, non sans fierté : ma réussite, ma victoire indéniable, n'était rien d'autre qu'un chef-d'œuvre.

Le quatrième jour, j'avais bien avancé sur ma liste d'items ainsi que sur une ébauche de vengeance

— tout cela sans crayon ni stylo, mais seulement à l'aide du carnet mental qui me servait à réunir les morceaux pour trouver de potentielles solutions. Je me savais confrontée à un vrai casse-tête, mais j'étais déterminée à le résoudre… *une latte mal fixée, une couverture en laine rouge, une haute fenêtre, des poutres apparentes, une serrure, mon état de santé… Comment assembler tout ça?*

Je reconstituais sans cesse cette énigme dans ma tête et cherchais de nouveaux objets à y ajouter. *Mais oui, bien sûr, le seau. Et oui, oui, oui, le sommier à ressorts est neuf, il n'a pas enlevé le plastique. Allez, continue, passe tout en revue, il faut que tu trouves une solution. Des poutres apparentes, un seau, le sommier à ressorts, le plastique, une haute fenêtre, une latte mal fixée, une couverture en laine rouge, le…*

Pour apporter un aspect scientifique à la chose, j'avais associé un numéro à chaque item. *Une latte mal fixée (item n° 4), une couverture en laine rouge (item n° 5), un plastique…* Au début du quatrième jour, ma liste semblait aussi complète que possible. Je me suis dit qu'il m'en faudrait plus.

Les cliquetis sur le parquet en pin à l'extérieur de la chambre qui me servait de cellule m'ont interrompue vers midi. *Il est là, c'est sûr. Le déjeuner.* Le loquet a glissé de gauche à droite, la clé a tourné dans la serrure, et il est entré sans même avoir la décence de s'arrêter un moment sur le pas de la porte.

Comme à tous les autres repas, il a laissé tomber sur mon lit un plateau de nourriture désormais familière, une grande tasse blanche remplie de lait et un gobelet d'eau taille enfant. Aucun ustensile. La part de quiche à l'œuf et au bacon venait se coller à la tranche de pain fait maison sur l'assiette ; un disque de porcelaine orné d'une peinture rose qui représentait une femme avec un pot et un homme portant un chapeau à plume avec un chien. Je frémis en me remémorant la haine irrationnelle que je vouais à cette assiette. Au dos, on pouvait lire « Wedgwood » et « Salvator ». *Ce sera mon cinquième repas sur ce « Salvator », ce salut. Je hais cette assiette. Je la tuerai, elle aussi.* L'assiette, la tasse et le gobelet semblaient être ceux dont je m'étais déjà servie pour le petit déjeuner, le déjeuner et le dîner du troisième jour. Les deux premiers, je les avais passés dans une camionnette.

« Encore de l'eau ? a-t-il demandé de sa voix sourde, abrupte, profonde et monotone.

— Oui, s'il vous plaît. »

Il a commencé à agir ainsi le troisième jour, et je crois que c'est ça qui m'a décidée à mettre mon plan à exécution pour de bon. La question faisait maintenant partie de la routine : il m'apportait mon repas et me demandait si je voulais davantage d'eau. J'ai décidé de répondre « oui » quand il me le demandait et je me forçais à dire « oui » chaque fois, même si cette logique n'avait aucun sens. *Pourquoi ne pas apporter directement un verre plus grand ? Pourquoi un tel manque d'efficacité ? Il s'en va, verrouille la porte, les tuyaux résonnent dans les murs du couloir, on entend un crépitement puis l'eau qui coule du robinet, qu'on ne peut pas voir par le trou de la serrure. Il revient avec un gobelet en plastique rempli d'eau tiède. Pourquoi ?* Je peux vous le dire : il y a beaucoup de choses inexplicables sur cette terre, et la logique derrière le comportement énigmatique de mon geôlier en fait partie.

« Merci », lui ai-je répondu à son retour.

J'avais décidé depuis la deuxième heure du premier jour que j'essaierais de feindre une politesse d'écolière, d'être reconnaissante, parce que je me suis rapidement rendu compte que je pouvais me montrer plus maline que mon ravisseur. *Il doit avoir quarante ans et quelques, il a l'air aussi vieux que mon père.* Je me savais suffisamment intelligente pour vaincre cette horrible créature répugnante, et j'avais à peine seize ans.

Le déjeuner du quatrième jour avait le même goût que celui de la veille. Mais peut-être que la nourriture m'a procuré ce dont j'avais besoin parce que j'ai réalisé que j'avais beaucoup d'autres ressources à ma disposition : du temps, de la patience, une haine éternelle, et j'ai remarqué, tout en buvant le lait dans la grande tasse épaisse qui provenait d'un restaurant, que le seau avait une poignée en métal dont les extrémités étaient coupantes. *Il faut simplement que je retire la poignée. Ça me fera un nouvel item en plus du seau.* Aussi, je me trouvais dans les étages supérieurs du bâtiment, et non sous terre comme je l'avais anticipé durant les deux premiers jours. À en juger par la cime de l'arbre visible par la fenêtre et les trois volées de marches que j'avais dû monter, je devais certainement me trouver au troisième étage. Je comptabilisais cette altitude comme un atout supplémentaire sur ma liste.

Curieux, n'est-ce pas ? Je n'en avais toujours pas marre le quatrième jour. Certaines personnes pourraient penser que le fait de rester cloîtré seul dans une pièce fermée à clé conduit à la démence et aux hallucinations. Mais j'avais de la chance. J'avais passé les deux premiers jours dans un véhicule en mouvement, et par une erreur colossale ou un énorme manque de jugement, mon kidnappeur s'était servi d'une camionnette pour commettre son crime, camionnette pourvue de vitres teintées sur les côtés. Bien sûr, personne ne pouvait voir à l'intérieur, mais moi je pouvais regarder dehors. J'ai étudié la route et je l'ai inscrite dans mon carnet de notes mental ; je ne me suis jamais servie de ces détails, mais le fait de transcrire et de graver ces informations à jamais dans ma mémoire m'a occupé l'esprit pendant des jours.

Si vous me demandiez aujourd'hui, dix-sept ans après, quelles fleurs poussaient le long de la bretelle d'autoroute à la sortie 33, je vous répondrais : des marguerites mêlées à une bonne dose de piloselles orange. Je pourrais vous peindre le ciel, d'un bleu-gris brumeux avec des taches de boue. Je vous rejouerais aussi les changements subits, comme la tempête qui a éclaté deux minutes et quarante secondes après que nous avons dépassé la bordure fleurie, lorsque la masse noire au-dessus de nos têtes s'est fendue en une averse de grêle printanière. Vous verriez alors les grêlons gros comme des pois qui ont forcé mon ravisseur à se garer sous une passerelle, à s'exclamer « bordel de merde » trois fois, fumer une cigarette, envoyer valser le mégot et reprendre la route trois minutes et dix secondes après l'impact du premier morceau de glace sur la carrosserie de cette camionnette criminelle. J'ai transformé ces quarante-huit heures de détails du trajet en un film que je me suis repassé en boucle chaque jour de ma captivité, analysant chaque minute, chaque seconde, la moindre image, pour trouver des indices et des atouts.

La fenêtre latérale de la camionnette et la position dans laquelle il m'avait laissée, c'est-à-dire assise et en mesure d'observer la route, menaient à une conclusion évidente : le responsable de mon emprisonnement était un primate décérébré réglé sur pilote automatique, un drone soldat. Mais j'étais bien confortablement assise dans un fauteuil qu'il avait vissé au plancher du van. Malgré ses nombreuses protestations à l'égard de mon bandeau trop lâche sur les yeux, il était soit trop paresseux, soit trop distrait pour rattacher convenablement le morceau de toile cirée, et j'ai donc pu déterminer notre direction grâce aux panneaux sur le bord de la route : l'ouest.

Il a dormi quatre heures et douze minutes la première nuit. Moi, deux heures et six minutes. Nous avons emprunté la sortie 74 après deux jours et une nuit de route. Ne me demandez pas de vous raconter la honte colossale des pauses toilettes sur des aires de repos désertes.

Vers la fin de notre trajet, la camionnette a ralenti le long de la bretelle de sortie et j'ai décidé de compter par séries de soixante. *Un Mississippi, deux Mississippi, trois Mississippi*… Au bout de 10,2 séries, nous nous sommes garés et le moteur s'est mis à crachoter avant de s'arrêter en tremblotant. *À dix minutes et douze secondes de l'autoroute.* Par-dessus le haut de mon bandeau, j'ai réussi à distinguer un champ dans le gris du crépuscule, éclairé par une bande de pleine lune blanche. Les branches tombantes d'un arbre entouraient le van. *Un saule. Comme celui de Mamie. Mais ce n'est pas la maison de Mamie.*

Il est à côté de la camionnette. Il vient me chercher. Je vais devoir quitter le van. Je ne veux pas quitter le van.

J'ai sursauté en entendant le bruit de frottement de la ferraille et le fracas de la portière qui s'est ouverte en coulissant. *On est arrivés. J'imagine qu'on est arrivés. On est arrivés.* Mon cœur battait aussi vite que les ailes d'un colibri. *On est arrivés.* La sueur s'accumulait sur mon front le long de mes cheveux. *On est arrivés.* Mes bras ont perdu toute leur élasticité et mes épaules se sont raidies pour former un T majuscule avec ma colonne vertébrale. *On est arrivés.* Et mon cœur est reparti de plus belle; j'aurais pu causer un tremblement de terre, provoquer un tsunami, avec une telle cadence.

Une brise campagnarde s'est engouffrée dans le véhicule, comme si elle voulait dépasser mon ravisseur pour me consoler. Pendant un bref instant, je me suis sentie recouverte par une fraîche caresse, mais l'homme a surgi et sa présence a brisé l'enchantement presque aussi vite qu'il était venu. Son visage m'était partiellement masqué, bien sûr, à cause du bandeau qui me bloquait en partie la vue, et pourtant je l'ai senti s'arrêter et me fixer. *De quoi j'ai l'air, selon toi? Simplement d'une jeune fille attachée à un fauteuil avec du ruban adhésif à l'arrière de ton van de merde? Et ça te paraît normal? Espèce d'abruti.*

«Toi, tu cries pas, tu pleures pas et tu me supplies pas, contrairement à toutes les autres», a-t-il dit, en donnant l'impression d'avoir enfin eu la révélation qu'il cherchait désespérément depuis des jours.

J'ai tourné rapidement la tête en direction de sa voix comme si j'étais possédée, pour le mettre mal à l'aise. Je ne suis pas sûre d'avoir réussi, mais je crois qu'il a chancelé en arrière l'espace d'un instant.

« Vous préféreriez que je le fasse ? lui ai-je demandé.

— Ferme ta putain de gueule, espèce de petite connasse. J'en ai rien à foutre de ce que font les salopes dans ton genre », a-t-il répondu, très fort et rapidement, comme s'il se rappelait sa position de force. Étant donné le volume de sa réaction, j'ai déduit que nous étions seuls, où que nous puissions être. *Ça n'annonce rien de bon. Il peut se permettre de crier ici. Nous sommes seuls. Juste tous les deux.*

Comme la camionnette s'est inclinée légèrement, j'ai deviné qu'il s'était cramponné à la portière pour se hisser à l'intérieur. Il a grogné sous l'effort et j'ai pris note de sa pénible respiration de fumeur. *Un gros porc de bon à rien typique.* Des bribes de ses mouvements me parvenaient, et j'ai vu un objet coupant et argenté luire dans sa main sous la lumière du plafonnier. Dès qu'il s'est approché de moi, je l'ai reniflé ; une odeur de vieille sueur, la puanteur de trois jours de transpiration. Son haleine de soupe fétide se répandait dans l'air. J'ai tressailli, je me suis tournée vers la vitre teintée et j'ai bouché mes narines en retenant mon souffle.

Il a tranché le ruban adhésif qui maintenait mes bras attachés au siège et m'a enfilé un sac en papier sur la tête. *Alors, haleine de bouc, t'as enfin compris que le bandeau ne servait à rien ?*

J'avais fini par m'habituer à l'horreur du voyage

dans ce fauteuil, et je ne savais absolument pas ce qui m'attendait. Cependant, je n'ai pas protesté une seconde quand nous nous sommes dirigés vers ce qui devait être une ferme. Les odeurs résiduelles de vaches qui broutent toute la journée et les hauts brins et les tiges qui me fouettaient les jambes m'ont laissé penser que nous passions à travers un champ de blé ou dans du foin.

L'air nocturne du deuxième jour m'a rafraîchi les bras et la poitrine, même à travers mon imperméable noir doublé. Malgré le sac en papier et le bandeau sur mon visage, je distinguais la clarté de la lune qui éclairait notre chemin. Avec son pistolet dans mon dos et moi qui ouvrais la marche à l'aveuglette, la lune comme seul point de repère, nous avons piétiné au milieu des tiges de céréales américaines qui montaient jusqu'aux genoux pendant une autre série de soixante secondes. Je levais bien haut les pieds comme pour m'aider à compter ; lui me suivait avec la démarche traînante d'un criminel armé. Ainsi sonnait notre défilé de deux personnes : *un, swish, deux, swish, trois, swish, quatre*.

Je comparais ma triste marche à la noyade des matelots condamnés à la planche et je considérais mon premier atout : *la terre ferme.* Puis le terrain a changé et je ne pouvais plus sentir la présence de la lune. Le sol s'est amolli sous mes pas inutilement lourds et forcés, et j'ai supposé, à cause du nuage de poussière sèche qui entourait mes chevilles nues, que je me trouvais à présent sur un chemin de terre isolé. De part et d'autre, des branches d'arbres me griffaient les bras.

Pas de lumière + pas d'herbe + chemin de terre + arbres = Forêt. Ça n'annonce rien de bon.

Mon cœur et le pouls dans ma gorge m'ont semblé battre à des rythmes différents au moment où je me suis souvenue de l'histoire d'une autre adolescente au journal télévisé du soir : ils l'avaient retrouvée dans les bois dans un autre État, loin du mien. Sa tragédie me semblait alors si vague, si éloignée de la réalité. On lui avait coupé les mains, on avait pris son innocence et balancé sa carcasse dans un trou peu profond. Le pire dans cette histoire, c'étaient les traces de coyotes et de cougars qui avaient prélevé leur part sous le regard diabolique des chauves-souris et l'œil lugubre des chouettes. *Arrête ça… compte… rappelle-toi de compter… retiens les chiffres… concentre-toi…*

Ces horribles pensées m'ont fait perdre le fil. *Je ne sais plus à combien j'en suis.* Mettant de côté ma terreur, j'ai rassemblé mes esprits, j'ai pris une grande bouffée d'air et j'ai forcé le colibri qui battait dans ma poitrine à ralentir, comme mon papa me l'avait appris lors de nos séances de jiu-jitsu et de tai-chi père-fille, mais aussi comme l'indiquaient les livres de médecine que je gardais dans mon laboratoire, à la cave.

Au vu de ma courte crise de panique en entrant dans les bois, j'ai ajouté trois chiffres à mon compte. Après une nouvelle série de soixante dans la forêt dense, nous nous sommes retrouvés sur de l'herbe rase, à nouveau sous la lueur sans entrave de la lune. *Ce doit être une clairière. Ce n'est pas une clairière. Qu'est-ce que c'est? C'est du bitume. Pourquoi est-ce qu'on ne s'est pas garés là? La terre ferme, la terre ferme, la terre ferme.*

Nous sommes tombés sur une autre parcelle d'herbe courte puis nous nous sommes arrêtés. Un cliquetis de clés s'est fait entendre et une porte s'est ouverte. Avant d'oublier les chiffres, j'ai calculé et enregistré le temps total de la camionnette jusqu'à cette porte : *une minute et six secondes de marche.*

Je n'ai pas pu inspecter l'extérieur du bâtiment dans lequel nous sommes entrés, mais j'ai imaginé une ferme blanche. Mon ravisseur m'a tout de suite fait monter l'escalier. *Un étage, deux étages*… En arrivant au troisième, nous avons tourné à quarante-cinq degrés vers la gauche et fait trois pas avant de nous arrêter à nouveau. Les clés ont fait un bruit sec et métallique. Un verrou a tourné. Une serrure s'est ouverte. Une porte a grincé. Il m'a retiré le sac en papier et le bandeau et m'a poussée dans ma cellule, une chambre de trois mètres cinquante sur sept, sans issue.

La lune éclairait la pièce par une haute fenêtre triangulaire sur le mur à droite de la porte. Devant se trouvait un matelas de cent soixante centimètres de large sur un sommier à ressorts, posé à même le sol, mais curieusement ceint d'un cadre en bois avec des bordures, des lattes, des barreaux… Comme si quelqu'un n'avait pas eu la force de finir le travail ou bien avait simplement oublié les planches sur lesquelles poser le sommier et le matelas. Le lit ressemblait à une toile pas encore fixée, qu'on aurait seulement posée de travers dans son cadre. Un couvre-lit en coton blanc, un oreiller et une couverture en laine rouge ornaient cette couche de fortune.

Au plafond couraient trois poutres apparentes, parallèles à la porte : une au-dessus du seuil, une autre qui coupait la pièce rectangulaire en deux, et la troisième au-dessus de mon lit. Le plafond suivait la courbe du toit; ainsi, grâce aux poutres, on pouvait certainement se pendre — si on le désirait. Il n'y avait rien d'autre. Sinistrement propre et vide, avec pour seule décoration un sifflement étouffé. Même un moine se serait senti démuni dans ce néant.

Je me suis tout de suite dirigée vers le matelas, tandis qu'il me pointait du doigt un seau en guise de toilettes si j'avais besoin de «pisser ou chier» la nuit. Lorsqu'il est sorti, la lueur de la lune s'est intensifiée, comme pour relâcher elle aussi tout l'air qu'elle avait emmagasiné dans ses poumons astraux. Dans la pièce mieux éclairée, je me suis laissée tomber en arrière, épuisée, et j'ai analysé l'avalanche d'émotions que j'avais ressenties. *Depuis la camionnette, tu es passée par l'angoisse, la haine, le soulagement, la peur, puis plus rien. Rends-lui la pareille, sinon tu ne t'en sortiras pas.* Comme pour n'importe quelle autre de mes expériences, il me fallait une constante; la seule dont je disposais était la ferme indifférence que je m'efforçais de garder, ainsi qu'une bonne dose de mépris et de haine insondable au cas où j'aurais eu besoin de ces ingrédients pour conserver ladite constante. Étant donné tout ce que j'ai vu et entendu pendant ma captivité, ces éléments supplémentaires se sont bel et bien révélés nécessaires. Et faciles à obtenir.

S'il y a bien un talent que j'ai pu perfectionner quand j'étais enfermée (qu'il ait germé par une intervention divine, par osmose après avoir vécu dans le monde métallique de ma mère, grâce aux enseignements de mon père en matière d'autodéfense ou encore par l'instinct naturel inhérent à mon état de santé), c'était le fait de me comporter en vrai général : une attitude calme, froide, hostile, calculatrice et vengeresse.

Ce degré de détachement n'était pas nouveau chez moi. Déjà, à l'école primaire, un conseiller d'orientation avait insisté pour que l'on m'examine, car l'administration s'inquiétait de mon manque de réactions et de mon apparente incapacité à ressentir la peur. Ma maîtresse de CP était préoccupée parce que je n'avais pas sursauté, gémi, hurlé ni pleuré — comme tous les autres — lorsqu'un homme armé avait ouvert le feu dans notre salle de classe. Au lieu de ça, comme le montrent les vidéos de surveillance, j'avais examiné ses crises de nerfs, ses montées de sueur, son visage grêlé, ses pupilles dilatées, ses yeux qui furetaient frénétiquement, ses bras marqués et, Dieu merci, sa précision désastreuse. Je m'en souviens encore aujourd'hui, la réponse semblait évidente : il était camé, nerveux, shooté aux acides ou à l'héroïne ; j'en connaissais les symptômes. Derrière le bureau de la maîtresse, sur une étagère, se trouvait le porte-voix pour les situations d'urgence, sous l'alarme incendie, et je me suis dirigée vers les deux. Avant de tirer l'alarme, j'ai hurlé « ATTAQUE AÉRIENNE ! » dans le mégaphone d'une voix aussi grave que possible pour une enfant de six ans. Le junky s'est jeté au sol, recroquevillé dans une mare d'urine, car il se faisait dessus.

La vidéo, qui a placé au premier plan la question de mon évaluation psychologique, montrait mes camarades de classe qui braillaient en petits groupes, ma maîtresse à genoux qui implorait Dieu au-dessus de sa tête, et moi, perchée sur un tabouret, qui jouais avec la gâchette du mégaphone sur ma hanche comme si je dirigeais toute l'opération. Mes couettes pendaient sur le côté de ma tête penchée, je tenais d'un bras le mégaphone contre mon ventre d'enfant grassouillet, de l'autre mon menton, et j'arborais un léger sourire de pair avec le quasi-clin d'œil à l'attention des policiers qui se sont jetés sur l'agresseur.

Néanmoins, après une série d'examens, le psychiatre pour enfants a dit à mes parents que j'étais parfaitement capable de ressentir des émotions, mais aussi que je savais très bien supprimer les pensées inutiles ou peu productives. « Un scanner cérébral montre que son lobe frontal, la zone qui gère le raisonnement et l'organisation, est plus grand que chez quatre-vingt-dix-neuf pour cent des gens. Et même cent un pour cent, si vous voulez mon avis. Votre fille n'est pas une sociopathe. Elle comprend les émotions et choisit de les ressentir. Mais elle peut également choisir de ne pas le faire. Elle m'a dit qu'elle avait une sorte d'interrupteur interne qu'elle peut actionner à n'importe quel moment pour ressentir des choses comme la joie, la peur ou l'amour. » Il a toussé, émis un petit « hum », avant de reprendre : « Écoutez, je n'ai jamais eu de patient comme elle auparavant. Mais on n'a pas besoin de regarder plus loin qu'Einstein pour comprendre à quel point on ignore les limites du cerveau humain. Certains disent que nous ne maîtrisons qu'une petite partie de notre potentiel. Votre fille a, disons, réussi à maîtriser quelque chose. Quant à savoir si c'est une bonne nouvelle ou une malédiction, je n'en ai aucune idée. » Ils ne savaient pas que j'écoutais à travers la serrure de la porte de son cabinet. J'ai enregistré chaque mot sur le disque dur de mon esprit.

Le passage sur l'interrupteur est partiellement vrai. J'ai peut-être simplifié. Il s'agit plus d'un choix, mais comme les choix mentaux sont difficiles à expliquer, j'ai parlé d'interrupteur. Au moins, j'ai eu de la chance de tomber sur un aussi bon docteur. Il m'a écoutée, sans me juger. Il m'a crue, sans émettre de doutes. Il croyait dur comme fer aux mystères médicaux. Le jour du dernier rendez-vous, j'ai enclenché l'interrupteur et je lui ai fait un câlin.

Ils m'ont examinée pendant quelques semaines, ont pris quelques notes, et mes parents m'ont replongée d'un coup dans un monde à peu près normal : je suis retournée en CP et j'ai construit un laboratoire dans la cave.

Le troisième jour de ma captivité — soit le premier jour hors de la camionnette —, on a entamé la mise en place d'une routine. Trois repas par jour, servis par lui, dans cette foutue assiette en porcelaine, du lait dans une tasse blanche, un petit gobelet d'eau, suivi d'un verre d'eau tiède plus grand. Après chaque repas, il venait chercher le plateau vide, la tasse et les verres, et me rappelait de ne frapper que si j'avais besoin des toilettes. Si je n'obtenais pas de réponse assez vite, « utilise le seau ». Je ne me suis jamais servie du seau. Ou plutôt : je ne me suis jamais servie du seau pour faire mes besoins.

À partir de là, notre processus naissant était ponctuellement interrompu par quelques visiteurs, et oui, j'avais les yeux correctement bandés lors des visites, alors je n'ai pas pu déterminer leur identité complète. Mais après ce qui s'est passé le dix-septième jour, j'ai commencé à faire la liste de tous les petits détails pour pouvoir me venger, non seulement de mon ravisseur, mais aussi de mes visiteurs de cellule. Les gens dans la cuisine à l'étage du dessous, en revanche, je ne savais pas quoi en penser. Mais il ne faut pas que j'aille trop vite pour l'instant.

Mon premier visiteur est venu le troisième jour. Probablement un médecin, il avait les doigts froids. Je l'ai étiqueté « le Docteur ». Mon deuxième visiteur est venu le quatrième jour, accompagné du Docteur qui a annoncé : « Elle se porte bien, tout compte fait. » D'une voix étouffée, l'autre a dit : « Alors c'est elle ? » Je l'ai donc étiqueté « M. Perspicace ».

Avant de partir, le Docteur a conseillé à mon geôlier de me garder au calme et de me laisser de la tranquillité. Mais rien n'a changé pour m'offrir calme et tranquillité jusqu'à la fin du quatrième jour, lorsque j'ai demandé les items n° 14, 15 et 16.

Ainsi, alors que la nuit commençait à tomber sur mon quatrième jour de captivité, le plancher a grincé de nouveau. À travers l'item n° 8, la serrure, je prenais note de l'heure : *le dîner*. Il a ouvert la porte et m'a tendu le plateau garni de l'assiette au motif absurde, la tasse de lait et le gobelet d'eau. *Encore de la quiche et du pain.*

« Tiens.

— Merci.

— Encore de l'eau ?

— Oui, s'il vous plaît. »

Il ferme la porte, les tuyaux résonnent, l'eau coule,

il revient : encore de l'eau. *Pourquoi, pourquoi, pourquoi est-ce qu'il fait ça?*

Il s'est retourné pour sortir.

Le menton sur la poitrine et de la voix la plus soumise et insipide possible, j'ai dit : « Excusez-moi, je n'arrive pas à dormir et je me demandais si c'était possible… voilà, si je pouvais regarder la télévision, écouter la radio, lire, ou même dessiner, un crayon avec du papier, peut-être que… ça m'aiderait ? »

Je m'attendais à une réplique brutale, et même à un accès de violence physique pour mon insolence.

Il m'a regardée, a grogné et quitté la pièce sans prêter attention à ma requête.

Environ quarante-cinq minutes plus tard, j'ai entendu le grincement désormais familier du plancher. Je me suis dit qu'il revenait, selon la routine, pour récupérer l'assiette, la tasse et les gobelets. Mais lorsqu'il a ouvert la porte, il tenait contre son large torse un vieux poste de télévision dix-neuf pouces, une radio d'environ trente centimètres sortie d'un vide-greniers, ainsi qu'un bloc de feuilles sous le bras gauche et une trousse d'écolier en plastique plutôt longue. La trousse, rose avec deux chevaux dessinés sur le côté, ressemblait à celles qu'on achetait pour la rentrée des classes et qu'on perdait dès la première semaine. Je me suis demandé si j'étais dans une école. *Si c'est le cas, elle doit être abandonnée.*

« Arrête de me demander des trucs », a-t-il dit en tirant d'un coup sec sur mon plateau, sur lequel les récipients vides se sont entrechoqués et renversés. En partant, il a claqué la porte. Des bruits. Il faisait toujours des bruits insupportables.

Sans m'attendre à grand-chose, j'ai ouvert la fermeture éclair de la trousse rose, pensant y trouver un bête crayon mal taillé.

J'y crois pas. Non seulement il y a deux crayons neufs, mais aussi une règle de trente centimètres et un taille-crayon. Le taille-crayon noir arborait le nombre 15 sur le côté. J'ai immédiatement pris note de l'utilité de cet objet, que j'ai étiqueté item n° 15, et plus particulièrement la lame à l'intérieur. *L'item n° 15 se présente déjà étiqueté.* J'ai souri à l'idée saugrenue que le taille-crayon avait intégré mon plan intentionnellement, comme un fidèle soldat qui prend son service, et j'ai décidé que « 15 » constituerait au moins une partie du nom de ma méthode d'évasion.

Pour faire sentir à mon ravisseur que j'avais apprécié son geste, j'ai branché l'item n° 14 — la télévision — et j'ai fait semblant de la regarder. Évidemment, je me fichais de son petit ego, mais il faut mettre en place ce genre de ruses pour tromper l'ennemi, pour l'endormir et le border dans ses faiblesses et ses insécurités, jusqu'à ce que vienne le moment de refermer le piège, de tirer sur la corde et de frapper d'une main prompte et mortelle. Bon, peut-être pas vraiment prompte, mais un peu traînante. *Il faut qu'il souffre, rien qu'un petit peu.* J'ai enlevé la poignée du seau pour me servir de ses extrémités pointues comme d'un tournevis.

Aucune créature dans la maison ou dans les champs avoisinants n'était plus éveillée que moi cette nuit-là. Même la lune a rétréci en un fin morceau d'aurore pendant que je travaillais toute la quatrième nuit durant.

Il n'a pas remarqué la subtile différence dans ma cellule lorsqu'il est venu m'apporter le petit déjeuner le cinquième jour, toujours sur cette même assiette hideuse. Au déjeuner, j'ai dû me retenir de pouffer quand il m'a demandé si je voulais encore de l'eau.

« Oui, s'il vous plaît. »

Il n'avait aucune idée de ce qui l'attendait, ni de jusqu'où j'étais capable d'aller pour obtenir justice.

Je me fiche de ce qu'ont dit les journaux à l'époque, je n'ai pas fugué. Évidemment. Pourquoi j'aurais fait ça ? Bien sûr qu'ils étaient en colère. Ils étaient furieux, mais ils m'auraient soutenue. C'étaient mes parents, et moi leur fille unique.

« Mais tu es une élève brillante ! Comment vas-tu faire pour l'école ? » m'a demandé mon père.

Ils étaient encore plus stupéfaits à la clinique quand ils ont appris que j'avais caché mon état de santé pendant sept mois.

« Comment ça, elle est enceinte de sept mois ? » a dit ma mère à l'obstétricien, même si son ton n'allait pas du tout avec la manière dont ses yeux regardaient mon indéniable silhouette.

En fait, je n'avais pas simplement « pris un peu de poids », j'avais développé une véritable sphère parfaitement ronde sous ma poitrine alors gonflée. Honteuse de son aveuglement, Maman a baissé la tête et sangloté. Mon père a timidement posé une main sur son épaule, incertain de ce qu'il fallait faire avec cette femme qui ne versait que rarement une larme. Le médecin m'a regardée, la bouche en cul-de-poule mais avec bienveillance, puis il a changé de sujet pour parler de l'avenir proche. « Il faut que nous la revoyions la semaine prochaine. Je voudrais faire quelques examens. Veuillez passer au secrétariat pour prendre rendez-vous. »

Si seulement j'avais su à l'époque ce que je sais maintenant, j'aurais été plus perspicace et je me serais rendu compte de la chose en temps réel. Au lieu de ça, j'étais trop absorbée par la déception de mes parents pour réaliser la duplicité derrière le regard de la secrétaire ou le brouillard de chlorophylle qui entourait sa présence déplacée. Mais je m'en souviens à présent ; j'avais enregistré cette information dans mon subconscient à ce moment-là. Tandis que nous nous approchions d'elle, la femme aux cheveux blancs attachés en un chignon serré, aux yeux verts et aux joues faussement roses s'est adressée à ma mère.

« Quand est-ce que le docteur a dit qu'il fallait qu'elle repasse ?

— La semaine prochaine. »

Mon père survolait la scène et passait la tête derrière ma mère ; leurs jambes se superposaient, de sorte qu'ils ressemblaient à un dragon bicéphale.

Maman a fouillé dans son sac d'une main tout en fermant et en rouvrant frénétiquement l'autre près de sa cuisse comme si elle serrait une balle antistress invisible. La secrétaire a étudié son emploi du temps.

« Mardi prochain à deux heures, ça vous conviendrait ? Oh, mais non, j'imagine qu'elle sera à l'école, non ? Elle va à Prospect High ? »

Maman déteste les discussions insignifiantes. En temps normal, elle aurait ignoré, voire méprisé, la question inutile concernant mon lycée. En temps normal, elle aurait répondu à une telle question superflue par une réplique cinglante comme : « Qu'est-ce que ça peut faire, où elle va au lycée ? » Elle est très versatile et n'a aucune patience pour la bêtise et les gens qui lui font perdre son temps. Hargneuse, très efficace, précise, méthodique et pleine de mépris, voilà ses qualités : elle est avocate. Mais ce jour-là elle n'était qu'une mère bouleversée, et elle a répondu rapidement à la question tout en parcourant son agenda.

« Oui, oui, elle va à Prospect High. Trois heures et demie, ça irait ?

— Parfait. Alors disons trois heures et demie mardi prochain.

— Merci. » Maman n'écoutait qu'à peine, à ce moment-là, et elle nous a rapidement fait sortir de la clinique, mon père et moi. La secrétaire, elle, continuait à nous observer, et je l'observais nous observer. À l'époque, je me suis dit qu'elle ne faisait que s'alimenter en ragots au sujet de la « malencontreuse » grossesse d'une adolescente « de bonne famille ».

Elle avait notre adresse grâce à mon dossier, bien sûr, et elle venait d'apprendre que je n'étudiais pas dans les écoles privées du coin, ce qui voulait dire qu'elle savait que j'habitais à un pâté de maisons du lycée public. Elle pouvait donc correctement conclure que je m'y rendais à pied, le long d'une route de campagne très boisée. Comme un cadeau déjà emballé, je semblais être la cible idéale aux yeux de cette éclaireuse. Derrière ses yeux plissés de froide calculatrice et son nez crochu, elle a dû mettre les choses en route à la seconde où nous avons quitté la clinique. Peut-être que ma mémoire me trahit et que je me fais des idées, mais dans mon esprit je la revois en train de décrocher le téléphone et dissimuler ses lèvres roses pour parler. Sur cette image, ses yeux verts ne quittent jamais le regard que je lui rends.

Maman aurait certainement remarqué bien plus tôt la progression de mon état de santé si elle n'avait pas été absente pendant près de trois mois pour un procès dans le sud de New York. Elle est rentrée un week-end, mais je m'étais assurée d'être « partie faire du ski avec une amie dans le Vermont ». Une fois, mon père a pris le train pour aller la voir. Je suis restée à la maison, sans surveillance mais on me faisait confiance, pour faire mes devoirs et finir quelques expériences dans mon labo au sous-sol.

Détrompez-vous, ma mère nous aime. Mais nous savions, mon père et moi, qu'il valait mieux la laisser tranquille quand elle était « en mode procès », un état de guerre dans lequel elle ne voyait rien d'autre que son unique mission, remporter l'affaire, ce qui arrivait 99,8 pour cent du temps. Une belle statistique. Les entreprises l'adoraient. Les plaignants la détestaient. Les branches d'investigation du département de la justice, de l'organisme de contrôle des marchés financiers, et le bureau du procureur général la considéraient comme « le diable en personne ». Les journaux libéraux la calomniaient régulièrement, ce qui ne faisait qu'augmenter son nombre de clients et renforcer son image de faiseuse de pluie. « Cruelle », « sans limites », « infatigable », « une conspiratrice sans pitié », tels étaient les termes qu'ils employaient ; elle encadrait les articles et les accrochait aux murs de son cabinet pour décorer. Est-ce qu'elle est cruelle ? Personnellement, je la trouve plutôt douce.

Mon père n'aurait jamais soupçonné mon poids grandissant car il ne remarquait les détails que sur les choses minuscules et indétectables, comme les particules et les protons. Ancien commando de marine devenu physicien, il s'est spécialisé dans la radiologie médicale. À ce moment-là, il travaillait d'arrache-pied sur un livre qu'on lui avait demandé d'écrire sur l'usage des ballons de radiations pour soigner le cancer du sein. Je me souviens qu'il ne voyait lui aussi rien d'autre que son objectif à l'époque. Ma mère en mode procès, mon père face à un délai de publication. Au milieu de ce nuage d'absence parentale parfait, mon état de santé passait inaperçu dans leurs vies mouvementées. Mais il ne s'agit pas là de parler de faute. Il s'agit de la réalité. Je me suis mise dans cette situation moi-même. C'est moi, avec l'aide de quelqu'un d'autre bien sûr, qui suis tombée enceinte. Et je n'ai jamais regretté ce que certains appellent un « accident » ; moi pas, mais certains, si.

Sur le chemin du retour de la clinique, dans la voiture, je suis restée silencieusement assise à l'arrière autant que possible. Mes parents se tenaient la main et se consolaient, sans accuser personne, à l'avant. J'imaginais que Maman souffrait de culpabilité maternelle et j'essayais de lui expliquer que sa carrière n'avait rien à voir avec mon état de santé. « Maman, je n'avais pas prévu ça, mais je te jure que ça serait arrivé même si tu étais restée à la maison tous les jours pour faire des brownies. Il y a en moyenne 0,02 pour cent de risques que les préservatifs en latex ne soient pas efficaces, et... » J'ai marqué une pause parce que mon père a émis un bruit pour exprimer sa gêne, avant de reprendre quand même ; après tout, la science se doit d'être objective. « La vie trouve son chemin, même avec les plus petites chances de succès. Je continue à avoir d'excellentes notes. Je ne me drogue pas. Je vais aller au bout de mes études. J'ai juste besoin de votre aide. »

Comme je m'y attendais, j'ai reçu une litanie de leçons prévisibles sur la déception, à quel point je n'étais pas prête pour une telle responsabilité, et comment je m'étais compliqué la vie à un moment où j'aurais mieux fait de profiter de mon insouciance et de me trouver une université.

« Je ne comprends simplement pas pourquoi tu ne m'en as pas parlé plus tôt, et la façon que tu as choisie pour nous l'annoncer. Je… je ne comprends pas », a dit Maman, les yeux affaiblis et noircis par une déprime que je n'avais jamais vue chez elle. J'en conviens, la manière dont je lui ai révélé ma grossesse était un peu, disons, brute. Mais je m'avance un peu trop pour l'instant.

Lorsqu'elle me demandait pourquoi je ne le lui avais pas dit plus tôt, je ne lui répondais jamais parce que, franchement, je n'arrivais pas à trouver une réponse qui lui aurait convenu. Quand on oublie souvent de mettre en route ses sentiments, on agit selon les faits seuls, selon ce qui est préférable. La vérité était la suivante : j'étais enceinte, et je ne trouvais pas utile de la déranger dans son procès. Je comprends que ça puisse être dur à comprendre. Peut-être que mon histoire permettra d'expliquer mes pensées, aux autres et à moi-même. Ce que j'ai fait et ce que je n'ai pas fait.

« Nous t'aimons quoi qu'il arrive, très fort. On va s'en sortir. On va s'en sortir ensemble », a-t-elle dit. Elle répétait ce mantra, « On va s'en sortir », en murmurant tandis qu'elle se forçait à agir durant le reste de la semaine. Et, en se calmant, elle s'est réfugiée dans son havre de paix : la stratégie minutieuse. À un moment, elle a même appelé son cabinet pour dire qu'elle ne reviendrait pas avant le lundi suivant. Elle s'est procuré toutes les vitamines nécessaires aux femmes enceintes et a transformé la bibliothèque en chambre d'enfant. J'ai fait tout ce qu'elle m'a dit de faire, soulagée et reconnaissante de son soutien mais aussi, dans les moments libres où je pouvais tester l'interrupteur qui contrôlait ma peur, plus terrifiée que jamais.

Le lundi suivant ma visite à la clinique, la veille de mon nouveau rendez-vous avec le gynécologue, j'ai enfilé mon imperméable noir doublé et j'ai attrapé un parapluie avant de partir pour l'école. Mon sac à dos était rempli de livres, d'un pantalon en lycra, un soutien-gorge de sport, des chaussettes et des sous-vêtements de rechange ; tout ça pour aller à un cours de yoga où je n'étais pas encore inscrite. J'avais omis de signaler ce petit détail à mes parents durant mes mois de mensonge involontaire, car je voulais faire du yoga sur les conseils d'un livre sur la grossesse que j'avais piqué à la bibliothèque. Tout ça pour dire qu'aux yeux de quiconque ignorant cette information, on aurait dit que je partais avec quelques affaires.

Quoi qu'il en soit, j'ai enfilé mon sac à dos sur mes épaules et je me suis dirigée vers la porte, où je me suis arrêtée. *Mince, j'ai oublié les punaises et la teinture à cheveux pour le cours d'arts plastiques. Et mon déjeuner aussi. Je ferais mieux d'en prendre deux, pour ne pas m'évanouir sous l'effort.* Sans refermer la porte, je suis retournée au comptoir en bois de la cuisine, j'ai attrapé les punaises — un gros paquet qui provenait du stock de fournitures du cabinet de ma mère —, la teinture et je les ai balancés dans mon sac, que j'ai jeté sur le plan de travail. J'ai ensuite préparé quatre sandwichs au beurre de cacahuètes et à la confiture, je les ai mis dans le sac, et, comme je n'avais pas le temps de tout trier, j'ai ajouté en vrac une boîte entière de cacahuètes, quelques bananes et une bouteille de deux litres d'eau. Seize ans et enceinte, j'aimerais bien vous y voir. Parfois ça donne faim, d'accord ?

Avec mon lourd fardeau sur le dos et mon gros ventre, je ressemblais à un cercle mal dessiné avec des bâtonnets en guise de jambes. J'ai repris mon chemin, en équilibre instable à cause du poids additionnel, et je suis sortie sur le gravier de l'allée. Arrivée à la boîte aux lettres, pour une raison inconnue, j'ai senti le besoin de faire une pause pour regarder la maison — marron, mansardée, à l'ombre d'une forêt de pins. La porte d'entrée rouge. Je crois que je voulais m'assurer que les voitures de mes parents étaient bien parties et qu'ils étaient bien retournés au travail, à leur vraie vie. Peut-être que je trouvais du réconfort à l'idée qu'ils continuaient leur routine malgré le bouleversement familial.

À l'extrémité de l'allée, j'avais le choix de tourner à droite ou à gauche : l'entrée principale de mon école d'un côté, l'entrée arrière de l'autre. J'avais chronométré le temps de trajet une fois, le chemin de gauche prenait trois minutes trente, celui de droite trois minutes cinquante, porte à porte. Je choisissais donc chaque matin de prendre un chemin ou l'autre, à l'intuition. Ce lundi-là, mon intuition s'est bien plantée.

J'ai pris à droite et j'ai continué mon chemin sous mon parapluie noir en direction des voitures. De grosses gouttes de pluie bombardaient mon abri et le sol autour de moi, comme si on avait déclenché une attaque aérienne ou si le tireur était revenu. Dès que j'entendais des coups de feu comme ça, je repensais à ma classe de CP, et donc au signal d'alarme et à l'agréable vision des policiers qui se jettent les uns après les autres sur l'homme armé. Distraite par la route et perdue dans un souvenir macabre, je n'ai pas remarqué que cette rude matinée grise et humide avait des airs de prélude, de mauvais présage.

Si j'avais pris le chemin de gauche, il n'aurait jamais pu arrêter la camionnette à mon niveau et me prendre par surprise. Il aurait trop attiré l'attention sur lui, car il n'avait que cinq secondes pour me tirer à l'intérieur du véhicule sans se faire voir. Ils avaient tout prévu. Je pense qu'ils s'étaient entraînés. D'après moi, ils avaient dû penser que je valais le coup. Une jeune fille blonde en bonne santé avec un bébé en bonne santé dans le ventre. Une jeune Américaine avec beaucoup de récompenses scolaires, issue d'une famille riche, vouée à une brillante carrière scientifique. J'avais reçu des prix pour mes recherches avancées, mes démonstrations, mes maquettes et mes exposés. Chaque été depuis mes six ans, j'allais dans des camps de vacances scientifiques, et tous les ans je m'inscrivais à des concours privés. Avec l'aide de mes parents, j'avais installé un laboratoire doté d'équipement dernier cri au sous-sol de la maison. Les microscopes standards n'avaient pas leur place dans mon monde. Mon matériel provenait des mêmes catalogues que ceux utilisés par les grandes universités et les compagnies pharmaceutiques internationales. J'étudiais, je mesurais, je comptais, je calculais tout. Que ce soit en physique, en chimie, en médecine, en microbiologie, j'adorais toutes les démarches qui impliquaient de la rigueur, des comparaisons, des calculs, et des hypothèses à prouver. On me gâtait par ce hobby scientifique, très apprécié des parents occupés avec de l'argent à dépenser. Il ne faisait aucun doute que j'irais étudier au prestigieux MIT. Au moment de l'enlèvement, je me suis dit : *Nous sommes précieux, mon bébé et moi.* Cependant, à mon grand désarroi, j'ai rapidement découvert la dure vérité : on ne voulait pas de nous pour nos cerveaux, ni pour une rançon.

Au bout d'une vingtaine de pas sur mon trajet quotidien, un van bordeaux est apparu furtivement, couvert par le bruit du tonnerre. La porte latérale s'est ouverte en coulissant, et un homme bedonnant m'a attirée à l'intérieur, sur ma gauche. Aussi simple que ça. Aussi rapide que ça. Il m'a jetée dans un fauteuil, vissé à même le sol en tôle ondulée de la camionnette. Il m'a collé un pistolet si près du visage que le métal a touché mes dents ; j'ai eu l'impression de mordre dans une fourchette par inadvertance, d'avoir ce genre de goût qui reste en bouche. Une voiture est passée en trombe à côté de nous en éclaboussant le trottoir, sans se rendre compte de ma détresse. Instinctivement, j'ai placé mes mains en croix sur mon ventre. Il a suivi mon geste du regard et a pointé le canon du pistolet sur mon nombril.

« Bouge pas d'un putain d'orteil, sinon je flingue le bébé. »

Complètement paralysée, je me suis mise à suffoquer. Mon cœur s'est même arrêté, malgré ses battements violents. Je n'ai pas l'habitude d'être secouée comme ça ; je ne tressaille que dans les vrais moments de choc, et mon cœur s'emballe. Pendant une grande partie de ma captivité, j'ai appris à pallier ce défaut. Mais dans la camionnette, affaiblie et envahie par l'émotion, je suis restée assise sans bouger pendant qu'il me poussait en avant, qu'il arrachait le sac de mes épaules et le jetait au sol à côté de mon parapluie ouvert. Il a posé son arme sur une cuisinière vert olive, maintenue en place sur le côté opposé du véhicule par une série de tendeurs. Puis il m'a décollé les bras du ventre pour m'attacher les poignets aux accoudoirs du fauteuil avec du ruban adhésif. Pour une raison inconnue, que je n'ai toujours pas comprise, il a saisi un vieux chiffon vert pour me bander négligemment les yeux. *Mais j'ai déjà vu ton visage. Ton visage bouffi, tes yeux noirs et perçants, ta barbe de trois jours inégale et ta peau affreuse.*

J'ai été enlevée aussi vite que ça. J'ai été enlevée parce que j'ai choisi le chemin de droite. On m'a attaquée par la gauche.

Il a fermé le parapluie, l'a balancé au fond du van, a ramassé son pistolet et s'est faufilé tant bien que mal jusqu'au siège conducteur. Je n'ai rien vu de tout ça, mais je l'ai senti, entendu, dans les microfilaments de l'air, dans les microdécibels suspendus aux fractions des secondes. Ces particules subatomiques se bousculent cycliquement dans ma mémoire encore aujourd'hui.

« Où est-ce que vous m'emmenez ? » lui ai-je crié.

Il n'a rien répondu.

« Combien voulez-vous ? Mes parents paieront. Je vous en supplie, laissez-moi partir.

— On veut pas de ton pognon, connasse. Tu vas accoucher de ce bébé pour nous, et je vais te balancer au fond de la carrière avec les autres salopes inutiles. Maintenant tu la fermes ou je te jure que je te bute tout de suite. J'ai pas besoin de ton fric. T'as compris ? »

Je n'ai pas répondu.

« T'as compris, putain ?

— Oui. »

Tels étaient les faits. J'ai posé un pied sur mon sac pour éviter qu'il glisse.

2

AGENT SPÉCIAL ROGER LIU

Je travaillais au FBI depuis quinze ans lorsqu'ils m'ont attribué le dossier 332578, l'affaire Dorothy M. Salucci. Les enlèvements d'enfants faisaient partie de mon quotidien, et Dieu sait qu'ils m'ont pourri la vie. Quant à Dorothy M. Salucci, son cas reste le plus difficile à résoudre de toute ma carrière. À cause d'elle, j'ai fini par quitter le FBI. Quinze ans d'enfer, c'est bien assez.

Autant commencer par le commencement.

Le 1er mars 1993, j'ai reçu un appel au sujet d'une adolescente enceinte, enlevée devant son lycée. Les détails rappelaient des affaires similaires sur lesquelles j'avais travaillé au cours de l'année passée : ado enceinte, blanche, six à huit mois de grossesse, parents mariés. Le problème avec ce type d'affaires, c'est qu'on croit d'abord à tort que l'enfant a fugué. En termes de statistique, 1,3 million d'adolescents fuient leur foyer chaque année — un chiffre impressionnant —, une grosse partie d'entre eux à cause de grossesses non désirées. À cause de ce chiffre, nous passons à côté de preuves flagrantes et nos possibilités d'action s'évaporent en quelques jours, ou plutôt en quelques heures, voire pire, en minutes, en secondes.

Dans le cas de Dorothy M. Salucci, nous avions affaire à un petit ami ainsi qu'à des parents mariés et vraisemblablement en bons termes avec leur fille, qui insistaient pour dire que Dorothy n'avait pas fugué. J'ai pris le profil de la jeune fille blonde, noté ses excellents résultats et récompenses scolaires, interrogé la famille et le copain, et décidé que cette affaire réclamait toute mon attention.

Le premier jour de l'enquête, je suis arrivé vers dix heures du matin pour commencer les entretiens et le travail de terrain. Je n'arrivais malheureusement pas avant le lendemain de l'enlèvement. Le scénario : les parents appellent la maison de leur travail → pas d'enfant → préviennent la police → la cherchent toute la nuit → contactent ses amies toute la nuit → elle n'est toujours pas là au matin → on prévient le FBI → le dossier arrive sur mon bureau. Avec la police locale et mon partenaire, j'ai sillonné toute l'école pour trouver quelqu'un qui aurait vu quelque chose le matin de sa disparition. On savait que c'était le matin parce que son père a affirmé qu'il avait réveillé Dorothy avant de partir travailler. Le proviseur nous a confirmé qu'elle n'était pas venue à l'école, et à cause d'un gros malentendu, personne n'avait appelé les parents. On cherchait des responsables. Il y avait des preuves que Dorothy avait pris un petit déjeuner, et sa voiture se trouvait au parking. Accessoirement, les collègues du père et la vidéosurveillance de son bureau ont confirmé son arrivée à sept heures trente-deux. Il semblait normal, imperturbable. Je n'avais aucun soupçon sur le père.

L'entreprise de la mère a également confirmé son arrivée ponctuelle : six heures cinquante-neuf, d'après le vigile qui prend note des allées et venues de chacun. Une vidéo de la mère au McDonald's, où elle était passée prendre un café, ne montrait rien d'autre qu'une transaction normale dans un drive-in et un trajet quotidien vers son travail. Mon partenaire et moi avons étudié la cassette, sur laquelle elle chantonne et remet du rouge à lèvres en se regardant dans le rétroviseur, calme et distraite. Je n'avais aucun soupçon sur la mère.

Au commissariat, le petit ami de Dorothy a sangloté son amour pour elle et leur bébé à naître. Sa mère a affirmé qu'elle l'avait déposé au lycée juste avant huit heures trente, et le professeur chargé de l'appel se souvenait précisément de son entrée en classe parce que le garçon a fermé la porte au moment où la cloche a retenti. Je n'avais aucun soupçon sur le petit ami, et je ne pensais pas que sa mère mentait. Mais je les ai fait surveiller quand même.

Au cours de notre enquête sur place, nous avons découvert deux indices. La police a trouvé une basket, une Converse noire basse, qui avait roulé du talus jusque dans un buisson à proximité de la route, à une vingtaine de mètres de la maison de Dorothy. Ses parents ont confirmé qu'il s'agissait de la sienne en gémissant à la vue des lacets défaits. Le deuxième indice nous est venu d'une mère de famille qui avait déposé sa fille à l'école, le matin de l'enlèvement. Je n'oublierai jamais ses mots exacts : « Je me souviens avoir vu une camionnette bordeaux s'arrêter, bordeaux sans aucun doute… C'est curieux. Je n'ai pas trouvé ça bizarre à ce moment-là, mais j'ai remarqué qu'elle était immatriculée dans l'Indiana. Je ne l'ai remarqué que parce que la plaque disait “Hoosier State”, la devise de l'Indiana, et la veille au soir, mon mari et moi avons parlé du film *Hoosiers*, qui se passe dans l'Indiana. C'est uniquement pour ça que je m'en souviens. Divine coïncidence, il faut croire.» Puis elle s'est signée.

Divine coïncidence a résonné dans mon esprit, alors j'ai noté ces mots en lettres cursives dans la marge de mon rapport tapé à l'ordinateur.

Le lendemain, après avoir passé en revue des dizaines d'images, la mère qui m'avait parlé de l'Indiana a identifié un Chevrolet Conversion Sportvan G20 de 1989, le TransVista, avec deux vitres latérales teintées. Tout ce travail, le fait de m'avoir enfin contacté, identifier la chaussure, interroger les parents et le petit copain, vérifier leurs alibis, quadriller l'école, interroger la femme de l'Indiana, réunir des images de vans susceptibles de correspondre, et retourner voir la femme de l'Indiana pour vérifier : nous en étions à trois jours après l'enlèvement, ou en d'autres termes, nous avions trois jours de retard.

Les parents de Dorothy sont allés voir tous les médias de l'État, ceux des États voisins, et ont même fait appel aux chaînes nationales. Mais, dès le troisième jour, l'histoire ne faisait déjà plus les gros titres. Le siège du Bureau a supprimé mes moyens de surveillance le cinquième jour et a mis la pression sur ma partenaire, restée sur l'affaire avec moi, pour qu'elle comble son retard administratif sur plusieurs affaires classées. La cote n'était pas favorable à Dorothy M. Salucci.

3

16e & 17e JOURS DE CAPTIVITÉ

Le seizième jour, les Gens de la Cuisine étaient là à nouveau. Je me représentais la pièce comme une cuisine de campagne, avec des morceaux de tissu jaune et vert à motifs floraux agrafés le long des plans de travail en bois pour cacher les casseroles et les poêles sur des étagères de fortune en dessous. J'imaginais une vieille cuisinière rustique blanche et un mixeur classique vert pomme. J'imaginais deux femmes, de générations différentes, qui préparaient des repas et essuyaient leurs mains pleines de farine sur des tabliers rouges doublés de décorations roses. J'imaginais des choses très détaillées au sujet de leur vie. L'une était la mère, l'autre sa fille adulte. Je les imaginais en train de cuisiner pour d'autres personnes dans la région, dans le cadre de leur entreprise artisanale. J'imaginais qu'elles adoraient cuisiner pour moi dans cette pièce haute de plafond. Après tout, la plupart des cuisines se trouvent au rez-de-chaussée, et pourtant nous avons grimpé trois étages jusqu'à ma cellule, qui semblait être juste au-dessus de la cuisine. Tous ces détails, je les ai fantasmés, et j'ai été choquée plus tard de voir à quel point j'avais raison sur certaines choses et tort sur d'autres. Aujourd'hui, je préfère me souvenir de la cuisine comme je l'avais rêvée, comme dans une jolie comptine : un chat qui se prélasse au soleil sur un tapis tressé, deux femmes douces et très souriantes, cuillère en bois à la main, qui jettent des restes au félin. Un morceau de folk à la guitare acoustique qui apaise l'atmosphère pour rendre le labeur agréable. Peut-être même un oiseau qui gazouille en haut d'une porte restée ouverte.

Pour résumer, comme je l'ai déjà mentionné, mon ravisseur n'a pas remarqué le subtil changement dans ma chambre lorsqu'il est venu me balancer le petit déjeuner le cinquième jour. J'avais travaillé toute la nuit et pas dormi la nuit d'avant. Depuis lors, j'avais continué à travailler pour mener à bien mon plan.

Le seizième jour, comme le neuvième, il est venu plus tôt que les autres matins, s'est glissé jusqu'à mon lit et m'a secouée jusqu'à ce que je me réveille. Bien entendu, je faisais semblant de dormir, comme si je n'avais pas trimé à nouveau toute la nuit. Il a jeté l'atroce assiette en porcelaine près de mon torse et aboyé que, si je devais « aller aux chiottes », il fallait que j'y aille « tout de suite ». Il a aussi mentionné qu'il viendrait m'étrangler si je bougeais d'un pouce ou si je faisais « le moindre bruit » avant le déjeuner. « Des filles comme toi, y en a à la pelle. Je ne prendrai aucun risque avec toi, salope. »

Bonjour à toi aussi, connard.

J'ai accepté son offre d'aller aux toilettes parce que j'avais choisi de dire oui à tout ce qu'il me proposait. Je ne voulais pas refuser une possibilité d'acquérir de nouveaux items ou des informations. Aussi, j'avais accepté le neuvième jour, et je ne voulais rien changer à notre routine établie. La plus petite modification aurait pu menacer l'ordre de ma liste numérotée et bouleverser la mise en place de mon Plan d'Évasion/de Vengeance, que j'avais alors appelé « 15 », comme vous le savez. Chaque embranchement qui s'éloignait du chemin que j'avais choisi pouvait se révéler mortel. Et si la mort était sûrement au rendez-vous, ce n'est pas moi qu'elle emporterait.

Après m'avoir accompagnée rapidement pour me soulager, il m'a ramenée dans ma chambre et a posé le seau près de moi, comme il l'avait fait le neuvième jour.

Il a enfoncé son doigt dans mon visage et m'a ordonné : « Sers-toi de ça, mais utilise-le sur le lit si tu dois pisser. Ne descends pas de ce lit ! »

Heureusement, j'avais remis la poignée du seau à sa place dix minutes avant qu'il arrive.

Tandis que la chaleur montait, les Gens de la Cuisine ont commencé par utiliser le mixeur, comme le neuvième jour. Le bruit m'a plongée dans un état proche de l'hypnose pendant une heure entière. Je frictionnais mon ventre en expansion avec les paumes de mes mains, fascinée par le pied ou le poing qui venait à ma rencontre. *Mon bébé, mon bébé, je t'aime, mon bébé.* Le sol de la pièce s'est mis à vibrer, mouvement accompagné d'un bourdonnement sourd. J'ai conclus qu'il devait s'agir d'un ventilateur de plafond dans la cuisine. Avec lui montaient des effluves de poulet rôti, de bacon, de brownies, de romarin et, le plus agréable, une odeur de pain frais.

Mesdames, vous savez que votre nourriture est pour moi ? Vous savez que je suis séquestrée ? Je pensais bien que non. Sinon pourquoi cette comédie matinale avec mon ravisseur ? De plus, j'entendais sa respiration difficile pleine de glaires et ses pas de panthère agitée devant ma porte : il était là, mon anxieux gardien. Mais seulement les jours où elles venaient. Les jours où les Gens de la Cuisine n'étaient pas là, je ne savais pas où il passait son temps entre les moments où il me jetait ma nourriture et quand il venait chercher cette foutue assiette. Pourtant, certains détails m'ont fait douter des Gens de la Cuisine.

Seules leurs voix étouffées parvenaient à mon oreille tendue. Je comprenais quelques mots, comme « main » et « poêle ». Leurs intonations féminines, l'une rauque et vieille, l'autre douce et désinvolte, révélaient une petite hiérarchie ; la première dirigeait clairement la seconde.

La routine des Gens de la Cuisine consistait, jusque-là, à venir tous les sept jours, ce qui paraissait sensé. En étudiant les odeurs et l'alternance de mes repas, j'ai facilement pu émettre l'hypothèse qu'elles venaient le mardi pour cuisiner les plats de la semaine à venir.

Le matin du seizième jour, j'ai failli hurler à l'aide. Mais j'avais besoin de preuves supplémentaires de leur innocence. Alors, armée de l'item n° 11 — la patience —, j'attendais de pouvoir les jauger. J'avais des doutes sur leur niveau d'implication parce que je ne comprenais pas pourquoi il ne me bâillonnait pas ou ne me bandait pas les yeux les jours de leur venue. *Peut-être qu'il est stupide ou paresseux, ou les deux, comme dans le van.* Mais quand même. J'avais aussi des doutes parce qu'il les avait accueillies le neuvième jour en disant : « On aime beaucoup vos plats. » *On? Alors elles savent qu'il y a quelqu'un d'autre? Ici?* En entendant cela, j'ai réalisé qu'elles avaient préparé les repas de ma première semaine de captivité. Je me suis représenté la frise chronologique et j'ai calculé les écarts entre les points de données :

Jour deux = Les Gens de la Cuisine préparent la première semaine de repas pendant que je suis dans la camionnette.
+ Sept jours.
Jour neuf = Gens de la Cuisine
+ Sept jours
Jour seize = Gens de la Cuisine

Grâce à ça, je pouvais facilement partir du principe qu'elles venaient bien toutes les semaines, et donc planifier les choses autour de ce cycle prévisible.

Lorsqu'il les a saluées le seizième jour, il leur a dit : « Merci beaucoup, on se régale vraiment. » Cette fois-ci, il a fait semblant de rire. *Hypocrite*. J'ai pensé à ma mère. Elle méprisait encore plus les hypocrites que les fainéants. Lorsqu'elle voyait les autres mères de l'association de parents d'élèves aux ventes de gâteaux, avec leur tonne de maquillage et leurs cheveux teints, qui parcouraient le gymnase dans leurs corsaires en faisant claquer leurs bottines à talons, murmurant à leurs comparses cougars les ragots des coucheries du torride prof de gym avec plusieurs de leurs homologues, ma mère se penchait vers moi et me disait : « Ne deviens jamais comme ces poupées décérébrées. Utilise ton cerveau de manière productive. Ne perds pas ton temps en commérages. » Et quand elles lui chantaient un « bonjooooouuuur » en chœur, mais qu'elles échangeaient immédiatement après des regards déplaisants pleins de jugement à son sujet, ma mère ne réagissait jamais, sinon pour redresser encore plus sa posture de cobra et sa veste Prada sur mesure. C'était comme si elle et moi vivions dans un monde à nous, dans lequel aucune personne indigne ne pouvait pénétrer. Toutes les petites filles ne devraient-elles pas vivre ainsi ? Éduquées à grosses doses d'estime de soi.

Les Gens de la Cuisine ont gloussé et répondu aux faux compliments sur leur nourriture de prison de leurs voix aiguës et féminines, apparemment ravies. *Putain de Prince charmant, sale menteur, raclure, enfoiré. Je vais te tuer.* Cela dit, pour être franche, je ne pouvais qu'être d'accord : la quiche était délicieuse et le pain moelleux et léger, avec un dosage parfait de romarin et de sel.

Mais je digresse.

Donc, j'avais des doutes et je ne voulais pas me précipiter, au risque de brûler toutes mes chances auprès des Gens de la Cuisine. Aucun chiffre, aucune donnée, aucun calcul et absolument aucune référence ne justifiait une tentative aussi prématurée.

Mes doutes s'amplifiaient avec mes réserves quant à l'acoustique. Leurs voix parvenaient jusqu'à moi, mais l'inverse n'était pas évident, surtout par-dessus le bruit du mixeur et du ventilateur. Si ma voix n'allait pas jusqu'à elles, il monterait certainement pour me faire taire. *Je ne dois pas seulement me faire une opinion sur elles, il faut aussi que je teste l'insonorisation de cette pièce.* Piétiner sur le sol pouvait fonctionner, mais elles auraient pu croire que c'était lui et ne pas réagir assez tôt. J'aurais pu taper du pied et hurler jusqu'à ce qu'il soit impossible de m'ignorer ; moi, la captive. Mais, même si elles m'entendaient, j'étais persuadée que nous nous trouvions dans un endroit reculé. Elles auraient pu m'entendre et sortir chercher de l'aide, mais j'imaginais qu'il aurait pu aussi facilement les abattre et les balancer « dans la carrière ». Je me concentrais pour recueillir plus d'informations. *Fais-toi une idée des cuisinières, teste l'acoustique et assure-toi qu'il ne peut pas/qu'il ne va pas les tuer avant l'arrivée des secours.*

Tous ces doutes m'ont poussée à élaborer le plan « 15 » sans inclure les Gens de la Cuisine. Je crois que la plupart des gens dans ma situation auraient tenté le coup, auraient crié, hurlé, cogné sur le sol pour avoir de l'aide, et ils auraient très bien pu être secourus plus tôt. Mais je ne pouvais pas tolérer le moindre imprévu dans mon plan. *« 15 » sera infaillible, avec plusieurs filets de sécurité. Je ne vais pas tout faire reposer sur une « dernière chance » ou sur la probabilité que quelqu'un puisse me venir en aide, que quelqu'un d'autre se fasse tuer inévitablement. Ce ne sera pas un cliché de film.*

Le dix-septième jour, les visiteurs sont revenus : le Docteur, M. Perspicace et cette fois-ci une troisième personne. Ils sont arrivés devant ma porte à 13 h 03 d'après l'item n° 16 — mon radioréveil, que j'avais réglé à l'heure donnée lors des informations du soir sur l'item n° 14, la télé. Huit minutes avant leur arrivée, mon geôlier m'a placé une taie d'oreiller sur la tête, a serré les coins autour de mon cou et l'a fait tenir à l'aide d'une longue écharpe. Mes doigts ont rencontré les franges de celle-ci, alors je les ai entortillées pour me calmer les nerfs. Il a fait une entaille dans la taie avec des ciseaux et ses doigts sales; un trou pour respirer, j'imagine. Ensuite, comme s'il ligotait les pinces d'un homard, il m'a attaché les mains derrière la tête, bien fort, et les jambes ensemble, bien serré également.

« Tiens-toi tranquille, ne bouge pas. Tais-toi. »

Il est parti.

Lorsqu'il est revenu après seulement trois séries de soixante, il a amené le Docteur et M. Perspicace avec lui. Cette fois-ci une femme les accompagnait. Elle a parlé la première.

« C'est elle ? » a-t-elle demandé.

Oui, « c'est elle ». C'est le gros ventre ou les énormes seins qui ont trahi que j'étais une fille, Einstein? Je l'ai étiquetée « Mme Perspicace », même s'il était un peu tôt pour conclure si vite qu'elle était mariée à M. Perspicace. De toute façon, même si ces salauds ne m'avaient pas kidnappée afin de me prendre mon bébé, ma mère les aurait détestés, eux et leurs questions stupides et insensées. Je les haïssais pour mes propres raisons.

« Voyons voir », a-t-elle dit.

Mon cœur s'est mis à palpiter, le colibri est revenu, mais je me suis calmée grâce aux exercices de respiration du tai-chi. Et puis j'ai entendu un bruit affreux. Le sol derrière la porte a grincé comme s'il se cassait, et le bruit de roulettes en métal sur les larges lames de pin a annoncé l'arrivée de quelque chose de lourd. Personne ne parlait. L'objet a cogné dans le montant de la porte et, après avoir été secoué pour passer dans l'encadrement et roulé encore, il est arrivé au niveau de ma tête de lit. J'ai senti un cordon ou un fil glisser près de moi sur le sol.

La chanson à la radio a faibli. Un bref silence a suivi. Ensuite, j'ai entendu gratter près des prises à mes pieds. *Ils doivent avoir besoin d'une prise.* En un souffle, la chose qu'ils avaient apportée s'est mise à bourdonner. *Ce doit être une machine.*

« Laissons-lui quelques minutes pour chauffer », a dit le Docteur.

Ils ont quitté ma prison-et-également-hôpital pour aller chuchoter dans le couloir. C'était si difficile d'entendre à travers la taie et par-dessus le ronronnement de la mystérieuse machine que je n'ai perçu que quelques fragments de leur conversation : « … à peu près sept mois et demi… trop tôt… bleus… oui, bleus… »

Ils ont regagné ma cellule. Des pas se sont approchés du bout de mon lit. Des mains masculines se sont affairées autour de mes chevilles pour les libérer et, devant ce groupe de gens que je ne pouvais voir, on m'a enlevé mon pantalon, retiré ma culotte et écarté les jambes. Je me suis débattue de toutes mes forces, donnant des coups de pied dans le corps mou de la personne qui se tenait à portée. J'espère juste que je l'ai touchée à l'entrejambe.

« Détendez vos jambes, jeune fille, ou je vais devoir vous mettre sous sédatif. Ronald, venez ici, tenez-lui les jambes », a dit le Docteur.

Il ne faut pas qu'il m'endorme. J'ai besoin d'indices. J'ai relâché légèrement mes muscles. Là, sans cérémonie, sans excuses ni avertissement, on m'a inséré une baguette en plastique rigide recouverte d'un gel tiède. Elle bougeait en moi.

Le Docteur gardait ses doigts longs, fins et glacés sur mon ventre et appuyait dessus pour détecter des mouvements et des parties du corps, comme je le faisais toute la journée dans cette cellule mais pour des raisons bien différentes. Noirceur diabolique contre pur amour.

« Juste là, cette petite courbe, c'est le pénis. C'est un garçon, sans aucun doute », a déclaré le docteur.

Une échographie. Je voulais tant voir mon bébé que les larmes me sont montées au visage et ont mouillé la taie.

« Voici son cœur. Il bat très fort. Très, très fort. Le garçon est en pleine forme. Il pèse près d'un kilo trois maintenant. »

Mais M. et Mme Perspicace ne semblaient pas intéressés par ces détails.

« Et vous êtes sûr que ses parents sont aussi blonds aux yeux bleus ? a demandé M. Perspicace.

— Absolument

— Et le père du bébé aussi ?

— Nous ne savons pas exactement qui est le père, mais nous pensons qu'il s'agit du petit ami. Si c'est bien lui que nous avons vu se promener avec elle deux jours avant l'enlèvement, alors oui, il est blond aux yeux bleus aussi.

— Je ne le prends que s'il sort blond aux yeux bleus. Je ne veux pas d'un bébé à l'air exotique chez moi », a dit Mme Perspicace. Elle a ri, mais elle ne plaisantait absolument pas.

« C'est votre choix. Nous avons une liste d'attente

de clients, mais vous avez le droit à un premier refus, surtout vu ce qui s'est passé avec la fille précédente.

— Contentez-vous de me trouver un bébé blond aux yeux bleus », a-t-elle dit en gloussant et en sifflant.

L'interrupteur qui gérait l'amour dans mon esprit était en position allumée pour mon enfant, alors mon cœur s'est brisé. *Il est en bonne santé. Il pèse un kilo trois. Ils veulent le prendre. Quelqu'un d'autre le fera s'ils ne le font pas. Ses battements de cœur sont forts. Il pèse un kilo trois. Elle ne veut pas d'un bébé exotique. Ses battements de cœur sont forts.*

Cette conversation n'a fait qu'augmenter ma résolution, bien plus qu'il ne m'en fallait. Ma furie n'en était que renforcée, fortifiée, solidifiée, endurcie. Je crois que Dieu Lui-même aurait levé ses paumes divines en signe de défaite devant ma carapace de pure haine mystique. Ma volonté d'évasion et de revanche meurtrière s'est transformée en une force impossible à arrêter. De rage, j'ai brûlé les larmes de mes yeux et j'ai décidé d'un sort pour ces crétins qui ne se doutaient de rien, un sort avec lequel seul le diable aurait eu l'audace de rivaliser, en vain. Je suis devenue le diable. Si Satan avait été une mère, il aurait sans doute agi exactement comme moi.

Le groupe s'est dispersé en traînant. Le Docteur a dit : « Ronald, laissez l'appareil ici. Ça ne sert à rien de le trimballer. C'est la dernière fois que nous nous voyons pour cette patiente, jusqu'à ce qu'elle perde les eaux. Ne m'appelez qu'en cas de problème. »

La pièce s'est vidée, à l'exception de mon ravisseur, *Ronald.*

Il y a eu un moment de silence, un instant de calme

plat, jusqu'à ce qu'il s'approche de moi en titubant pour retirer la taie de mon visage.

Ronald, que j'essaierai de nommer un minimum dans mon récit par pur manque de respect, a défait mes liens. Pendant un quart de seconde, j'ai ressenti une sorte d'ennui familier, comme quand Mamie repart après une visite et que je me retrouve à nouveau seule avec mes parents. La rengaine. Le banal. Mais ne vous inquiétez pas, le moment est passé très vite et la haine insondable est revenue, comme je le désirais : l'émotion qui m'était nécessaire pour planifier, calculer, m'évader et chercher vengeance. J'ai attrapé ma culotte et mon pantalon et je les ai remis.

Il a enroulé le câble de la machine à ultrasons. Pendant ce temps, je me suis assise sur le lit, bras croisés sur la poitrine, et je l'ai fixé. Lorsqu'il a croisé mon regard, je n'ai pas sourcillé. *Tu vas souffrir, Ronald. Eh oui, je connais ton prénom maintenant, connard.* Mes pupilles n'étaient plus bleues, mais rouges : d'un rouge sang, cramoisi, plein de rage.

« Ne me regarde pas comme ça, espèce de tarée.

— Oui, monsieur. »

J'ai baissé le menton, mais la couleur de mes yeux n'a pas changé.

Il est parti.

Je me suis remise au travail. *Appareil à ultrasons (item n° 21), cordon d'alimentation de la machine (item n° 22), écharpe à franges (item n° 23)…*

4

AGENT SPÉCIAL ROGER LIU

Quand j'étais à la fac, à la St. John's University du Queens à New York, je faisais partie du club de théâtre et je jouais la nuit pour quelques sous dans des pièces très-très-très-loin-de-Broadway-derrière-Soho-au-fond-d'une-allée, écrites par des étudiants de NYU qui trimaient dans des théâtres mal éclairés pour avoir la chance de présenter leur travail dans l'espoir que quelqu'un, n'importe qui, quelque critique nocturne, tombe sur leurs chefs-d'œuvre.

Les producteurs amateurs aimaient bien me faire jouer parce que je suis métisse : mon père est vietnamien et ma mère une pure New-Yorkaise de Rochester. Physiquement, je suis un parfait mélange asiatique et américain ; même si je suis quatre-vingt-dix-neuf pour cent américain. Le un pour cent restant tient à mon père, qui insiste pour que nous mangions du phở une fois par mois.

C'est comme ça que j'ai rencontré ma femme, Sandra. Elle faisait aussi du théâtre à St. John's, et du stand-up à Manhattan, la nuit également. On se partageait un sandwich au thon après les cours et les répétitions et on prenait le tortillard ensemble jusqu'au centre-ville. On était amoureux, et plutôt heureux. J'étudiais la justice pénale, uniquement pour faire plaisir à mes parents. Ou peut-être que je prenais inconsciemment un chemin tracé pour moi depuis longtemps.

Pour rire, ou bien à cause d'un défi de Sandra, ou encore parce que j'ai réalisé qu'il me faudrait un travail pour subvenir à mes besoins et à ceux de ma petite amie d'université devenue fiancée, j'ai postulé au FBI. Voilà, disons que c'est pour ça. Disons que c'était pour cette dernière raison, et ne cherchons pas plus loin.

Si seulement je n'avais pas eu d'aussi bons résultats à mes examens et n'avais pas hérité du fardeau que représente une «mémoire exceptionnelle»; je souffrais peut-être d'hypermnésie, c'est-à-dire d'une très bonne mémoire, ce que les agents aguerris ont repéré de très loin. Si seulement ma vue n'avait pas été meilleure que celle d'un pilote de chasse. Si seulement j'avais glandé pendant mes études comme tous les autres comédiens et artistes, peut-être que les fédéraux m'auraient laissé tranquille. Peut-être que j'aurais été moins malheureux. Peut-être que Sandra et moi aurions été plus épanouis en vivant de théâtre, dans la misère.

Mais j'étais toujours au FBI, après quinze années englouties comme si on m'avait placé dans une machine temporelle le jour de mon arrivée. L'envie de rire presque complètement effacée.

Lorsque la lentille à travers laquelle on regarde le monde nous offre une perspective surréaliste, on voit la vie comme elle est : indubitablement amusante. Sandra avait toujours sa lentille surréaliste et, Dieu la bénisse, elle n'a pas maudit ou eu pitié de la disparition de mon humour. Au lieu de ça, elle a essayé en vain de m'extirper de mes idées noires en coloriant ce que je n'arrivais plus à voir. « En fait, mon chéri, regarde mieux, ne vois-tu pas… » Mais, après quinze ans dans les fourrés, je me retrouvais une fois de plus coincé dans de lointains bureaux fédéraux à éplucher de minuscules pistes sur une adolescente enceinte kidnappée. Et Sandra n'était pas la seule femme dans ma vie. J'avais une partenaire, que j'appellerai « Lola » afin de protéger son identité, pour des raisons que je révélerai plus tard.

Parfois, au cours d'une enquête, on n'a aucune piste, parfois on en a plein, parfois on en a deux ou trois qui finissent par en amener d'autres, et parfois on n'en a qu'une qui demande beaucoup d'efforts pour arriver à quelque chose. Dans l'affaire Dorothy M. Salucci, nous n'avions qu'une piste sérieuse, celle de la camionnette, et elle demandait beaucoup d'efforts pour arriver à quelque chose. La basket Converse basse noire n'était pas vraiment un indice. Comment pourrais-je retrouver une fille juste en sachant qu'il lui manque une chaussure ? Il n'y avait ni empreintes ni taches de sang de son agresseur dessus. La chaussure ne me servait à rien. Je concentrais toute mon attention pour ne serait-ce qu'apercevoir ce van, obsédé par chaque seconde — que j'examinais, que je dévorais — de chaque vidéo de chaque caméra de surveillance de sa ville, des villes voisines, et de toutes les cabines de péage sur les routes qui en partaient.

Après huit jours d'un tel acharnement, j'ai fini par trouver des images d'un Chevy TransVista bordeaux de 1989 immatriculé dans l'Indiana qui s'approchait doucement d'un péage comme un serpent. La femme de l'Indiana a confirmé ma découverte : « Exactement. C'est celui-là, j'en suis sûre. » J'ai demandé à deux agents au siège du Bureau de retracer le trajet du van à partir de n'importe quelle vidéo de surveillance d'autoroute qu'ils pourraient se procurer. Pendant ce temps, ma partenaire a fouillé les registres d'immatriculation de l'Indiana et elle m'a rapporté, comme elle avait deux grades de moins que moi, qu'il y avait quatorze plaques pour des Chevy TransVista de la fin des années quatre-vingt au début des années quatre-vingt-dix, correspondant à notre piste.

Je mentionne ici ma supériorité hiérarchique sur ma partenaire dans un but purement comique, car elle ne la prenait pas en compte ; je vous jure, elle se promouvait elle-même au-dessus de moi, et même au-dessus de Dieu. Comme je l'ai déjà dit, nous l'appellerons « Lola ».

Que les plaques d'immatriculation aient été encore valides ou annulées, révoquées ou expirées, nous avions décidé de nous rendre à chaque adresse associée. Cette tâche nous a conduits aux quatre coins de l'Indiana, dans l'Illinois et le Milwaukee, et dans une partie de l'Ohio ; soit les gens étaient en vacances, soit ils avaient déménagé, ou bien tout simplement revendu le véhicule. Il fallait examiner chacun des propriétaires actuels, c'est-à-dire les interroger, dresser leur profil, vérifier leurs biens, décoder leur langage corporel et vérifier leurs alibis.

L'un était mort.

Un autre avait démoli son van le mois précédent lorsqu'il avait heurté de plein fouet un camion qui transportait des Porsche 911. Il nous a montré la coupure de journal relatant l'incident et nous a dit en gloussant : « Foutues Porsche. Je les déteste, ces petites bêtes-là. Comment fait-on pour emmener des grosses choses à la décharge ou aller acheter du gravier pour son allée avec ces tout petits engins ? »

Un autre encore ne voulait pas se soumettre à l'inspection de son pavillon, mais, après avoir mieux réfléchi et suivi nos conseils, a fini par céder. Quand on est entrés chez lui, il s'est précipité pour déplacer quelques plantes en pot. *Je me fous complètement de ta marie-jeanne. Je suis à la recherche d'une jeune fille séquestrée, crétin.*

Huit de ces propriétaires semblaient plutôt normaux, d'ordinaires conducteurs de Chevy Trans-Vista ; je veux dire par là qu'ils ne se méfiaient de rien et, franchement, qu'ils étaient presque tous identiques. J'imagine qu'il y avait entre eux des différences majeures, mais avec mon œil d'investigateur je les ai tous regroupés en une seule catégorie : innocents, mariés et à la retraite. Bienveillants, aussi : presque toutes leurs épouses ont pleuré en apprenant les raisons de notre venue, et elles donnaient de petites tapes sur le côté de leur van comme si elles le punissaient d'être le frère d'un kidnappeur. Au cours de ces interrogatoires, Lola, qui se tenait à l'écart derrière moi, recevait des regards en coin, que j'interprétais comme : « Est-ce qu'elle est obligée de nous scruter ? »

Comme souvent, nous n'avons pas pu retrouver l'un des propriétaires. Il ne semblait avoir de travail déclaré nulle part, et aucun de ses voisins ne savait où il était parti. Dans une petite ville, près de Notre Dame : c'est là qu'il était supposé habiter. Il vivait dans une maison blanche, plutôt grande, au bout d'un chemin de terre d'une soixantaine de mètres de long, bordé de pins. Une immense grange rouge se dressait derrière la maison, sur un terrain plat et herbeux, complètement à l'abri des regards de la route. Évidemment, ce type attirait mon attention. Les voisins m'ont confirmé qu'ils l'avaient vu au volant d'une camionnette bordeaux, mais ils ne se rappelaient plus quand. « Il est souvent absent. On ne sait pas où il va. »

Je leur ai laissé ma carte en leur demandant de m'appeler s'il réapparaissait. Lola s'est mise en chasse du juge local et a toqué à sa porte alors qu'il était en train de manger ses œufs brouillés. Je n'étais pas avec elle, mais j'imagine très bien la scène. Elle est restée à côté de M. le Juge, imposante, tandis qu'il signait le mandat de perquisition, puis elle a attrapé une de ses tartines beurrées en guise de récompense pour s'être donné la peine de demander la permission à quelqu'un qu'elle considérait comme sous *sa loi à Elle*. Elle disait toujours : « On devrait pouvoir prendre d'assaut tous les endroits qu'on veut pour retrouver ces bébés », et j'étais assez d'accord avec elle sur ce point. Respect de la vie privée et procédure officielle, mon cul. Ça ne faisait que nous ralentir. Mais quand même, elle aurait pu laisser les tartines de ce pauvre juge tranquilles.

Qui l'eût cru : à peine le mandat obtenu, le voisin nous a appelés. « Il est revenu. Mais il a un pick-up noir. Pas de camionnette, à ce que je vois. »

On a foncé sur des chemins étroits, bordés de profonds fossés et de grands champs de part et d'autre, pour rejoindre notre suspect. Sur la route, Lola et moi avons gardé les vitres baissées pour emmagasiner l'odeur purifiante de la rosée sur l'herbe et de l'eau de source pétillante. L'Indiana. *Indiana, Indiana, emmène-moi loin d'elle, laisse-moi là, avec le blé, la lune et rien qu'un petit aperçu de son visage. Indiana, Indiana* : plusieurs balançoires inoccupées chantaient en grinçant cette chanson obsédante au rythme d'une brise campagnarde solitaire.

Nous avons salué notre homme mystère dans son allée, où il nous attendait. *Déjà au courant. Le voisinage est bien soudé.* Tel un bûcheron géant, il portait une salopette en jean délavé, des chaussures à bout renforcé et une pipe pendait de ses lèvres tordues. « Je m'appelle Boyd », a-t-il répondu quand je lui ai demandé s'il était bien Robert McGuire. « Robert, c'est mon vrai prénom, mais Maman m'a toujours appelé Boyd. » Boyd élevait des poulets.

Après que nous nous sommes présentés et que nous avons montré nos badges, il nous a invités à l'intérieur. En entrant, il a éteint sa pipe et l'a déposée sur la table en bouleau du perron. « Seuls les invités ont le droit de fumer à l'intérieur, alors vous pouvez vous en allumer une, monsieur Liu, si vous fumez. Comme je l'ai dit, et comme Maman dit toujours, seuls les invités ont le droit de fumer chez moi. »

J'ai remarqué, tout comme mon apprentie à la mâchoire carrée, que jusqu'ici Boyd ne lui avait pas adressé directement la parole, pas plus qu'il ne l'avait autorisée à fumer chez lui. Mais ce n'était pas par sexisme, du moins je n'en avais pas l'impression. Je crois simplement qu'il était décontenancé par son regard fixe et sa manie de cracher son tabac à chiquer derrière les parterres de fleurs à intervalles réguliers. Je ne lui ai pas dit d'arrêter et je ne lui ai même pas lancé un regard incrédule ; j'avais déjà essayé tant de fois de la faire arrêter, sans succès. Sa réponse était toujours la même : « Avec tout ce que je me tape de voir dans les caves et les recoins, Liu, épargne-moi tes réflexions sur le tabac. Maintenant ferme-la et paye-moi une Guinness, patron. » J'imagine qu'elle n'avait pas tort, mais ajoutons tout de même son désir d'attraper un cancer de la bouche et son amour pour la bière brune à la longue liste de raisons qui ont fait de mes quinze années au FBI un pur enfer. Sans oublier ce petit détail : Lola s'aspergeait de déodorant Old Spice, et elle empestait matin, midi, soir et même après minuit lors des surveillances nocturnes.

La maison de Boyd était relativement vide mais très poussiéreuse. L'évier était rempli de poêles et de casseroles. À l'odeur de lait tourné et aux grosses mouches qui voletaient autour, je supposais qu'elles étaient sales depuis un bon moment. Une pile de courrier non lu débordait du couvercle d'une poubelle en aluminium et se répandait sur le sol de la cuisine. Une bonne douzaine de journaux mouillés et roulés encombraient le plan de travail en lino. Sur un tapis de chiffon, devant un réfrigérateur bleu, un énorme bobtail se prélassait. Il a bougé paresseusement les yeux à notre entrée.

« Faites pas attention à cette vieille Nicky. Elle pète beaucoup, mais c'est un sacré bon chien, si on me demande», m'a informé Boyd. Il a proposé du café en mimant une tasse et en pointant du doigt un percolateur. J'ai refusé. Lola aussi.

Toujours dans la cuisine, Boyd et moi nous sommes assis l'un en face de l'autre autour d'une table en formica jaune pissenlit avec de fins pieds chromés. Lola s'est postée derrière moi comme une sentinelle, fixant Boyd jusqu'à le rendre mal à l'aise, les bras croisés sur les seins (seins qu'elle aplatissait et maintenait en place avec Dieu sait quoi — probablement du gros ruban adhésif, je n'ai jamais osé demander).

Boyd faisait rebondir ses sourcils broussailleux et avançait les lèvres, comme pour me dire *allez-y, monsieur Liu, vous avez toute mon attention à présent.* Ainsi a commencé l'interrogatoire de M. Boyd L. McGuire. J'en ai mémorisé chaque mot pour pouvoir retranscrire la conversation plus tard, ce que je faisais dans les chambres de motel pendant que Lola rôdait dans les petites villes du coin tel un vampire à la recherche des ivrognes bavards qui auraient «vu ou entendu quelque chose» ou peut-être qui «soupçonnent un pervers du village»; ainsi les rumeurs et les murmures de ruelles sombres sont devenus sa raison de vivre la nuit.

Pour être franc, j'admire Lola. Elle était, et est toujours, une bonne inspectrice pour d'innombrables raisons, c'est pourquoi nous devons préserver son identité. Nombreux sont les enfants qui ont échappé à un destin tragique grâce à ses méthodes contestables. On ne m'a jamais entendu lui demander des comptes, pas une seule fois. Comme un chien affamé, je prenais toutes les informations qu'elle déposait dans ma gamelle. Je devais combler un vide au fond de moi, une blessure que j'ai gardée pendant des décennies.

« Boyd, ça vous ennuie si mon équipière jette un œil dans votre grange pendant que je vous pose quelques questions ?

— Aucun problème. Qu'est-ce que c'est que vous cherchez, au juste ?

— Je ne sais pas, Boyd. Vous avez quelque chose à cacher ?

— J'ai rien à cacher. Fouillez partout où vous voulez. Je suis un vrai livre ouvert.

— Merci, Boyd. On apprécie votre aide. »

Lola s'était retournée pour partir dès qu'elle avait entendu le signal et elle avait déjà franchi la porte d'entrée.

« J'ai cru comprendre que vous possédiez un van Chevrolet bordeaux ?

— C'est bien vrai. Mais je l'ai revendu y a trois mois environ.

— Ah oui ? Et à qui l'avez-vous vendu ?

— J'en sais rien, monsieur Liu.

— Ah ?

— J'ai garé le van le long du trottoir avec un panneau "À vendre". J'avais même mis une annonce dans le journal. Un gars s'est pointé. Il a dit qu'il était venu en stop depuis la gare. Il m'a filé du liquide, deux mille deux cents dollars. Point final.

— Et la plaque d'immatriculation ? Vous lui avez dit de la faire changer ?

— Bien sûr. Il a dit qu'il s'en chargerait. Je m'occupe plus tellement de la paperasse depuis la mort de ma Lucy. Ça fera trois ans le mois prochain qu'elle est partie. Dieu ait son âme. C'est elle qui gérait tout ce charabia. Pourquoi, monsieur Liu ? J'ai déconné avec la loi en faisant ça ? C'est pour ça que vous êtes là ? Je veux dire, le FBI a pas d'autres chats à fouetter ? Je dis ça sans méchanceté, monsieur Liu. Je vous dirai tout ce que vous voulez. Je suis un vrai livre ouvert.

— Non, non. Ça n'a rien à voir, Boyd. À quoi ressemblait ce type ?

— Difficile à dire. Du genre quelconque, pour moi. Il avait du bide, ça je m'en souviens. Il était pas bien beau, en tout cas. Je crois qu'il était châtain, ouais, châtain. Hmmm. L'affaire a pris dix minutes en tout. Je lui ai montré qu'elle démarrait, que le manuel était dans la boîte à gants. Il m'a dit qu'il prenait la cuisinière aussi. J'avais une vieille cuisinière à l'arrière. Et c'est à peu près tout.

— Vous aviez une de ces plaques personnalisées qui disait "Hoosier State" ?

— Ah ça, pour sûr. Le fils de mon cousin Bobby jouait dans l'équipe de basket de l'université de l'Indiana. J'suis fier de lui. Fier d'eux. Fier de mon État, monsieur Liu.

— Je n'en doute pas. Ça nous aide beaucoup, que vous confirmiez tout ça.

— Le gars qui a racheté ma camionnette, il a fait quelque chose de mal, pas vrai ?

— On peut dire ça, Boyd. Une adolescente a disparu. On essaye de le retrouver le plus vite possible pour lui poser des questions à ce sujet. Autre chose dont vous vous souvenez sur lui ou sur la transaction ? »

J'ai analysé sa réaction et son langage corporel,

comme on m'avait entraîné à le faire. Comme je venais de lui confirmer que son véhicule avait joué un rôle dans un crime impliquant un enfant, que ce n'était pas une plaisanterie, et que nous autres du FBI étions aux trousses du suspect, si Boyd avait quoi que ce soit à se reprocher, il aurait probablement croisé les bras, plissé les yeux, évité mon regard et regardé vers le haut ou sur le côté en reprenant la parole ; tous ces signes indiquent un menteur qui *invente* ses réponses. Boyd n'a rien fait de tout ça. Il a posé délicatement ses paumes sur la table, a arrondi les épaules de tristesse et m'a regardé droit dans les yeux comme un vieil ours fatigué.

« Je ne vois rien, monsieur Liu. Je suis vraiment désolé. J'aimerais aider cette fille. Y a quelque chose en particulier que j'aurais dû remarquer ? Peut-être que si vous me demandez, ça va faire tilt dans ma mémoire. »

Je me suis repassé tous les vieux dossiers stockés dans ma tête, en cherchant de vieux indices qui nous ont menés à d'autres vieux indices. J'avais déjà connu une telle situation auparavant.

« Il restait beaucoup d'essence dans le van ? Vous vous en souvenez ?

— Pour sûr que je m'en souviens. Cette foutue machine était presque à sec. J'avais à peine assez de pétrole dans ma cabane pour la faire démarrer.

— Où est la station-service la plus proche ?

— R&K's Gas & Suds, au bout de la rue. En fait, il m'a posé la même question, et je lui ai répondu pareil : R&K's Gas & Suds, au bout de la rue. »

Bingo.

« Il vous a signé quelque chose ? Ou touché

quelque chose chez vous ? Il est resté dehors ou il est entré ? »

Boyd a pivoté pour regarder derrière lui, s'est retourné vers moi, a souri, hoché la tête et pointé du doigt dans ma direction, fier de moi, son apprenti détective. « Oh, vous êtes un bon, monsieur Liu. Un bon. J'y aurais jamais pensé, mais vous savez quoi ? Je vais vous le dire. Il a utilisé les toilettes. »

Re-bingo.

« Je ne voudrais pas paraître grossier, Boyd, mais il faut que je vous demande. Vous avez nettoyé ces toilettes depuis ? »

Il a ri. « Monsieur Liu, regardez-moi : je suis veuf. Évidemment que j'ai pas nettoyé les toilettes. Je m'en sers même pas, d'ailleurs. Je vais à celles de l'étage. En plus, j'étais parti voir mon frère et Maman en Louisiane, où j'suis né. En fait, je suis parti le soir où j'ai vendu la camionnette, et je suis revenu qu'aujourd'hui.

— Quelqu'un s'est servi de ces toilettes après lui ?

— Pas une âme. »

Bingo, bingo, triple bingo. L'acheteur utilise les toilettes, personne ne les a lavées, personne ne s'en est servi depuis.

« J'aurais plusieurs choses à vous demander, Boyd : je voudrais votre permission pour sceller les toilettes et y relever les empreintes. Ensuite, il me faudrait les noms et adresses de votre frère et votre mère en Louisiane. Ça ne vous ennuie pas ?

— Et comment, que ça m'ennuie pas, monsieur Liu. Mais moi, est-ce que je suis dans le pétrin ?

— Tant que votre histoire se révèle exacte et que mon équipière ne trouve rien de suspect dans votre grange, vous n'avez aucun souci à vous faire. En fait, on apprécie beaucoup votre coopération. Ça n'a rien à voir, mais vous ne possédez pas d'autre propriété que cette maison ?

— Non, monsieur. Ici, c'est tout ce que j'ai.

— Vous utilisez un autre nom ?

— Boyd L. McGuire, c'est comme ça que ma maman m'appelle, et j'ai aucun droit de changer ce nom-là, hein ? Maman, elle est suffisamment furieuse que je sois allé m'installer en Indiana, du côté de la famille de mon papa, depuis toutes ces années. J'peux plus vraiment changer de nom maintenant, hein, monsieur Liu ?

— J'imagine que non, Boyd. J'imagine que non. »

Je me suis levé et me suis dirigé vers les toilettes pour en estimer la taille. Avec l'aide de Boyd, j'ai calculé à peu près le nombre de mètres carrés afin de renseigner l'équipe scientifique, qui viendrait plus tard dans l'après-midi pour relever les empreintes. Puis j'ai scellé l'entrée avec le ruban jaune qu'on gardait dans notre voiture de terrain.

Dans le but de faire un rapport minutieux, j'ai inspecté chaque millimètre de la maison de Boyd, pistolet en main, pendant qu'il m'attendait gentiment dehors, adossé à un arbre. Je pouvais presque le voir à travers chacune des douze fenêtres, dépourvues de rideaux. Ce gars-là ne cachait rien du tout, à part peut-être des piles de linge sale, probablement intouchées depuis la mort de sa femme. *Cet éleveur de poulets célibataire est aussi innocent qu'un enfant qui vient de naître.*

Mon équipière est revenue en traversant le jardin de Boyd de sa démarche favorite : façon cow-boy.

Elle m'a informé — loin des oreilles du fermier — qu'elle avait arpenté toute la propriété, cherché partout, de fond en comble, et même tâté les murs de la grange pour s'assurer qu'aucun n'était creux. « Rien », m'a-t-elle rapporté. Rien qui indique un crime sur les lieux. « Par contre, ça empeste le bordel dans sa grange — une odeur de pute bon marché, du genre qu'on trouve dans la banlieue de Pittsburgh », a-t-elle râlé, en bon garçon manqué qu'elle était, comme si je comprenais ce qu'elle voulait dire par là.

Je me foutais pas mal de l'odeur de la grange de Boyd du moment qu'elle ne sentait pas la mort, et je savais que ce n'était pas le cas parce que le nez de Lola était entraîné à débusquer des cadavres, même quand ils ne sentaient pas encore la décomposition avancée. Malgré mon refus d'y porter de l'intérêt, elle a tout de même continué de se plaindre pendant deux jours au sujet des poulets qui pataugeaient dans leur propre fiente. Elle a répété au moins cent fois : « Je n'arrive pas à débarrasser mon nez de l'odeur de ces poulets merdeux et grassouillets qui caquettent. » Pour effacer ce souvenir malodorant, elle a même utilisé les sels que nous gardions en cas d'urgence. « J'espère que mon nez de chasseuse en ressortira indemne. »

Même si je ne soupçonnais pas Boyd le moins du monde, une question me taraude encore à son sujet : qui s'est occupé de ses animaux pendant qu'il était en Louisiane ? Ça n'est pas important, bien sûr, mais je me suis toujours demandé. Quand Lola est revenue de son inspection, j'avais déjà innocenté Boyd, alors je me suis dit que ce serait grossier de lui poser des questions sur l'attention qu'il portait ou non à ses poulets. Donc je n'ai rien dit. Et si ça vous contrarie, eh bien tant pis. Je cours après des enfants disparus, pas des volailles maltraitées. Allez pleurnicher à la PETA.

Boyd L. McGuire ne possédait en effet pas d'autre propriété. Son frère et sa mère en Louisiane ont également confirmé son histoire. Mais le fait de l'avoir rayé de la liste a été très bénéfique, car il est aussi important d'éliminer des suspects que de les trouver. Qui plus est, j'ai récupéré deux gros indices en lui rendant visite. D'abord, l'équipe scientifique a relevé trois empreintes identiques, différentes de celles de Boyd, sur la poignée de porte et sur le manche en caoutchouc noir du déboucheir à ventouse — ça ne s'invente pas — dans les toilettes. Ensuite, à la station-service R&K, «au bout de la rue», j'ai été surpris d'apprendre que le patron changeait vraiment les cassettes de ses trois caméras de surveillance tous les soirs et qu'il les conservait. La plupart des propriétaires réenregistraient par-dessus. Mais pas cet homme merveilleux. «C'est par là, venez, je vais vous montrer où elles sont.»

Non seulement il avait gardé les cassettes, mais elles étaient classées chronologiquement et étiquetées, à la seconde près. J'aurais voulu l'embrasser. Et ce qu'on a vu sur une des bandes en particulier, eh bien, disons que c'est pour ça que certains deviennent inspecteurs : pour des moments comme ça.

Le soir de notre journée productive avec Boyd et le patron de station-service providentiel, j'ai appelé ma femme Sandra après un petit dîner de célébration. J'avais commandé un filet de bœuf à point et un oignon frit dans un restaurant de la chaîne Outback

Steakhouse, pas tout à fait à côté — c'est Lola qui avait insisté. Elle avait pris deux steaks bleus, trois Guinness, deux pommes de terre au four de la taille de ballons de football bien chargées en garniture, et des petits pains en supplément. « Allez-y mollo sur les légumes, a-t-elle dit à la serveuse, et apportez aussi deux parts de tarte au beurre de cacahuètes, s'il vous plaît.

— Tu sais, un jour, ton régime alimentaire finira par te rattraper, lui ai-je dit — comme souvent.

— Avec tout ce que je me tape dans les caves et les recoins, Liu, épargne-moi tes réflexions sur la bouffe. Maintenant ferme-la et paye-moi une Guinness, patron », m'a-t-elle répondu — comme souvent. Puis elle a roté.

Quelle charmeuse, cette Lola.

Sandra faisait une tournée des bars et des comedy clubs de la côte Est. Je l'ai eue au téléphone après son dernier sketch dans un troquet quelconque de Hyannisport.

« Alors, chérie, tu les as fait rire ce soir ?

— Oh, tu sais, je fais toujours les mêmes vannes. De vieilles blagues. Je commence à m'en lasser moi-même.

— Moi, je ne me lasse jamais de toi. Tu me manques.

— Quand est-ce que tu rentres ? Et d'ailleurs, où es-tu ?

— Comme toujours : je toque à la porte du diable, chérie. Un de ces jours, il finira par répondre.

— Ne sois pas si sûr que le diable est un "il". Ça pourrait très bien être "elle".

— Ça pourrait très bien être "elle". »

5

20e JOUR DE CAPTIVITÉ

Tricoter une couverture entière, ça prend un certain temps. La couverture en tricot rouge, item nº 5. Bien entendu, maintenant, j'avais plein de choses à ma disposition. Je ne me suis pas servie de certaines. D'autres ne m'ont été que partiellement utiles. J'en avais préparé d'autres encore pour le jour J, qui se sont révélées inutiles ou superflues au dernier moment. Mon lance-pierres de fortune, par exemple. La couverture rouge, en revanche, m'a été très précieuse. J'ai utilisé chaque fibre de sa laine torsadée. Si j'ai eu du sang sur les mains, ce n'était que les morceaux rouges d'une belle œuvre d'art tricotée pleine de poésie. *Bellissima, bravo à toi, couverture en tricot rouge, tu m'as sauvé la vie. Je t'aime.*

Le vingtième jour, je me suis réveillée selon la routine habituelle, les Gens de la Cuisine n'allaient pas revenir avant trois jours, et aucun signe n'indiquait que le Docteur ou les Perspicace viendraient honorer ma chambre de leur présence. Je me sentais plutôt confiante dans la routine, à ce moment-là, et je ne m'attendais pas à recevoir des visiteurs. J'avais tort.

Quoi qu'il en soit, mon geôlier est arrivé le vingtième jour avec mon petit déjeuner, comme prévu. À huit heures pétantes. Les Gens de la Cuisine avaient préparé une autre quiche et, comme je m'y attendais, elle était encore au menu, servie sur — vous l'avez deviné — l'assiette en porcelaine à motif. Vous êtes déjà au courant, mais j'avais développé une véritable haine envers cette assiette ridicule.

Ne pouvant plus supporter de la toucher encore un repas de plus, le vingtième jour, j'ai attrapé la quiche comme si mes doigts étaient des pinces, réticente à l'idée même du contact de ma peau avec la porcelaine. J'ai mis la part sur le dessus de la télévision en guise de nouveau couvert et, en me servant de mes manches comme de gants, j'ai posé l'assiette par terre à sa vraie place, avec les moutons de poussière et les crottes de souris, à attendre de se faire ramasser par un criminel, la seule attention qu'elle méritait vraiment. Bien sûr, je me moquais de moi-même, parce que l'assiette ne m'avait rien fait concrètement parlant. Néanmoins, j'avais besoin de distraction et je détestais ce motif.

Assise par terre avec la quiche sur la télé, j'avais une vision différente de la pièce. Le décor n'avait pas beaucoup bougé, et pourtant, le fait d'avoir modifié ma posture et ma façon de prendre mon repas a créé un changement. Peut-être que le flux vertical de mon sang jusqu'à mon cerveau a fait jaillir cette idée, ou peut-être que regarder le lit sous un angle différent m'a révélé une solution qui devait dormir en moi depuis le moment où j'ai vu les poutres apparentes en entrant dans la chambre. *La couverture peut servir de corde.* Tout semblait enfin si clair, le vingtième jour, que je m'en suis voulu de n'avoir pas remarqué l'évidence plus tôt.

Je pense que, parfois, on s'empêche d'aboutir à des conclusions inévitables parce qu'on n'est pas prêt pour accomplir la tâche qui en découle. Notre vue refuse de voir nos prises de conscience. Par exemple, ma mère, qui a pourtant elle-même porté un enfant, a refusé d'admettre que sa propre fille était enceinte de sept mois jusqu'à ce que l'obstétricien la confronte à la vérité. Peut-être que notre esprit nous empêche de relier les points pour qu'on ne s'aventure pas sciemment vers le danger avant d'être prêt. Je devais être prête le vingtième jour, parce que j'ai enfin achevé mon plan tout entier en une vision de boule de cristal. Jusqu'à ce jour-là, je n'avais mis en place que quelques pièces du puzzle. Je croyais être plus résolue que jamais, mais ce n'est qu'en envisageant la couverture comme une arme que j'ai réalisé jusqu'où je m'apprêtais à aller pour nous libérer, mon bébé et moi, et me venger.

On t'a kidnappée. Ils vont te voler ton bébé et le vendre à des monstres. Ils vont te jeter dans un trou. Personne ne sait où tu es. Tu dois te sauver toute seule. C'est la vérité, tu dois l'accepter. Tes seuls outils sont dans cette pièce. Trouve une solution. Mets ton plan à exécution.

J'ai fini la quiche avec un sourire aux lèvres. Pas une miette n'est venue salir le dessus de la télé.

Tricoter une couverture entière, ça prend un certain temps. Mais c'est encore plus long à défaire. Je le savais, d'une manière ou d'une autre, alors je voulais m'y mettre dès que possible. J'ai attendu que mon ravisseur revienne chercher mon plateau et m'accompagne aux toilettes. Une fois la tâche accomplie, il est parti, et je me suis dit que je disposais de trois heures et demie avant le déjeuner pour détruire le tricot et ses mailles. J'ai retiré la poignée du seau et je me suis mise à défaire l'ouvrage.

Ce matin-là, une teinte jaunâtre flottait dans l'air, une sorte de lueur mélancolique qui vous décourage et vous endort à la fois. Le soleil était uniformément couvert, ce qui trompait l'esprit et lui laissait croire que la journée serait sans surprise, insipide, le genre de journée déprimante qui ne promet rien. Là aussi, j'avais tort.

J'ai lutté avec un coin de tricot récalcitrant en glissant la poignée du seau en son milieu et en élargissant l'espace entre les fils, d'abord avec l'ongle de mon auriculaire, puis tout mon doigt, et j'ai fini par démêler ce bazar en un boyau noueux d'une douzaine de centimètres. Ça m'a pris une heure, cinq minutes et trois secondes. À cette allure, j'étais déjà en retard sur mes prévisions. Avant de refaire une estimation du temps total jusqu'à complétion, je me suis dit que j'allais chronométrer le temps passé à défaire le tricot dans la journée pour pouvoir déterminer une moyenne. À l'aide d'un des crayons de la trousse rose ornée de deux chevaux, j'ai inscrit la première donnée dans un histogramme de ma création.

Une fois le diagramme commencé, j'ai attaqué la destruction de la première rangée de mailles. L'item n° 16, la vieille radio, me jouait la sérénade avec *La Bohème* de Puccini. J'avais naturellement choisi la station de musique classique : j'avais besoin de passion bouleversante et de désir frustré — le genre d'émotion impossible à réprimer — pour me motiver. Des chansons pop sucrées m'auraient sûrement fait perdre la concentration dont j'avais besoin. Bien sûr, le rap hardcore de Dr Dre et des Sons of Kalal que je préfère aujourd'hui, dix-sept ans plus tard, aurait aussi bien fait l'affaire que n'importe quel opéra amoureux. Maintenant, à l'âge adulte, j'écoute des morceaux de gangsta rap à fond pendant mes entraînements physiques dignes des Marines, surtout quand le sergent à la retraite que j'ai engagé pour ça m'aboie au visage que je suis « molle ». Cette musique violente fait son effet parce que, après vingt-cinq kilomètres de course et neuf cent quatre-vingt-dix-neuf abdominaux, le Sergent dissimule un sourire réticent de fierté à mon égard. Personne ne m'enlèvera plus jamais.

Parfois, j'aime cracher un peu de sang aux pieds de ce bon vieux Sergent. Je le fais avec le plus grand respect, comme un chat déposerait une souris décapitée sur le perron de son maître. Miaou.

Mais assez avec le présent. Retournons au passé.

Au cours de la deuxième heure du vingtième jour, un papillon noir est venu se cogner contre la haute fenêtre triangulaire et s'est immobilisé là, les ailes déployées. Essayait-il de me prévenir ? *Tu essaies de m'avertir de quelque chose ?* L'univers recèle tant de mystères non résolus et de connexions secrètes. Alors, peut-être qu'il essayait vraiment de m'avertir.

Je l'ai bien observé, après avoir déposé les haillons rouges sur le lit et m'être approchée pour le voir de plus près. Mais il se trouvait si haut que le meilleur endroit était le milieu de la pièce. *Tu me rends visite? Mon bel ange, vole vers eux, dis-leur que je suis là.*

Je me suis glissée plus près en caressant mon ventre, mon bébé, pour me placer sous la fenêtre, en collant la tête jusqu'à m'écraser la joue contre le mur. À cause de la circonférence de mon ventre, j'ai dû me pencher un peu. Les yeux fermés, j'ai essayé de sentir les infimes vibrations du cœur du papillon au-dessus de moi. *C'est ça, la solitude? Je suis seule? Je t'en prie, fais trembler ce mur avec tes ailes, dis-moi que tu m'entends, mon ami, ma beauté noire. N'importe quoi, je t'en prie. Dis-moi quelque chose. Sauve-moi. Aide-moi. Fais trembler ce mur.*

J'avais laissé l'émotion s'exprimer, alors je me suis mise à sangloter. J'ai pensé à ma mère. J'ai pensé à mon père. J'ai pensé à mon petit ami, le père de mon enfant. J'aurais donné n'importe quoi pour sentir leurs mains sur mon épaule ou leurs lèvres sur ma joue.

Mais cet accès de profonde tristesse n'a pas duré longtemps. Comme si j'étais arrivée à un angle droit sur mon chemin, au plus fort de mes larmes, la journée, mon plan et mes perspectives ont pris un virage brutal. Alors que mon corps cédait sous le poids de la dépression et de la solitude, les épaules effondrées, l'escalier à l'extérieur de ma chambre a gémi sous un pas lourd. Il s'approchait rapidement; ça, je l'ai entendu. J'ai couru jusqu'au lit, abandonnant le papillon, j'ai plié la couverture, fourré mon cahier rempli de statistiques dans le matelas — que j'avais éventré sur une quinzaine de centimètres du côté du mur — et, à la dernière seconde, j'ai posé la poignée du seau sur celui-ci comme s'ils étaient encore attachés. Il est entré en trombe.

« Éteins la radio. Suis-moi, tout de suite. Et ferme ta putain de gueule. »

Je détecte la peur dans ta voix, je sens le danger dans ta sueur, cher geôlier. J'ai essuyé mes larmes avec ma manche en un mouvement exagéré de confrontation, comme si je m'étalais du sang au cours d'un combat de rue déchaîné, pour inciter mon adversaire à continuer. *Vas-y, je t'attends.*

Je me suis lentement dirigée vers la radio et je l'ai éteinte avec la léthargie d'une enfant maniaque et obstinée, peu disposée à accorder mes gestes à son agitation.

« Bouge-toi le cul. Si tu continues ces conneries, je te balance dans l'escalier. »

Je m'amuse avec toi, imbécile, et tu me facilites la tâche.

Je suis redevenue l'insipide captive docile que j'étais censée incarner. La tête penchée et d'une voix tremblante, j'ai dit ma réplique : « Oui, monsieur.

— Avance. »

Tu es si prévisible, pauvre animal. Me balancer dans l'escalier ? Tu parles. Tu perdrais ton petit job tranquille.

Il m'a agrippée par l'avant-bras et m'a tirée si fort que j'ai failli rentrer dans le seau en perdant l'équilibre. Malheureusement, mon pied l'a frôlé et, pendant trois secondes de panique totale, j'ai regardé la poignée tanguer et se balancer sur le rebord. *Si elle tombe, il va l'inspecter de plus près. Il va tout découvrir ou me donner un seau différent, qui n'aura peut-être pas de poignée en métal. Ne tombe pas. J'ai besoin de toi. Ne tombe pas. Non, ne tombe pas. Ne tombe pas. Non, ne tombe pas.* Mais elle tanguait et se balançait toujours. La tête en arrière, tandis qu'il me traînait dans l'encadrement de la porte, j'ai vu la divine poignée défier la gravité pour se plier à ma volonté et rester en place, sous la bénédiction du papillon. *Elle n'est pas tombée. Elle n'est pas tombée. Elle n'est pas tombée.*

Sur le palier, où les murs étaient recouverts d'un papier peint à motifs floraux marron et rose terne, il a ralenti. L'odeur de renfermé, l'air humide et le faible éclairage de la pièce m'ont remis en tête que nous étions dans une vieille maison de campagne ou une ferme.

En me cassant presque le poignet, il a regardé par-dessus la rampe en direction des marches qui descendaient, puis vers l'étroit escalier qui montait. Il observait ces deux possibilités alternativement et semblait incapable de choisir. On a toqué à la porte, et l'air lourd s'est fendu. Je me suis dit qu'un visiteur inattendu se trouvait devant la porte de la cuisine, à l'étage du dessous. Il s'est figé sur place. *Un lièvre piégé par un chasseur.*

Avec la posture d'un lézard qui sait que son camouflage l'a trahi, il a sifflé à voix basse : « Si tu fais le moindre bruit, je retrouve tes parents et je leur arrache le cœur avec un couteau mal aiguisé.

— Oui, monsieur. »

Comme si nous étions des soldats abandonnés rampant dans les hautes herbes, il m'a fait signe d'avancer avec son coude. « Avance sans faire de bruit. Monte les marches, maintenant. Vite, vite, vite. »

Oui, mon capitaine.

Je me suis exécutée, avec lui sur les talons, sa tête si proche de mes fesses que j'ai eu envie de dire *Sors-toi la tête de mon cul* mais je ne l'ai pas fait. Il m'a poussée dans le dos pour me faire avancer plus vite.

« Plus vite ! »

Arrivée en haut, je me suis retrouvée dans un vaste grenier mansardé. En voyant cet immense espace, d'environ soixante-quinze mètres de long, j'ai réalisé que j'étais dans un bâtiment colossal. La pièce s'étendait sur quatre zones distinctes : quatre ailes, dont l'une était la mienne.

« Avance par le milieu jusqu'à l'armoire du fond. Maintenant ! »

Je sautillais presque tellement il me poussait fort. « Plus vite ! » a-t-il répété en chuchotant comme un fou. Malheureusement, il n'y avait rien à voir sur le chemin — on avait enlevé ce qui avait été stocké ici et balayé par terre. Il ne restait même pas un piège à souris.

Lorsque nous sommes arrivés devant une armoire à deux portes, il m'a balancée à l'intérieur, a fermé et cadenassé de l'extérieur. À travers les fentes des portes, il m'a menacée de ses yeux tombants et jaunis.

« Si j'entends le moindre son de ta part, je bute tes parents. Compris ?

— Oui, monsieur. »

Il est parti.

On n'entendait rien d'autre que lui qui descendait les quatre étages. J'ai cru percevoir un tout petit bruit de conversation lorsqu'il a ouvert la porte pour accueillir la personne qui toquait, mais j'étais enfermée si loin que je ne pouvais qu'imaginer des chuchotements. *Un silence froid, comme quand la sœur de Papa est morte. Tout est immobile, et l'absence de son vous dégouline des oreilles. Où est passé mon papillon ?*

Je n'avais aucune idée de qui était à l'entrée. Avec un peu d'espoir, je me représentais un inspecteur sceptique qui ne pourrait pas croire que l'imbécile à la porte n'était coupable de *rien*. J'ai envisagé la possibilité de hurler à m'en abîmer les cordes vocales, de taper du pied, de secouer avec fracas ma nouvelle cage. En fait, il s'est avéré que j'ai eu raison de ne pas faire de bruit.

Lorsque j'ai fini par accepter la réalité, je me suis retournée dans l'armoire et j'ai glissé en position assise. J'avais un doigt de marge de chaque côté pour me tortiller jusqu'à être confortable. Il a fallu quarante secondes à mes pupilles pour s'habituer à ce faible éclairage, puis tout est devenu visible, et c'est dans cette obscurité que je l'ai aperçu. Comme une bague sertie d'un diamant sur une branche dans les bois, un trésor improbable pendait à un crochet dans le coin opposé : un morceau d'élastique de deux centimètres de large sur un mètre de long, le genre de ceux que Mamie cousait à la ceinture de ses pantalons en polyester faits main. *Mamie.* J'ai attrapé l'élastique et je l'ai fourré au fond de ma culotte pour le conserver discrètement. *Item n° 28 : un élastique…*

L'armoire sentait surtout l'urine de chat, ce qui a manqué de me faire vomir, mais m'a aussi fait penser à ma mère.

Maman n'a jamais tort quand elle énonce une

affirmation. Une fois, elle a dit : « Il y a un chat dans cette maison.

— On n'a pas de chat ! » a répondu mon père en riant.

Devant la certitude de mon père que son nez la trahissait et son hypothèse que les pièces sentaient simplement le renfermé, comme elles étaient restées fermées tout l'hiver, Maman a insisté : « Il y a un chat dans cette maison, aussi sûr que je suis la mère de cette enfant. » Elle m'a pointée du doigt au cours de sa tirade, comme si je constituais une preuve vivante ; l'autre bras sur la hanche, elle se tenait droite, la nuque relevée, le menton incliné. « Il y a un chat dans cette maison et je le prouverai », telle fut l'ouverture de sa plaidoirie à l'attention de ses deux jurés, mon père et moi.

Elle a attrapé la lampe torche de mon père, rangée dans une boîte à outils qu'il lui cachait, pour des raisons comme celle-ci. Elle a cherché jusqu'à trois heures du matin, retourné tous les placards, les moindres recoins, le grenier et la cave ; elle a glissé la main dans les fissures du garage et dans les troncs creux de la cour, fouillé en haut, en bas, à droite, à gauche ; elle a tout chamboulé jusqu'à ce que la lampe passe du blanc au jaune, puis à l'orange, au marron, au gris et au noir.

Elle n'a pas trouvé le moindre poil de chat, et pourtant elle annonçait toutes les heures à ses jurés fatigués — dès minuit, il ne s'agissait en fait plus que de moi : « Il y a un chat dans cette maison et je le prouverai. » Le lendemain matin, mon père, la seule âme qui avait le droit de la contredire, a informé ma mère qu'elle ne pouvait pas poursuivre ses « tentatives de voler plus vite que la lumière ou de prouver l'existence d'un chat inexistant ».

Surtout, je n'ai jamais contesté l'affirmation de ma mère. Je l'ai même peut-être un peu aidée à chercher.

Tandis que mon père essayait de la convaincre d'arrêter, je me suis faufilée par la porte-moustiquaire et j'ai détalé jusqu'à un trou à l'intérieur d'un bosquet de bouleaux blancs derrière la maison. Des pissenlits tapissaient cet endroit ouvert et circulaire, ainsi ma cachette avait un sol jaune, des murs blancs et un plafond bleu ciel.

Ils ne savaient pas où j'étais.

Je suis vite rentrée.

Je n'ai rien dit.

Maman a continué d'insister sans relâche au sujet d'un chat dans la maison.

L'odeur s'est dissipée au cours de la semaine.

Je ne disais toujours rien.

L'intérêt de ma mère s'évanouissait en même temps que l'odeur. Le dimanche suivant, il ne restait pas le moindre indice de la présence d'un chat. Maman était assise dans son trône de Dracula en cuir et elle travaillait sur un référé avec son stylo Cross en argent.

« Maman », ai-je dit sur le pas de la porte.

Elle a levé péniblement les yeux, lunettes à monture d'écaille sur le nez, papiers juridiques toujours dans les mains. Je n'allais obtenir aucun signe supplémentaire m'invitant à parler. Je portais dans les bras un vieux chat miteux.

« C'est mon chat. Je me suis débarrassée de l'odeur acide avec un mélange de vinaigre, de bicarbonate de soude, de liquide vaisselle, de peroxyde d'hydrogène et un peu de poussière de charbon. Je l'ai gardée dans une cage dans le bosquet de bouleaux, comme elle avait fait pipi dans la maison, mais il faut qu'elle soit à l'intérieur maintenant. »

Maman a posé son document sur la table basse d'un geste exagéré. Je l'avais vue faire des mouvements similaires au moment de conclure sa dernière plaidoirie lors d'un procès fédéral auquel on m'avait invitée à assister. « Nom de… J'avais bien dit à ton père que je sentais un chat.

— Oui. » J'ai acquiescé stoïquement, comme si je validais une réforme économique proposée par la reine.

« Pourquoi tu ne m'as rien dit ?

— Je voulais résoudre le problème avant de vous la présenter. » Dans son bureau, je ne ressentais aucune émotion. Je ne sentais pas le besoin de la laisser entrer.

« Eh bien. » Elle a évité mon regard. J'étais peut-être la seule personne capable de la désarmer, ce qui — je le crains — la perturbait. J'étais un buisson épineux en perpétuelle expansion qu'elle devait élaguer à trois mètres de distance. Mais je ne cherchais pas à la troubler ; je voulais simplement lui présenter des faits.

« C'est une femelle. J'ai fait des tests sur un collier acoustique qui repousse les puces et les tiques. Elle rôdait autour des poubelles de l'école. Pas de collier. Mais elle n'est pas sauvage, certainement domestique et abandonnée ou perdue. Elle aime bien les humains. Elle a fait pipi sur les marches de la cave uniquement parce que je ne lui ai pas trouvé de litière avant le lendemain du jour où je l'ai trouvée. J'ai caché la boîte derrière mon matériel de stérilisation, près de la chambre à hydrogène. »

Je n'ai pas demandé, comme la plupart des enfants l'auraient fait je pense, si je pouvais garder la chatte. Dans ma tête, elle n'était pas que mon animal de compagnie, elle faisait également partie d'une expérience de laboratoire. Je n'avais pas besoin de permission pour ça.

« Et son nom ?

— Jackson Brown.

— Pour une fille ?

— J'ai pensé que tu apprécierais le clin d'œil à ton musicien préféré.

— Comment pourrais-je dire non à Jackson Brown ? »

Je n'ai pas demandé la permission, mais l'approbation, ce qui est différent.

Le psychiatre a plus tard émis l'hypothèse que l'approbation de ma mère concernant le choix de lui parler du chat après résolution du problème de l'urine m'a conduite à lui dissimuler ma grossesse — jusqu'à ce que je trouve une solution, du moins je crois que c'est ce que le docteur a supposé. Mais la seule chose que j'aie trouvée au cours des sept premiers mois de ma grossesse secrète, c'était le fait de vouloir appeler le bébé Dylan, l'autre musicien préféré de Maman. Cependant, cette résolution ne s'est jamais concrétisée, car le nom de mon bébé a changé au cours de ma captivité.

En effet, au cours du vingtième jour, je manquais d'air dans le placard qui me servait de cercueil au grenier, et je me suis mise à chercher un autre nom pour mon enfant, désireuse de lui donner plus de sens.

L'armoire/cage semblait imprégnée d'urine de chat acide et étouffante, et à cause du manque de ventilation dans ce grenier digne d'un sauna j'ai commencé à transpirer et à respirer avec difficulté. Si je trouvais que ma chambre en dessous incarnait le confinement solitaire, ce placard faisait l'effet d'être largué d'un vaisseau spatial pour flotter dans l'immensité de l'univers. *Adieu ma capsule. Adieu ma planète. La gravité me trahit et me laisse dériver au hasard au milieu des étoiles.*

Va-t-il me laisser là toute la journée? Plus longtemps?

Je crois qu'une heure s'est écoulée.

Je me suis évanouie à cause de la chaleur.

J'ai repris conscience lorsqu'il a ouvert la porte de l'armoire et je me suis étalée par terre en me cognant la tête sur ses bottes.

« Nom de... », a-t-il hurlé. Il a retiré ses pieds de sous mon crâne comme si j'étais un rat en fuite.

Je faisais de l'hyperventilation, je suffoquais, étendue comme un poisson qui se débat sur la berge.

« Ah, mer-de, a-t-il dit en piétinant. Merde, merde, merde. »

Il m'a donné un léger coup de pied dans les côtes pour vérifier mon pouls, trop occupé pour se pencher et m'aider à respirer. Tandis qu'il me picorait la poitrine du bout métallique de sa chaussure, je luttais contre mes poumons défaillants, je sifflais, je toussais, je m'étouffais, jusqu'à ce que je retrouve enfin un rythme stable. Pas une fois durant ma crise je n'ai ouvert les yeux, et il ne s'est jamais baissé pour me prêter main-forte.

Quand j'ai pu réguler le volume d'air qui passait par mon nez, je me suis installée en position fœtale et j'ai ouvert mon œil droit, le plus près du plafond. Malheureusement, j'ai croisé son regard brûlant, et un long moment de haine mutuelle nous a figés dans une dangereuse confrontation.

Il a bougé le premier.

D'un geste rapide vers le bas, il a abattu sa main pour attraper une pleine poignée de mes cheveux répandus. Il a attiré ma nuque et mon buste vers le haut et m'a mise brusquement en position assise, pour mieux me traîner à reculons sur le plancher ; mon coccyx encaissait les coups des dures lames de bois.

Laissez-moi vous décrire la douleur. Imaginez que vous videz dix tubes de superglue dans un chapeau et que vous le placez sur votre tête, afin que le bord intérieur et la forme du tissu fusionne avec tous les follicules grâce à l'adhésif qui durcit et se répand. Maintenant, accrochez le haut du chapeau à une branche d'arbre un peu plus haute que vous. Tenez-vous debout. Il y a juste assez de marge pour que le chapeau tire chaque cheveu jusqu'à l'arracher presque, et que le cuir chevelu s'étire jusqu'à manquer de se déchirer. Aïe, aïe, douleur déchirante, aïe.

Il a continué à me traîner pendant que je me débattais, que je glissais en rebondissant sur le sol. Je cherchais à me soulager : mes mains tiraient sur ses avant-bras et mes pieds essayaient en vain de garder un point d'appui, encore et encore. J'avais l'impression que ma tête était en feu, un feu brûlant, ardent, rageur, crépitant. Je n'arrivais pas à garder prise au sol suffisamment longtemps pour combattre la force écrasante de sa traction.

Mon corps se tordait de gauche à droite, tel un thon hargneux aux nageoires combatives qui se fait tirer hors de l'océan.

Évidemment, avec autant de force, mon nouvel item inestimable — l'élastique — a commencé à glisser hors de mes sous-vêtements pour venir se mettre sous mes hanches meurtries. L'emplacement de cet objet de contrebande était devenu si précaire que, si j'avais continué à remuer les pieds pour prendre appui, il aurait sûrement fini par glisser plus loin dans la bagarre, le long de mon ventre rond, jusqu'à tomber par terre. J'avais le choix : combattre la douleur ou garder l'élastique. *L'élastique.* J'ai détendu mes jambes, ce qui lui a permis de me tirer librement les cheveux, et telle la reine des voleuses à la tire j'ai discrètement plongé la main dans ma culotte, saisi le caoutchouc et serré de toutes mes forces.

Il n'a rien remarqué, trop occupé à me faire mal. Quand nous sommes arrivés en haut de l'escalier, il m'a lâchée sur le sol nu ; mon dos était parsemé d'une centaine d'échardes, mon coccyx contusionné, peut-être cassé, mais ma détermination plus élevée qu'un millier de sommets, qu'un milliard de milliards de galaxies, que Dieu, ses anges, ses ennemis, et qu'un milliard de mères d'enfants disparus. Désormais, il allait mourir dans d'atroces souffrances.

« Lève-toi, connasse. »

Je l'ai fait, lentement, en soulageant mes blessures, mais les poings fermés dans le dos.

Nous étions confrontés à nouveau. Je voulais qu'il

me précède dans l'escalier pour qu'il ne me voie pas glisser l'élastique dans sa cachette.

« Avance, espèce d'idiote. »

Tu te permets un commentaire sur mon intelligence ? Vraiment ?

Une seconde s'est écoulée, puis deux. Tic. Tac. Il a grincé des dents et levé les bras.

Puis un téléphone dont j'ignorais l'existence s'est mis à sonner à l'étage inférieur.

« Oh, bordel de merde », a-t-il dit en mettant tout son poids sur les marches en direction du téléphone. « Si t'es pas en bas dans trois secondes, je te traîne par la peau du cul.

— Oui, monsieur. » *Monsieur l'idiot.*

J'ai glissé mon trophée dans ma culotte et j'ai souri.

En boitant dans l'escalier, j'ai tendu l'oreille pour écouter la conversation. J'ai entendu ce qu'il disait, ce qui était suffisant.

« Je t'avais dit que cet endroit était trop à découvert. Nom de Dieu, y a deux scoutes qui sont venues toquer à la porte avec leur mère. La mère voulait plus repartir. Tu m'as dit de n'éveiller aucun putain de soupçon. Tu m'as dit de faire profil bas, de jouer mon rôle. Je suis bien supposé être un type qui s'occupe de ses vieux parents, non ? Oh, comme il est attentionné : rénover le vieux bâtiment en une grande maison pour son papa et sa maman ? C'est pas ça que tu m'as dit qu'ils penseraient ? Putain de merde ! C'est l'idée la plus conne que tu aies eue, Brad. Il a fallu que j'offre le thé à des putain de scoutes, Brad. Cette idée de planque est merdique. Putain, je… Putain, je… Ferme ta gueule, Brad. Je te l'avais dit… Bien sûr que j'aurais buté tout le monde si cette connasse avait crié. »

Il m'a fait un clin d'œil en disant cette phrase, avec le genre d'expression qui veut dire : *Ouais, je vous aurais toutes butées. Je suis vraiment pas de ton côté*, ce qui m'a fait penser : *Ne me fait pas de clin d'œil. Si j'en ai l'occasion, je t'arracherai les yeux pour ce geste. Je ferai solidifier tes pupilles avec de la résine et je les accrocherai à mon porte-clés.*

De retour dans ma chambre, je me suis octroyé un peu de repos, couchée sur le côté à cause de mes bleus et des fines échardes de bois dans mon dos. Je suis restée étendue sur le couvre-lit blanc; le papillon n'était alors plus qu'un lointain fantôme qui passait dans la liste de mes objets… *Item n° 28 : une corde pour un arc, alias un élastique. Merci, mon ange noir, pour l'avertissement et le cadeau.*

6

PLUSIEURS JOURS, LA MONOTONIE

> « L'ombre : Et je hais ce que tu hais, la nuit ; j'aime les hommes parce qu'ils sont disciples de la lumière, et je me réjouis de la clarté qui est dans leurs yeux, quand ils connaissent et découvrent, les infatigables connaisseurs et découvreurs. Cette ombre, que tous les objets montrent, quand le rayon du soleil de la science tombe sur eux, — je suis cette ombre encore. »
>
> Friedrich NIETZSCHE,
> *Le Voyageur et son ombre*[1].

On considère généralement Thalès comme le premier scientifique grec. Il a inventé une méthode pour mesurer indirectement la hauteur et la largeur d'un objet difficile à mesurer grâce à son ombre. Thalès a expérimenté cette méthode sur les pyramides. Ma version de la technique a servi à calculer non seulement la taille et la largeur de mon ravisseur, mais également son poids en partant de là.

1. Trad. Henri Albert.

Après la journée dans le grenier, j'avais déjà assez d'objets pour le tuer au moins cinq fois. Ce qu'il me fallait, c'était donc m'assurer de certains détails à son sujet et, comme quelqu'un qui attend son tour devant une corde à sauter, calculer le moment précis où se lancer et attaquer. *Pas encore, bientôt, bientôt, bientôt, ça va venir, attends, attends…*

J'avais aussi besoin de perfectionner mes armes, de calculer et tester mes théories sur son poids et sa démarche, et de m'entraîner encore. Alors si vous vous demandez pourquoi je ne parle que des jours de visites ou de ceux où je fais l'acquisition d'objets intéressants, c'est parce que sans cela je vous décrirais des heures et des heures de répétitions, suivant le texte griffonné en minuscule sur plusieurs feuilles de papier — mon journal scientifique de fortune — que je dissimulais dans le rembourrage en coton et en plumes de mon matelas. J'en ai inclus un extrait plus bas, dans lequel je me réfère à lui, mon ravisseur assujetti, à l'aide de ce symbole : ⊙, le mauvais œil. Le mauvais œil est considéré dans de nombreuses cultures comme un signe de mauvaise fortune sur la personne à qui on le jette. Oh, dès que je le pouvais, je le jetais sur mon balourd de ravisseur ; j'affirmais mon désir de lui porter malchance jusque dans mon écriture.

Vous vous demandez sûrement pourquoi j'incorpore le mauvais œil dans un carnet scientifique : un tel symbole n'est-il pas pur mythe et superstition ? Peut-être. Mais laissez-moi illustrer ce choix en vous racontant une anecdote.

Quand j'avais huit ans, ma nounou équatorienne est venue me chercher à une répétition de théâtre après l'école. Elle se tenait près de la porte du gymnase avec les autres mamans. Naturellement, elle écoutait d'une oreille indiscrète leurs conversations. Nous répétions *Our Town*, et je jouais l'enfant précoce qui crie beaucoup. Dans une des scènes, le metteur en scène m'a demandé de descendre une rampe en courant et en hurlant mes répliques. Je ne sais pas pourquoi. Je faisais ce qu'on me disait car c'était le psychiatre pour enfant qui m'avait conseillé de faire du théâtre.

« Peut-être que ça l'aiderait à surmonter la dure réalité de la fusillade », avait-il dit à ma mère après que j'avais fait l'erreur de lui raconter plusieurs cauchemars peuplés de mitraillettes au cours des mois précédents. Mais Maman ne savait pas que ce n'était pas simplement passager. Je faisais constamment ces rêves, parce que je les laissais entrer. De six à huit ans, j'avais lu beaucoup de choses sur le cerveau et j'avais appris qu'il fonctionnait durant le sommeil pour se régénérer. Pour devenir plus fort. Alors je me forçais à revivre les pan pan du tireur presque tous les soirs pour tisser une protection magique et forger un alliage de neurones plus fort dans mon amygdale. Étendue sur mon lit, je feuilletais un catalogue d'armes à feu ou un magazine de chasse au cerf que je piquais dans la salle d'attente chez le dentiste et cachais dans mon tiroir à sous-vêtements, gravant en vitesse les images dans mon hippocampe, comme un adolescent l'aurait fait avec un *Penthouse*.

Mais revenons-en au théâtre. J'ai accepté le rôle dans *Our Town* pour calmer ma mère.

J'étais donc en train de descendre la rampe en courant et en hurlant mes répliques, comme l'avait dit le metteur en scène, quand apparemment un troupeau de mamans s'est mis à bourdonner comme des abeilles. L'une d'entre elles a chuchoté : « Mais faites-la taire ! » Une autre a ajouté : « C'est elle. C'est la tarée qui a tiré l'alarme le jour où le tireur est venu. » Alors que ma nounou se retournait pour leur faire face, une femme délicate coiffée d'un casque de cheveux blonds m'a lancé le fameux mauvais œil menaçant. « Je ne laisserai pas Sara jouer avec elle. Ils devraient l'envoyer dans une école spéciale pour les monstres » : ainsi s'est exprimée leur reine casquée.

Ma nounou a soupiré, ce qui a rapidement fermé le clapet de toute la meute. Avant qu'elles ne puissent prononcer à la va-vite de pitoyables excuses, ma protectrice professionnelle s'est avancée comme un général annonçant une déclaration de guerre au président, m'a prise par le bras et tirée hors du gymnase en vitesse.

Elle m'a ramenée en voiture sans dire un mot, en se murmurant seulement quelques prières ; elle n'arrêtait pas de répéter : « Dios mio, ad te Domine. » À la maison, elle m'a installée à côté du réfrigérateur pendant qu'elle y cherchait un œuf, qu'elle m'a ensuite frotté dans tous les sens sur les bras, les jambes, le torse et le visage. Maman est tombée sur cet étrange numéro en entrant dans la pièce et a lâché son attaché-case en alligator sur le sol de la cuisine.

« Mais enfin, Gilma, qu'est-ce que vous faites ? » a-t-elle hurlé.

Gilma a continué.

« Nom de Dieu, Gilma, qu'est-ce que vous êtes en train de faire ?

— Madame pas interrompre. La dame blonde jeter mauvais œil à la petite. Œuf seul remède.»

D'ordinaire, Maman n'aurait pas toléré de telles superstitions, mais Gilma avait parlé d'une voix ferme, et s'il y a bien une chose à savoir sur ma mère, c'est que si elle se retrouve confrontée à une honnête conviction — surtout dans la bouche d'une forte femme étrangère à la peau dure et aux yeux d'or — elle écoute.

« Pas t'inquiéter. Je m'occupe. Je renvoie mauvais œil à la dame blonde, et elle pas savoir pour l'œuf.» Elle m'a fait un clin d'œil, sûre de ses croyances ancestrales.

Ça ne me gênait pas que Gilma me passe un œuf sur le corps. Je pensais simplement que ce n'était pas très efficace. Pourquoi compter sur l'aspect incertain d'une malédiction ? Pourquoi ne pas prendre le contrôle et élaborer une action aux résultats tangibles ?

Une semaine plus tard a eu lieu la première de *Our Town*. Avant de rejoindre ma place, je suis allée voir dans la salle pour repérer où mes parents étaient assis. Gilma aussi avait un siège, un rang plus loin, et je ne pensais pas qu'elle prendrait la peine de venir. J'ai souri, heureuse de sa présence. Gilma a hoché la tête et nous a fait signe de regarder à l'autre bout de la rangée. Ce que nous avons fait. Maman s'est plaqué les deux mains sur la bouche pour étouffer son cri de stupeur. Gilma a cligné de l'œil et articulé silencieusement : « Mauvais œil. Elle, pas d'œuf.»

L'objet de notre attention était la femme blonde, mais cette fois ses cheveux parfaits arboraient une marque de tonsure inégale de la base de son crâne jusqu'à l'endroit où se trouvait auparavant une belle frange bouclée. Le reste de son casque était intact, à l'exception de ce chemin tondu en dents de scie. Elle portait ce désastre capillaire comme un insigne provocateur, mais ses poings serrés et tremblants trahissaient sa nervosité. Je ne sais pas pourquoi elle n'avait pas caché cette blessure avec un foulard, comme l'aurait fait n'importe quelle femme normale qui se respecte.

Une femme vêtue d'un pull bleu très classique s'est penchée vers ma mère et lui a murmuré : « C'est son enfant de cinq ans qui lui a fait ça avec le rasoir électrique de Papa. On dit qu'elle était dans les pommes dans sa foutue chaise longue, complètement bourrée. »

Maman a offert à la dame au pull un beau sourire félin tout en faisant un clin d'œil à Gilma, ma fidèle gouvernante, mon chevalier attitré, ma rouleuse d'œuf anti-mauvais œil.

Quoi qu'il en soit, voici un extrait du carnet de laboratoire que je tenais dans ma cellule :

Jour 8 : 8 h 00, il arrive avec le petit déjeuner. ⊙ *pose quelque chose sur le sol derrière la porte. Bruissement de clés.* ⊙ *met 2,2 secondes à actionner le loquet et faire tourner la serrure, de gauche à droite.* ⊙ *ouvre la porte de la main droite, pose le pied droit sur le seuil, récupère le plateau sur le sol. Quand* ⊙ *se tient debout, il atteint la marque 1,80 m sur l'encadrement de la porte* — que j'avais faite au préalable avec ma règle graduée. *Les deux mains de* ⊙ *sont pleines.* ⊙ *ouvre un peu plus la porte avec son épaule droite et entre en posant le pied gauche d'abord. De la serrure au pied gauche, on compte 4,1 secondes.* ⊙ *ne s'arrête pas pour vérifier ma position ; son premier pas tombe sur la troisième lame. Il parcourt les 2,50 mètres qui séparent la porte du lit en 3 secondes et 4 pas : pied gauche, pied droit, pied gauche, pied droit rejoint pied gauche. Aujourd'hui, la lumière du soleil projette une ombre derrière ⊙ à 1 mètre au-dessus du bord le plus haut de la tête de lit et 0,95 mètre au-dessus du côté du lit* — j'avais noté les repères, marqués par des entailles déjà faites dans le bois, encore une fois à l'aide de ma règle. ⊙ *me propose plus d'eau.* ⊙ *part pour chercher l'eau dans la salle de bains de l'entrée. Ce segment lui prend 38 secondes, depuis la proposition jusqu'à son retour.*

8 h 01 : ⊙ *s'en va.*

8 h 02 – 08 h 15 : Petit déjeuner : scone à la cannelle, banane, tranche de jambon, lait.

8 h 15 : Je mesure les ombres, note sa taille et estime sa largeur à 100 cm au niveau de la taille ; en comparant l'envergure de son ombre à ma taille, ma largeur et mon poids — d'après la dernière visite médicale plus 2-3 kg, soit entre 60 et 65 kg, avec le bébé — ⊙ *pèse environ 82 kg. Cette découverte concorde avec la théorie initiale et les mesures antérieures.*

8 h 20 – 8 h 30 : J'attends que ⊙ *revienne chercher le plateau.*

8 h 30 : ⊙ *revient. Bruissement de clés. 2,1 secondes pour actionner le loquet et faire tourner la serrure, de gauche à droite.* ⊙ *ouvre la porte de la main droite, pose le pied droit sur le seuil, pousse la porte de l'épaule droite, entre dans la pièce avec le pied gauche. Du verrou au pied gauche, il met 4,1 secondes — on remarque la constance de* ⊙*, qu'il ait les mains prises* *ou non. ⊙ ne s'arrête pas pour vérifier ma position. Son premier pas tombe sur la troisième lame. Il parcourt les 2,50 mètres qui séparent la porte du lit en 3 secondes et 4 pas : pied gauche, pied droit, pied gauche, pied droit rejoint pied gauche — là encore, on note la constance. Le soleil projette une ombre derrière ⊙ à 0,97 m au-dessus de la tête de lit, 0,92 sur le côté, en direction de la porte.*

8h30 – 8h35 : ⊙ me propose d'aller aux toilettes. J'y vais, je me lave le visage, le corps et les dents avec un chiffon resté sur le lavabo depuis le troisième jour, je bois de l'eau au robinet.

8h35 : ⊙ part.

8h36 : Je mesure et je note l'ombre que j'ai marquée à la craie dans ma tête et mémorisée. Les vecteurs confirment : 180 cm de haut, 100 à la taille, 82 kg. Je continuerai à mesurer pour être absolument sûre et noter les changements de constitution de ⊙.

8h40 – 12h00 : Méditation, tai-chi, entraînement au positionnement des items, évaluation de l'inventaire.

12h00 : ⊙ revient. Les observations sont les mêmes que ce matin : tout est constant. Le soleil de l'après-midi projette une tache d'ombre derrière lui, à environ 15 cm de ses pieds. Il porte des chaussures avec des semelles en caoutchouc, mais je ne crois pas que ça le sauvera.

12h01 : ⊙ me tend un gobelet pour que j'aille me chercher de l'eau en allant aux toilettes. Je bois au robinet. Je récupère 20 cl d'eau et je retourne dans la chambre. ⊙ part en verrouillant la porte.

12h01 – 12h20 : Déjeuner : quiche œuf-bacon, pain maison, lait.

12 h 20 : Mesure des ombres, calcul des vecteurs : 180 cm, 100 cm à la taille, 82 kg. Les chiffres sont constants. Je vais continuer à mesurer.

12 h 20 – 12 h 45 : J'attends que ⊙ *vienne chercher le plateau.*

12 h 45 : ⊙ *revient. Bruissement de clés…*

Et ainsi de suite. Sa routine était ponctuelle, précise, prévisible. Les vecteurs de son ombre demeuraient constants. Un clone soldat. Un fantassin hypnotisé. En fait, d'après le comportement martial de mon père, commando de marine, je me suis dit que mon ravisseur était un ancien militaire. Le vingt-cinquième jour, cette hypothèse s'est presque vérifiée. Mais il était curieux de constater, en revanche, le paradoxe entre sa rigoureuse ponctualité et son apparence physique débraillée.

Comme vous pouvez le voir dans l'extrait ci-dessus, j'ai pris des mesures de façon répétée. Je voulais un résultat sans faille. Mais j'ai rapidement décidé que tout écrire ne servirait à rien, alors j'ai fait des graphiques avec les données, les calculs, et les vecteurs, pour ne plus écrire en toutes lettres que les informations et acquisitions nouvelles. Mon carnet de notes ainsi transformé ne contenait presque plus que des diagrammes et des tableaux.

7

AGENT SPÉCIAL ROGER LIU

Après d'innombrables semaines d'enquête, Lola et moi nous sommes retrouvés assis à une table dans un coin du fameux café-restaurant Lou Mitchell's, dans le West Loop de Chicago. C'était un mercredi, à la fin du printemps, la clientèle formait un joyeux mélange de touristes en survêtement et d'hommes d'affaires dans leurs costumes croisés 100 % confiance en soi. Ma commande est arrivée sur une assiette en porcelaine chaude : deux œufs sur le plat luisant du beurre dans lequel ils avaient cuit, des toasts de pain blanc, des frites maison et un supplément bacon. Lola a pris la même chose, avec une pile de pancakes et une portion de jambon en plus. Bien sûr, une grande cafetière était posée entre nous deux. Je me suis plongé dans l'ambiance des serveuses grincheuses et des clients pressés, avec leurs tons et leurs attitudes du Midwest ; comme si cette matinée se passait dans une boîte de nuit, comme si leur journée de travail ou leur excursion en car n'était pas imminente, mais un simple arrêt au stand avant un déjeuner de poulet frit et quelques bières accompagnées d'ailes de poulet après le bureau. Calé sur ce rythme, je me suis permis de sourire intérieurement à l'idée de déguster un cocktail en terrasse sur Rush Street. Mais mon téléphone a sonné.

« Allô ? »

Lola a levé le nez, qui semblait pourtant incrusté dans sa pile de pancakes. « Hmm », a-t-elle dit avec son expression habituelle, comme si elle avait décroché mon téléphone, elle aussi.

En entendant la voix au bout du fil, j'ai quitté la table et j'ai pris l'appel sur le trottoir. Lola a continué de manger, tranquillement. Quand je suis revenu, je l'ai surprise à piquer un toast dans mon assiette.

« Boyd a appelé. » J'adorais lui larguer des bombes comme celle-là au visage.

Elle a balancé mon toast dans son assiette et attrapé une serviette en papier, qu'elle avait déjà tachée avec son supplément sirop d'érable et ses coulures de jaune d'œuf. Tout en essuyant bien fort le tour de sa bouche et en récupérant les morceaux de jambon coincés entre ses dents avec sa langue, elle a agité son poing dans ma direction. « Putain de merde, Liu. Je savais que ce fermier qui pue la merde en savait plus. Je l'avais bien dit, non ? Je te l'avais bien dit ? »

Elle ne me l'avait pas dit. Elle s'était seulement plainte de l'odeur de la grange. Mais, à vrai dire, moi aussi je pensais que Boyd en savait plus. J'aimerais pouvoir vous dire que j'étais surpris de son appel. Mais j'avais déjà vu ça tellement de fois. Les gens sont mal à l'aise quand ils discutent avec le FBI dans leur cuisine. Ils se demandent de quoi ils ont l'air, comment ils sonnent, s'ils sont eux-mêmes suspects. Ils pensent à leurs propres indiscrétions passées et se disent que mes questions servent peut-être de couverture pour une autre enquête, qui les toucherait de plus près. Ce n'est que quelques jours après notre départ — quelques mois, parfois — qu'un souvenir enfoui ou une observation subconsciente refait surface. Alors ces âmes bienveillantes ressuscitent ma carte ou celle de Lola et ils nous appellent. Souvent, leurs révélations sont inutiles, sans intérêt, ou tout simplement déjà connues de nous. Ils disent des trucs comme : « Sa voiture, elle était verte, sans aucun doute. Je m'en souviens très bien maintenant », et moi je pense : *Ouais. Une Ford deux portes vert émeraude de 1979. On l'a retrouvée la semaine dernière au fond du lac Winnipesaukee, avec les corps dans le coffre. Merci d'avoir appelé.*

Alors, quand j'ai entendu la voix de Boyd, je ne m'attendais pas à grand-chose. La vache, qu'est-ce que j'avais tort.

Mais avant de vous parler de la perle des perles d'investigation de Boyd, il faut que je vous explique pourquoi on s'est retrouvés dans un snack-bar de Chicago, Lola et moi. Vous vous en souvenez, nous avions eu la chance de tomber sur des vidéos de surveillance très enrichissantes dans une station-service près de South Bend, dans l'Indiana. On savait quel jour et à peu près à quelle heure il fallait regarder : l'après-midi du jour où Boyd a vendu son van, qui se trouvait être l'anniversaire de son frère et la raison pour laquelle il est allé en Louisiane à cette date pour un long séjour.

Il y avait trois cassettes de cette journée : une

qui montrait les pompes, une autre au-dessus de la caisse, et la troisième devant les portes extérieures des toilettes. On a trouvé notre suspect, visage découvert, sourcils froncés — mais très souriant sur une des images — sur les trois bandes. *Jackpot.* On l'a repéré dès qu'on a aperçu la camionnette devant les pompes, où il est resté deux minutes trente, et suivi jusqu'au comptoir, après l'avoir perdu pendant environ trois minutes durant lesquelles il a acheté un demi-litre de lait chocolaté et un paquet de Ding-Dong fourrés. À la caisse, il a demandé un « paquet de Marlboro », ce qui a été facile à déchiffrer, entre sa manière de parler lentement et nos yeux entraînés à lire sur les lèvres. Puis il a demandé « la clé des toilettes », et notre sympathique pompiste la lui a remise. Quatre minutes supplémentaires se sont écoulées, il a rapporté la clé et nous l'avons aperçu une dernière fois aux pompes, en train de vérifier son bouchon de réservoir, puis entrer par la portière côté conducteur et s'éloigner.

Toutes ces images ont été envoyées en Virginie pour être disséquées, avec les empreintes relevées dans les toilettes de Boyd. Après analyse, voilà ce qu'on savait : un homme, la quarantaine, cheveux châtains, bien coupés façon César, petit, des yeux ronds de rat, des pupilles si marron qu'elles paraissaient noires, une bouche fine, presque pas de lèvres, et un gros nez avec d'énormes narines. Ses paupières inférieures tombaient, laissant entrevoir l'intérieur de ses orbites. Les experts médicaux ont indiqué qu'il pourrait s'agir d'un signe de lupus. Les profileurs et anthropologues le cataloguaient comme étant sicilien, mais élevé aux États-Unis. Fumeur, sans aucun doute, et en surpoids, ce qui ne se voyait qu'à son ventre arrondi et nulle part ailleurs. Il n'avait pas d'antécédents judiciaires et n'était pas répertorié dans les bases de données de l'armée, alors les empreintes n'ont rien donné. On estimait sa taille à un mètre quatre-vingts, et son poids entre quatre-vingts et quatre-vingt-cinq kilos.

Notre homme portait un t-shirt Lou Mitchell's. L'analyste a découvert que le coloris et le motif ne pouvaient pas dater de plus de deux ans. Je ne me serais pas senti emballé par la piste du t-shirt si je n'avais eu que ça ; j'aurais sans doute pensé qu'il s'agissait seulement d'un touriste. Mais lorsqu'il a ouvert son portefeuille à la caisse, il a fait l'erreur de le poser à plat sur le comptoir, et nos experts vidéo aux yeux de lynx ont réussi à faire un arrêt sur image qui en disait long : les chiffres 126:05:001, tout en haut d'un vieux ticket de caisse sur lequel on pouvait deviner quelques lettres au-dessus de la couture : L CHELL'S. Même en zoomant si fort qu'on arrivait à différencier chaque molécule du cuir du portefeuille, on n'a pas réussi à trouver son nom, car son permis de conduire et ses cartes de crédit n'étaient pas visibles, alors on s'est mis à appeler notre suspect aux yeux de rat Ding-Dong, rapport aux gâteaux qu'il avait achetés.

Nous avons commencé par les lettres visibles sur le reçu de Ding-Dong. Les spécialistes du comportement humain ont présumé que ce dernier était cuisinier dans un snack, à la forme de son corps, à sa démarche, aux marques de brûlures sur ses doigts et à sa manie de s'essuyer les mains sur son pantalon devant la pompe. Au vu de son t-shirt et en remplissant les blancs du ticket dans son portefeuille pour former la seule solution possible, tout le monde en déduisait qu'il travaillait chez Lou Mitchell's. Les experts médicaux lui ont aussi diagnostiqué une forme d'emphysème, rien qu'à voir la vidéo.

Lola et moi avons foncé à Chicago à la recherche de quelqu'un capable d'identifier notre cuisinier de snack-bar au souffle court.

Chez Lou Mitchell's, nous attendions qu'un homme du nom de Stan, le cuisiner en chef, finisse le rush du petit déjeuner. Nous avions promis au nouveau gérant que nous n'interrogerions pas les serveuses pendant leur service, quand elles étaient en salle. Alors nous avons commandé le petit déjeuner précédemment mentionné. Après que nous lui avons montré la photo de Ding-Dong, le gérant nous a expliqué : « J'ai commencé ici l'an dernier et je me souviens pas de ce type. Votre meilleur espoir, c'est de demander à Stan. Si quelqu'un a travaillé ici, alors Stan est au courant. »

Notre serveuse, une dure à cuire approchant de la soixantaine, est venue chercher nos assiettes vides. De profil, la tête penchée vers nous et sur un ton d'ennui familier, elle a dit : « Le grand chef vous attend. Passez par le comptoir. À gauche après le frigo. Pouvez pas le louper. »

Lola et moi avons fait comme indiqué. On a tourné à gauche après le « frigo », et c'est là qu'on l'a vu : une véritable muraille, postée devant un gril de deux mètres et demi de long. Il était si large qu'ils avaient dû coudre deux tabliers ensemble pour couvrir son torse.

« Stan ? » ai-je demandé.

Rien.

« Stan ?

— J'avais entendu la première fois, monsieur l'agent. Venez par là. Asseyez-vous sur ces bidons d'huile. »

Je me suis assis là où il m'indiquait. Lola, en revanche, a pris sa place habituelle de fidèle cerbère derrière moi.

Vu de profil, la tête de Stan avait la taille et la forme d'un ballon de plage : grosse et ronde. Il avait des favoris bien taillés et une crinière bouclée hirsute, gominée sur la moitié du crâne. Les mèches restantes échappaient à l'effet du gel pour former une perruque de clown à l'arrière de sa tête. Stan s'est tourné vers moi. Je n'avais jamais vu un aussi gros nez de ma vie. Si les géants ont un jour existé sur cette planète, le cuisinier était sûrement leur descendant.

« Qu'est-ce que vous voulez, monsieur l'agent ? » Une grosse goutte de pâte à beignet a coulé de sa spatule sur le sol, et je l'ai suivie des yeux ; lui, non.

« Je me demandais si vous connaissiez cet homme ? » Je lui ai tendu la photo de notre suspect.

Stan a fixé la photo avec ses yeux de vache marron, il a grogné, s'est tourné vers son gril, a retourné rapidement trois pancakes, et il a grommelé.

« J'en déduis donc que vous le connaissez.

— Ce gars-là, c'est un crétin de première classe. Ça fait deux ans qu'il est pas venu ici. Je l'ai foutu à la porte dès son troisième jour. Il vient me voir et me dit qu'il a bossé dans un snack pour routiers près de Detroit pendant cinq ans. Qu'il était cuisinier, sous-chef, chef pâtissier, cuisinier en chef, tout ce que vous voulez. Il me dit qu'il a tout perdu à cause d'une dispute avec le patron, qu'il a pas de bol, qu'il veut repartir de zéro, si jamais il y a une petite place pour lui dans ma cuisine. Alors je lui dis de s'occuper du bacon. Dès le premier jour, j'ai vu tout de suite qu'il avait jamais foutu les pieds dans une cuisine. Il a fait cramer toutes les tranches qu'il devait faire frire. Le lendemain, je l'ai mis à la vaisselle. Là aussi, il a tout foiré. Il envoyait des assiettes avec de l'œuf et d'autres saloperies encore collés dessus. Je me suis dit qu'il fallait que je lui fasse la leçon du vieux Stan sur la perfection et que je lui laisse une dernière chance. C'est ce que j'ai fait, et il a encore merdé, bordel. Le truc, monsieur l'agent, c'est qu'ici, on est chez Lou putain de Mitchell's. On peut pas tolérer des conneries pareilles. On sert le meilleur putain de petit déjeuner de toute la ville. Le maire Daley nous adore. Zagat dit que c'est Dieu lui-même qui fait nos omelettes. Qu'on a la "classe internationale". » Il s'est retourné vers Lola. « Vous savez de quoi je parle », a-t-il dit en pointant sa spatule dans sa direction. « Ouais, vous êtes au courant, madame l'agent, je vous ai vu engloutir mes pancakes. »

Lola ne fit pas plus qu'un signe de tête à l'attention de Stan, mais il s'agissait en réalité d'une marque de respect. Il l'a compris, car il lui a fait un clin d'œil, puis il s'est retourné pour me prêcher un sermon bien personnel.

« De toute façon, monsieur l'agent, ici on est chez Lou putain de Mitchell's, et j'ai à tolérer les conneries de personne. Compris ? » a-t-il dit, comme si je remettais en question ce fait évident. J'ai hoché la tête pour lui assurer qu'il avait raison.

Stan a continué. « Bref, le quatrième jour, j'attends ce crétin devant l'entrée de derrière. J'ai un chèque dans la main, et je lui explique que c'est pas la peine qu'il revienne. Ce connard me dit que je dois lui filer du liquide. Qu'il peut pas encaisser de chèque. J'aurais dû m'en douter, hein ? J'aurais dû deviner qu'il était du genre au noir. Eh ben ici, on paye pas les gens au noir, monsieur l'agent. »

Il a retourné d'autres pancakes en me faisant un signe qui voulait dire « peu importe » de sa main libre.

« J'imagine que vous avez besoin de son nom et d'autres informations qu'on a sur lui. Le problème, c'est que j'ai un peu contourné la procédure en l'engageant immédiatement. Du coup, j'ai pas de fiche ni quoi que ce soit sur lui. Linda, de l'administration, lui a fait remplir un formulaire W-2 pour pouvoir lui remplir des chèques. Demandez-lui de vous ressortir celui de ce connard qui se faisait appeler "Ron Smith" et qui a bossé ici trois jours en mars 91. Mais je vais vous dire, monsieur l'agent : ce connard s'appelle pas vraiment Ron Smith, on est bien d'accord ?

— Je pense que vous avez parfaitement raison. Y a-t-il un autre détail que vous pouvez nous donner sur lui ? Il a des tatouages ? Est-ce qu'il a déjà raconté d'où il venait, où il était à l'école, quoi que ce soit qui puisse nous aider ?

— De un, c'était un véritable enfoiré. De deux, il était aussi con que le bidon d'huile sur lequel vous êtes assis. Pas capable de faire frire du bacon ! Et de trois : un bon gros menteur. Il ne me parlait pas ; il parlait à personne d'ailleurs. Je serais bien incapable de vous sortir quoi que ce soit sur ce salopard asocial. À part que c'était un taré de la ponctualité. Le matin, il arrivait littéralement à cinq heures pile et repartait à trois heures pétantes à l'horloge. Je m'en souviens parce qu'on a calculé ses heures avec Linda. La pointeuse indiquait l'heure pile, matin et soir, les trois jours. Il a dit une phrase que je me rappelle : "Mon truc, c'est la ponctualité. Je serai parfaitement à l'heure tous les jours. Mais il faut que je pointe à l'heure exacte de la fin de mon service. On peut appeler ça un TOC. On peut appeler ça comme on veut. Je suis toujours à l'heure. Il le faut." C'est ça qu'il m'a dit. Putain de taré.

— Merci, Stan, ça nous aide beaucoup. Vous pensez que c'est un ancien militaire ou un vétéran ?

— Pas moyen que ce con ait été dans l'armée de terre, de l'air, la navale, ni chez les Marines. Pas moyen. J'ai fait mon service, et y a plein de gars qui sont venus bosser ici après leur déploiement, mais aucun ne ressemblait à ce type-là. En plus, il en avait rien à foutre de son corps. Même si je peux pas trop me permettre de parler sur le sujet, la plupart des militaires que je connais s'en préoccupent, au moins un petit peu. Ses bras n'ont jamais soulevé aucun haltère. Ça se voit, chez un homme. C'était juste un malade qui devait absolument être à l'heure sinon il pétait les plombs ou je sais pas quoi.

— Stan… »

J'allais commencer ma phrase, mais il a pivoté son buste vers moi en pointant sa spatule en direction de mon visage. J'ai reculé pour m'éloigner de lui ; Lola, en revanche, s'est avancée. Stan l'a ignorée, car il était clair qu'elle ne représentait rien d'autre pour lui qu'une mouche dans sa cuisine. Ils auraient fait un beau couple, tous les deux. Stan aurait pu être à la hauteur de Lola, si ce genre de chose l'avait branchée.

« Nom de Dieu, monsieur l'agent, c'était vraiment un putain de cinglé. Je me souviens d'un autre truc. Il avait un tic. Il clignait beaucoup des yeux quand on l'engueulait. Vraiment très agaçant. Ça, plus le coup de l'heure, je pense qu'il avait vraiment des TOC. » Stan a marqué une pause et cligné furieusement des yeux en guise de démonstration. « Ouais, c'est tout ce dont je me souviens. »

Sur cette nouvelle information, Lola s'est remise à sa place. Je me creusais la tête pour savoir où nous mènerait ce renseignement. Je suis sûr que Lola se demandait ce qu'on pourrait en faire. Je suis sûr qu'elle doutait de son utilité. J'ai ressenti ce doute, parce que Lola avait souvent raison.

Après avoir fouillé une dizaine de cartons différents à la cave avec Linda, on a fini par trouver le bon formulaire W-2 au nom d'un certain « Ron Smith ». Nous l'avons faxé au QG et, comme prévu, les experts nous ont confirmé qu'il s'agissait d'un faux nom et d'un faux numéro de sécurité sociale. Tellement faux qu'ils n'ont même pas eu besoin de chercher dans la base de données. « Liu, vous devriez savoir que les numéros de sécurité sociale ne commencent pas par 99, à moins que cet homme ne vienne de la ville fictive de Talamazoo, dans l'Idaho. » Et ils ont raccroché en pouffant de leur rire particulièrement coincé, propre au recoin sombre éclairé à la lumière fluorescente qui leur sert de bureau.

Une fois ressortis, Lola et moi avons marché jusqu'au cœur du Loop. On a traversé la rivière

Chicago par un chemin piéton sur un pont en fer décoré orange. En dessous, l'eau luisait d'un bleu turquoise et les ferrys et autres bateaux-taxis glissaient dessus en un chaos harmonieux. Des touristes, des avocats, des promeneurs, des enfants, des amateurs de jazz nocturne qui sortaient de club pour rentrer chez eux et des opérateurs de marché en veste jaune pisse fourmillaient çà et là et se cognaient les uns aux autres sur leur chemin vers Dieu sait où, comme des billes argentées dans un flipper. Lola et moi gardions notre allure lente et sûre au milieu de cette foule. On a continué jusqu'à ce qu'on s'arrête devant la Sears Tower, tous deux pensifs et silencieux, réfléchissant séparément aux nouveaux développements du matin.

On travaillait ensemble depuis cinq ans à ce moment-là, et on aurait pu nous qualifier d'égaux, même si nos fiches de paye étaient différentes. Je savais quand elle avait besoin de calme, et vice versa. Même si ça me tue de le reconnaître, Lola et moi formions un tandem synchronisé plus au point que ma femme et moi. Même nos pas ce matin-là se calaient sur le même rythme, notre allure, notre démarche, notre souffle, nos pauses et nos signes de tête, nos êtres entiers chorégraphiés comme une vieille troupe de danseurs de claquettes à Broadway. C'est peut-être au cours de cette marche que j'ai accepté le fait que j'étais un mauvais mari. Je n'étais jamais à la maison. Est-ce que je décevrais Sandra si je démissionnais ? Serais-je capable de quitter cet enfer personnel, cette obligation que je m'étais imposée pour me punir mais aussi pour rectifier une grave erreur du passé ?

Nous nous sommes promenés dans le ventre du Loop. Les grands immeubles de part et d'autre de Madison Street rendaient notre chemin aussi sombre qu'en pleine nuit. Quand on est arrivés au niveau des bijoutiers de Lower Wacker, le métro aérien a rugi au-dessus de nos têtes. Dans cette partie de la ville, les pigeons surpassaient en nombre les employés de bureau qui peuplaient le quartier deux rues derrière. Lola et moi avons continué et dépassé Michigan Avenue pour entrer dans Grant Park. C'est là que nous nous sommes assis sur un banc vert. J'ai croisé mes jambes en réfléchissant. Elle a écarté les siennes, les coudes sur les cuisses et la tête entre les genoux.

Mon téléphone a sonné. C'était encore Boyd. Je m'y attendais. Je me suis levé et j'ai marché en cercle, en l'écoutant à travers l'oreille dressée de mon équipière.

Je suis retourné m'asseoir et j'ai imité Lola, nos deux têtes pendues à nos épaules voûtées. Après une minute solitaire, j'ai expiré bruyamment pour obtenir l'attention de notre équipe de deux personnes. J'avais quelque chose à signaler.

Dans mon travail, j'ai entendu beaucoup de folles coïncidences incroyables, des combinaisons de faits réels qui seraient crédibles séparément mais impensables une fois associés. Prenez par exemple l'affaire dans laquelle un cirque roumain a abandonné son vieil ours danseur dans une épaisse forêt de Pennsylvanie, la même forêt où l'on pensait qu'un kidnappeur avait emmené une fillette de dix ans le mois précédent.

En reniflant l'odeur humaine, car c'est à ça que cette maman ourse aux griffes limées associait la nourriture, elle est littéralement tombée sur notre kidnappeur et l'a étouffé à coups de patte dans la trachée. La fillette, trop horrifiée, exténuée et abattue pour réagir, s'est simplement roulée aux pieds de l'ours, en sanglots. Elle nous a raconté plus tard que, dans son délire, l'ourse avait l'apparence de la Vierge Marie, et que les rayons du soleil se reflétaient sur son visage divin et tout autour de sa cape rose. L'ours a baissé la tête et a invité la fille à grimper en lui donnant des petits coups de museau. Un automobiliste l'a retrouvée à demi consciente sur le dos de l'animal qui gémissait et grognait au milieu d'une ancienne route destinée à l'abattage. La fillette portait un justaucorps rose ; l'ourse, un tutu rose.

En pensant aux nouvelles fraîches de Boyd, assis sur ce banc à Chicago, j'ai poussé un énorme soupir en signe d'incrédulité, comme si le fait de filtrer l'air de la ville dans mes poumons pouvait compresser ses mots en une vérité que je pourrais croire.

Dans notre position avachie, Lola s'est retournée vers moi et moi vers elle. « Tu es prêt à me dire ce que Boyd a dit ? a-t-elle demandé.

— Va chercher la voiture. On retourne dans l'Indiana. Il faut qu'on parte il y a une heure.

— Bon sang, Liu, je savais que ce fermier qui pue la merde en savait plus.

— Et tu ne sais pas à quel point. Tu ne me croiras même pas, ce coup-ci. Va chercher la voiture.

— Encore un ours rose ?

— Encore un ours rose. »

8

25e JOUR DE CAPTIVITÉ

Dans la vie, certains jours horriblement inquiétants deviennent fabuleusement comiques avec le recul. D'un humour noir, certes, mais comiques quand même. Il y a des gens qui paraissent extrêmement étranges et qui, eux aussi, avec le recul, se révèlent sombrement comiques — ils vous rappellent également vos bons côtés, vu qu'ils placent la barre très bas rien qu'en respirant le même oxygène que vous, comme s'ils en avaient le droit.

Le vingt-cinquième jour, j'ai reçu la visite de quelqu'un dont le souvenir, même au moment où j'écris ces mots, me fait bien ricaner. Peut-être que Dieu et son papillon noir ont pensé que j'avais besoin de faire une pause dans la détresse, alors ils m'ont envoyé de quoi rire un peu après coup. Mais seulement après coup. Sur le moment, j'ai utilisé toute mon énergie pour combattre la peur ; j'essayais constamment d'éteindre un interrupteur tenace dans ma tête.

C'était en fin d'après-midi, et le crépuscule commençait à tomber sur la maison. On n'allait pas tarder à m'apporter mon dîner. Comme tous les jours, j'ai rassemblé mes outils pour m'entraîner, même ceux que je ne faisais qu'imaginer, et j'ai placé chaque pièce concrète ou invisible à sa place. Je me suis assise sur le lit, les paumes sur les genoux, le dos droit, le ventre sorti comme un ours en peluche rondouillard.

Grincement de plancher.

Grincement, craquement, de plus en plus près.

Grincement, craquement, très fort à présent.

Métal dans la serrure, rotation, verrou ouvert, porte ouverte.

Pas de nourriture.

« Lève-toi. »

Je me suis levée.

« Viens ici. »

Je me suis approchée de mon ravisseur. Il m'a mis un sac en papier sur la tête.

« Garde une main sur mon épaule et l'autre sur la rampe. J'ai pas attaché le sac pour que tu puisses voir tes pieds dans l'escalier. Maintenant, tu viens. Et ne pose aucune putain de question stupide. »

C'est quoi, ce bordel ? Tu me fais descendre l'escalier avec la vue presque complètement obstruée ? Qu'est-ce que je pourrais bien voir d'important ? Je reformule : qu'est-ce que tu penses que je pourrais voir d'important ? Je sais que je trouverais un nombre incalculable de choses, peut-être un moyen d'évasion, mais ça tu ne le sais pas. Primate.

« Oui, monsieur. »

Ainsi, je n'ai pas pu recueillir d'informations sur le monde en dessous du palier de ma cellule, à part que l'escalier était en bois avec une zone plus claire au milieu des marches qui indiquait qu'un tapis avait été enlevé. Le sol du rez-de-chaussée était fait de fines lames de chêne, certainement éraflées par des années d'usage intensif, le vernis presque entièrement parti. Nous avons tourné dans plusieurs couloirs avant d'entrer dans une pièce bien éclairée. La lumière passait à travers le sac. Il me l'a retiré.

« La voilà », a dit mon ravisseur à mon ravisseur.

Qu'est-ce qui se passe ? C'est quoi, ce bordel ? Je perds la boule ? Ils sont deux. Quoi ?

« Eh bien, frérot, elle m'a l'air en parfaite santé. Elle va nous rapporter un beau petit trésor », a répondu le double de mon geôlier à mon geôlier.

Des vrais jumeaux. C'est une affaire familiale. Non mais coulez-moi sur place dans du bronze et du métal en fusion, la bouche ouverte.

« Viens, assieds-toi là, charmante panthère », m'a dit le jumeau en tendant une main féminine vers une chaise devant une table de salle à manger ornée. Ses ongles étaient plus longs que n'auraient dû l'être ceux d'un homme. J'ai remarqué son écharpe violette en cachemire.

Un son étrange me parvenait aux oreilles lorsque j'ai reconnu le tintement du piano de Tchaïkovski, qui provenait d'un tourne-disque posé sur un coffre recouvert d'un napperon en dentelle au bout de la table. Un papier peint floral vert et mauve transformait l'espace en un décor victorien démodé, vieilli davantage encore par la présence de couverts sombres et brillants. Douze chaises à haut dossier avec des coussins à fleurs roses entouraient la table.

Des casseroles fumaient au milieu de celle-ci. Le chauffage était réglé sur une température d'enfer.

« Jolie panthère, jolie, jolie panthère, viens par ici, assieds-toi près de moi. Je m'appelle Brad », m'a dit le jumeau. Il avait une voix chantante, nasale et haut perchée. Ses mouvements exagérés faisaient voleter sa longue écharpe à glands.

Alors c'est lui, Brad. Pourquoi est-ce qu'il m'appelle panthère ? L'écharpe que j'ai récupérée le jour de mon échographie doit venir de lui.

Brad et mon ravisseur étaient exactement identiques : même visage, mêmes cheveux, même nez, mêmes yeux, même bouche, même taille et même ventre. La seule différence : Brad était propre et frais, son frère mou et déformé.

Je me suis assise sur la chaise près de Brad. Il a délicatement posé sa main légère sur mon épaule ; elle paraissait moite, même à travers le tissu. *Je suis sûre que Brad serre mollement la main aux gens. Maman le détesterait. Elle dirait : « Ne fais jamais confiance à quelqu'un qui ne te serre pas fermement la main. Les gens qui te palpent seulement les doigts quand ils te saluent n'ont pas de volonté, de substance, ni d'âme. Tu peux, tu dois, t'en éloigner. »* Il a posé un grand téléphone portable sur la table, hors de ma portée.

« Frérot, tu ne m'avais pas dit que notre précieuse panthère était une diva aussi cool », a-t-il dit en posant un petit pain dans mon assiette, qui avait un motif similaire à celle dont j'avais l'habitude. *Un jour, je détruirais ces assiettes.*

« Brad, on mange et je la remonte. Je sais même pas pourquoi tu insistes pour manger avec ces machins-là. Elles sont presque mortes, a répondu mon si grossier ravisseur.

— Tss, tss. Frérot, toujours bourru, a dit Brad avant de me regarder. Vraiment désolé, ma panthère rugissante, il n'a aucun savoir-vivre. Ne fais pas attention à lui, ce n'est qu'une brute. Profitons de ce dîner. Je suis si fatigué. Je suis rentré de Thaïlande hier. J'ai passé la journée chez le dentiste. Ce vieux bougon m'oblige à descendre dans un hôtel miteux de cette ville paumée. Je suis si fatigué, ma panthère. Si fatigué. Je reprends l'avion demain pour… Oh, ma panthère, tss, tss, je ne parle que de moi, idiot que je suis. Je parie que tu veux juste manger. Hi hi hi. »

Comment s'appelait ce film que j'ai vu avec Lenny, mon petit ami ? Ah oui, c'était Three on a Meathook. *Le fils, le père et la mère : tous des tueurs. Une famille de psychopathes.* Je suis passée de Tchaïkovski à la bande originale hurlante d'une scène de meurtre au couteau à travers un rideau de douche.

Brad a découvert un plateau garni de tranches de viande et il en a mis deux dans mon assiette. J'espérais que c'était du veau, parce que les parts en avaient l'aspect et l'odeur, mais je ne pouvais plus faire confiance à mes sens dans cette tanière démente. Brad m'a aussi servi une pyramide de haricots verts luisants, une bonne cuillerée de purée de pommes de terre et une délicate portion de carottes dorées. Il a coupé ma viande en petits morceaux, penché à côté de moi comme s'il était ma nouvelle mère.

« Madame la panthère, mon frère et moi, ou peut-être est-ce seulement moi, nous demandons, ou bien je me demande… » À ce moment-là, il a abandonné sa voix aiguë pour imiter une voix faussement bougonne et grave, comme s'il essayait de parler sérieusement à un enfant mais sur un ton amusant, « … pourquoi tu le regardes avec des yeux si méchants ? » Il a rapidement repris sa voix naturelle. « Qu'est-ce qu'il y a ? Tu n'aimes pas la nourriture qu'il t'apporte ? Hi hi hi. Ne t'inquiète pas, on ne le laisse pas cuisiner. Il n'a même pas été capable de garder un poste dans un snack où il n'avait qu'à faire frire du bacon ! Tu te souviens, frérot ? Tu te rappelles quand tu as essayé de fuir ton Brady-chou ? Comment ça s'est passé, hein ? »

Brad a cligné des yeux à l'intention de son frère.

« Ce bon vieux grassouillet est obligé de travailler avec moi. Il est trop bête pour faire quoi que ce soit d'autre. Bref, bref, je jacasse. Tu le regardes probablement aussi méchamment parce que c'est un gros porc bon à rien. » Il m'a poussée du coude pour que je rie avec lui. J'ai laissé échapper un bref « Ha » avant de voir le regard que me lançait mon ravisseur ; un long regard froid, entrecoupé de nombreux clignements des yeux. C'était la première fois que je remarquais qu'il clignait, clignait, clignait frénétiquement.

« Ferme ta gueule, Brad. Finissons-en. »

Clignement. Clignement.

« Allons, frérot, détends-toi. La jeune fille doit pouvoir profiter d'un joli p'tit dîner-chou. Hein, panthère ?

— Oui, monsieur.

— Oui, monsieur ? hurla-t-il. Oui, monsieur ? Oh, frérot, frérot, c'est un tout petit bébé panthère si mignon ! »

Brad a fait tourner son assiette. Je gardais les mains sur les genoux. Il a pris une bouchée, a lancé un regard sur mes poings serrés et s'est mis à me faire les gros yeux, perdant en un quart de battement de cils son amusante légèreté.

« Prends ta putain de fourchette et mange le veau que je t'ai préparé. Maintenant ! » a-t-il hurlé d'une voix profonde et pleine de haine, avant d'ajouter un « Hi hi hi » sur un ton aigu.

J'ai attrapé ma fourchette et j'ai mangé le veau.

« Dis-moi, frérot, pourquoi la panthère m'appelle-t-elle monsieur ? C'est comme ça que tu lui as dit de t'appeler ? »

Mon geôlier s'est avachi et a fourré dans sa bouche pleine et béante une cuillerée de purée.

« Oh, frérot. Tu ne te remettras jamais de papachou, hein ? » Brad s'est tourné vers moi.

« Vois-tu, jolie panthère, mon frère ici présent est marqué à vie. Notre papa, notre cher, cher papa, nous disait de l'appeler "monsieur". Même quand on avait la grippe et qu'on vomissait sur nos pyjamas bien repassés, il fallait dire : "Monsieur, je suis désolé d'avoir vomi." Oh, petite panthère, devine ce que mon cher papa a fait à mon idiot de frère, une fois ?

— Brad, si tu fermes pas ton claque-merde immédiatement… »

Clignement. Clignement. Clignement, clignement, clignement.

« Oh, frérot, c'est toi qui vas la fermer », a dit Brad en brandissant un couteau pointu et en aspirant distinctement un morceau de viande entre ses dents avec sa langue.

Mon ravisseur l'a fermée. Brad s'est assis et m'a adressé un sourire de chat, le nez plissé.

Hmm, étrange dynamique. Le jumeau efféminé a le dessus sur le gros porc. Je me suis penchée légèrement plus près de Brad, sans doute pour faire naître un partenariat inconscient dans son esprit.

« Frérot, frérot, mon frérot, si susceptible. Tss, tss. » Il a prononcé le mot « susceptible » à l'octave supérieure. « Écoute ça, ma petite panthère : mon gentil petit frère avait du mal à respecter le couvre-feu de Papa. Oh, Papa, il lisait l'heure sur une montre militaire, qu'il avait eue quand il était caporal, et moi, j'arrivais très bien à être ponctuel. J'étais le chouchou de Papa. Naturellement. »

En prononçant ce dernier mot, il a inspecté ses ongles, content de lui.

« Bref, ce crétin-là dépassait d'une minute par-ci, trente secondes par-là, il rentrait en soufflant, hors d'haleine. Un soir quand on avait dix-huit ans — on est jumeaux, tu sais —, un soir quand on avait dix-huit ans, le lendemain du dernier jour de lycée d'ailleurs, Papa l'a envoyé chercher du lait et du café à l'épicerie du coin. Il a dit : "Mon fils, je te chronomètre. C'est un test. Sois de retour à 19 heures, et pas une seconde plus tard. Tu as compris ?" Ce à quoi mon frère a donné la bonne réponse : "Oui, monsieur." Et il est sorti en courant. Papa et moi, on l'a regardé détaler dans la rue, et mon père a marmonné dans sa barbe : "Quel bon à rien. Fainéant. Il court comme un débile." Mais quelque chose a dû se passer au magasin. Qu'est-ce que c'était, frérot ? Qu'est-ce qui t'as mis en retard de deux minutes ? »

Pause.

Les frères se toisent avec hostilité. De la sueur coule du double menton de mon geôlier.

Clignement. Clignement. Clignement.

De la haine entre deux hommes, deux jumeaux.

Clignement. Clignement. Clignement.

J'ai protégé mon ventre avec mes bras.

Clignement. Clignement. Clignement.

« Ça n'a pas d'importance. Mon cher frère, ce débile, arrive et Papa tapote sa montre. "Mon garçon, il est exactement 0702. Tu as deux minutes de retard. Tu vas passer un an au trou." »

Mon ravisseur a lâché sa fourchette. Cette fois, il ne clignait plus des yeux, et concentrait toute sa haine sur moi, comme si c'était moi qui l'avais condamné au trou. C'était peut-être parce que j'avais cessé de manger, enchantée de pouvoir gagner du temps, et que je regardais Brad pour me nourrir de son récit. Je me suis retenue de demander : *Quel trou ?*

« Ma panthy-panthère, tu sais ce que c'était, le trou ? Oh, bien sûr que non. Malgré les gémissements et les supplications de mon frère, Papa l'a traîné dans l'escalier jusqu'à la cave, a ouvert une fausse cloison, l'a poussé dans une cellule que nous avions construite l'été précédent, et a fermé la porte. J'étais chargé d'apporter ses repas à ce crétin. Je faisais très attention à sa nourriture, ma panthère. C'est très, très important de manger sain quand on est enfermé. C'est une leçon de Papa. J'espère que mon frérot te nourrit bien. C'est le cas ? Il t'apporte bien tes repas ?

— Oui, monsieur. »

Je n'ai pas regardé mon ravisseur. Je n'avais pas besoin de son approbation.

« S'il ne le fait pas, je m'en occuperai à sa place. Alors dis-moi, panthère, pour de vrai, il t'apporte tes repas, hein ? »

Je ne veux pas que tu prennes sa place. Je ne veux pas recommencer tous mes calculs. Je ne peux pas recommencer une nouvelle routine. C'est trop tard. Je suis si proche du grand jour. Non, je ne te laisserai pas prendre sa place.

« Oui, monsieur.

— Quel ange ! C'est une machine bien huilée. »

Brad a applaudi comme un singe mécanique qui joue des cymbales.

« Bref, je reviens à mon histoire. M. Grognon n'a pas quitté sa cellule pendant un an complet. Libéré à 0702, pile un an plus tard. Tous les jours, Papa lui faisait copier : "Le diable joue avec mon temps. Il me tient sous sa botte quand je suis en retard." Il a rempli trois cent soixante-cinq cahiers, un par jour, avec cette phrase. Lorsque mon frère a été "enfin libre, enfin libre", il s'est retourné vers Papa et lui a dit : "Merci, monsieur", ce qui était la bonne réponse. »

Mon ravisseur ne m'avait pas lâchée du regard. Son état de menaçante méditation était devenu encore plus maléfique maintenant que je connaissais la source de sa noirceur. Clignement. Clignement. Clignement. Ses yeux m'annonçaient qu'il serait sans pitié parce qu'il ne voulait pas de ma compassion — la compassion aurait signifié qu'il était faible et que son papa avait tort. Clignement. Clignement. Clignement. La compassion aurait signifié qu'il n'était qu'une créature inférieure, pas assez bien. Ses clignements ont fait entrer un peu de peur en moi, et il m'a fallu dix bonnes secondes pour repousser cette émotion et fermer l'interrupteur. Plusieurs fois. Clignement. Clignement.

Quelqu'un a poussé mon assiette.

« Mange tes légumes, mon panthéon, on veut que tu sois en bonne santé.

— Mange tes légumes parce que je vais pas tarder à t'arracher ton bébé du ventre », a dit mon geôlier.

Brad ne l'a pas repris. Au lieu de ça, il a hoché la tête avec approbation.

J'ai bu une gorgée du lait qu'il m'avait versé. J'aurais voulu arracher le couteau à viande de sa main au petit doigt levé et lui enfoncer la lame dans la gorge à travers son écharpe. *Le rouge se marierait bien avec la soie rose.*

Une fois le dîner terminé, Brad est parti chercher une part de tarte aux pommes, rien que pour moi. « Ma panthy-panthère, emporte cette tarte dans ta chambre. Merci d'avoir dîné avec moi. J'aime bien rencontrer nos productrices, de temps en temps », a-t-il dit en agitant sa main libre.

Productrice ? Tu veux dire : jeune fille enceinte ? Future mère ? Tu es tellement tordu que je ne suis pas en colère. Tordu. Si tordu que ça en devient hilarant.

Lorsque Brad a levé la main pour me pincer le lobe entre le pouce et l'index, j'ai envisagé la possibilité de le faire tomber en avant en me servant de son propre mouvement, de tordre et tirer son bras pour qu'il retombe sur le dos rien qu'avec sa propre force. Ensuite, je lui aurais écrasé la trachée à coups de talon — avec ma force à moi. Exactement comme mon papa-chou me l'a appris. Une fois cette manœuvre effectuée, j'aurais rapidement saisi le tisonnier à ma gauche pour empaler mon ravisseur pétrifié. Mais là encore, mon état de santé réduisait les chances de succès de cette solution facile et évidente, alors j'ai attrapé la tarte aux pommes qu'on me proposait.

J'ai marché jusqu'à ma cellule les yeux presque bandés, de nouveau sous le sac en papier, avec mon dessert ô combien américain dans la main et mon geôlier sur les talons.

Normalement, il m'aurait poussée à l'intérieur. Cette fois-ci, il s'est arrêté et m'a surplombée de sa haute stature. « Tu me regardes comme si j'étais inférieur, connasse. Depuis le premier jour, t'as pas cillé. Tu sais quoi : je vais t'éventrer. Tu gagneras jamais. Alors pas la peine de sourire à cette petite histoire que mon frère t'a racontée. »

Il m'a laissée là-dessus, charmante façon de dire bonne nuit. Bordée par son grand sourire grinçant et terrifiant.

Je ferais mieux de me tenir à carreau pour qu'il garde la même routine.

9

30e JOUR DE CAPTIVITÉ

Comme prévu, à sept heures et demie, l'odeur de pain qui cuit m'a fait entrer dans cette quatrième journée de présence des Gens de la Cuisine, et avec eux le bruit du sol qui vibre — à cause du ventilateur de plafond en dessous — et les ronrons de leur mixeur. Dans mon esprit, l'appareil vert pomme était en train de servir à préparer une pâte à brownie. Un nuage de chocolat qui cuit emplissait la pièce et s'élevait jusqu'au plafond, laissant place à une odeur de fromage fondu et de pâte au beurre. Mon nez frémissait, ma bouche salivait, mon estomac grognait. Oh, si seulement je pouvais lécher le bol et grignoter un petit bout du gâteau à peine sorti du four. Je me suis recroquevillée sur mon lit dans ma cellule pour ne pas faire le moindre bruit. Mon ravisseur a toussé dans le couloir, le dos contre la porte, qui claquait à chaque inspiration. Ce matin, en me balançant sur le lit avec le seau, il m'avait une nouvelle fois montré son pistolet. « Tu bouges pas, tu fais pas un bruit, sinon bébé prend une balle aujourd'hui. »

Le canon était pointé sur mon nombril, probablement au niveau de la tête de mon enfant. Ce connard aurait très bien pu appuyer sur la détente, vu le frisson glacial que j'ai ressenti après son départ. Je n'ai même pas tressailli, mentalement secouée à l'idée que mon bébé se fasse cribler de métal, une horrible hallucination qui refusait de s'effacer, comme l'incessant bourdonnement d'un moustique.

Dix-sept ans plus tard, j'ai devant les yeux cette citation que je me suis écrite et que j'ai accrochée au-dessus de mon bureau : « Quoi que tu puisses attendre, sois prête. » Ce que je veux dire, c'est que si on attend quelque chose, il ne faut pas vraiment l'attendre, mais agir pour que ça arrive. Une pierre, une couche de mortier, une autre pierre… étape par étape jusqu'à l'accomplissement de la pyramide. Émotion après émotion. Brique après brique. La citation me rappelle en permanence que je dois vivre comme si ce que j'attendais allait forcément arriver, en dépit des doutes, des lois de la physique et, pire que tout, du temps.

Le temps, le temps qui passe, comme l'eau qui coule continuellement d'une roche tranchante, émousse la détermination. Dans les périodes de vide, lorsque les secondes martèlent leur lente moquerie, il faut penser à chaque nœud non défait, à chaque carte pas encore vérifiée par trois fois, chaque ombre pas encore mesurée, chaque tâche, chaque tâche, la moindre foutue tâche fera l'affaire, du moment qu'elle permet de se rapprocher du but, quel qu'il soit.

J'ai passé de nombreux après-midi à ne rien faire sous les gouttes du temps qui s'écoule, qui s'écoule.

Je n'arrivais pas à penser à de nouvelles tâches et j'en devenais catatonique, à regarder les planches mal taillées qui servaient de mur à ma cellule. Les poutres devenaient des branches d'arbre, le plafond un ciel de nuages blancs. Puis mon ravisseur bougeait à l'extérieur, et le grincement du plancher, tel un son de trompette, me stimulait à fouiller mon esprit en quête d'une tâche. N'en trouvant pas, je me repliais sur la seule activité qui m'apportait du réconfort : l'entraînement. Ce que j'attendais nécessitait de l'entraînement, encore de l'entraînement, dix fois plus d'entraînement, avant de m'entraîner mille fois encore.

J'adore les athlètes olympiques. Surtout ceux qui ne concourent pas pour une équipe, mais pour eux-mêmes. Les nageurs, les sprinteurs… Et j'ai un petit faible pour le récit de leurs entraînements éreintants de quatre heures du matin à minuit. Comme des diables dans leur boîte, ces athlètes se gonflent, se dégonflent, se gonflent, se dégonflent, en haut, en bas, en haut, en bas, en haut, en bas, sans jamais lever leurs pieds fermement implantés dans les starters. Puis vient enfin la cloche, le coup de revolver, et ils démarrent : leurs muscles cognent sur l'eau ou se contractent pour sauter une haie ; plouf, ils sont partis, vroum, ils sont partis. Ils passent comme des flèches devant leurs concurrents trop mous. Plus vite que la lumière. Lorsque le champion pronostiqué remporte l'épreuve, je hurle littéralement mon approbation. Il a travaillé pour ça. Il le mérite. La crème remonte toujours à la surface, surtout la crème qui se fouette toute seule. Décidés, déterminés, dévoués, défiant la mort, obsédés par la compétition : leur jeu, ils y jouent pour gagner. Je les aime tous autant qu'ils sont.

Le trentième jour, j'étais assise sur mon lit à attendre que les Gens de la Cuisine partent pour reprendre mon entraînement et mettre un terme à ce cauchemar, cette menace quotidienne de bébé criblé de balles.

Vers onze heures, j'ai entendu l'habituel léchage de bottes entre mes cuisiniers et mon ravisseur. J'ai senti une remontée acide dans la gorge et j'ai eu des haut-le-cœur sur ma couverture. Au lieu de disparaître ailleurs dans la maison comme il le faisait d'habitude, dès qu'il a fermé la porte, mon geôlier a grimpé l'escalier en direction de ma chambre. Ça ne faisait pas partie de la routine. Je détestais le moindre changement dans mes plans quotidiens. Une sueur tiède a envahi ma nuque. L'acide brûlait ma gorge. Mon cœur est reparti au rythme du colibri.

Il est entré en trombe avec son agitation habituelle. « Lève-toi. »

Je me suis levée.

« Enfile ça. » Il a balancé à mes pieds une paire de Nike. Elles étaient deux tailles trop grandes. Je les ai enfilées et lacées bien fort. *Item n° 32 : une paire de baskets. Mais, où sont mes chaussures ? Je ne les avais pas depuis le début ? Comment j'ai fait pour ne pas le remarquer ?*

« Avance », a-t-il dit, pistolet contre mon dos. Nous avons repris le petit manège du criminel armé, comme le soir de notre arrivée : moi devant, lui derrière, et je n'avais aucune idée d'où nous allions. La seule différence, c'était que je n'avais ni sac ni bandeau sur les yeux cette fois.

Mon Dieu, à l'aide. Où est-ce qu'on va? Mon papillon, pourquoi ne m'as-tu pas prévenue? Pourquoi? Peut-être que tu l'as fait. J'ai regardé le mur toute la matinée. Pourquoi n'ai-je pas regardé la fenêtre? Où m'emmène-t-il?

Nous avons descendu les trois étages mais pas tourné à gauche, ce qui nous aurait emmenés à la cuisine. Au lieu de ça, on a continué tout droit vers la porte de derrière qui menait sur un carré de terre. L'herbe avait sûrement été abîmée par des gens qui avaient dû un jour placer une vieille table à pique-nique devant la porte. Des mégots jonchaient le sol. *Un coin fumeur pour des employés?* Je mourais d'envie de me retourner pour voir à quoi ressemblait le bâtiment, mais il m'a donné un coup de pied dans le talon pour me faire avancer et je n'ai même pas pu y jeter un œil.

Le carré de terre faisait environ quatre mètres cinquante de tour, et donnait sur une longue bande de pelouse non tondue parallèle au bâtiment que nous venions de quitter. La bande mesurait près d'un mètre vingt de large et se terminait par une arête. Il m'a forcée à m'y diriger avec son pistolet. Derrière se trouvait une colline escarpée menant à une forêt. Un chemin étroit, d'environ trente centimètres de large, montait la colline à travers les bois. Nous l'avons emprunté. Il était midi.

Où est-ce qu'il m'emmène? C'est la fin? Je suis enceinte de huit mois. S'ils ont le bon équipement, le bébé a des chances de survivre. Mais est-ce qu'ils risqueraient une césarienne après s'être donné toute cette peine? Où est-ce qu'il nous emmène? Je me massais le ventre avec la fureur d'un naufragé qui frotte des bâtons de bois pour démarrer un feu. C'est là que j'ai réalisé quelque chose à mon sujet : dès que mon bébé était menacé, l'interrupteur de la peur s'enclenchait tout seul. Je n'avais jamais eu ce problème avant la grossesse. Après avoir analysé ce problème tandis que j'avançais, j'ai senti que je me maîtrisais mieux : j'arrivais à modérer, à tasser cette peur indésirable et tristement inutile. Un fait intéressant psychologiquement, médicalement et même peut-être philosophiquement, du moins pour moi. Parfois, je me demande si mon bébé ne me transférait pas ses émotions, sa peur fœtale, dans ces moments-là. Je lui donnais la vie, mais lui, ne me la donnait-il pas également ?

Plus tôt dans la matinée, il avait plu, et la froide humidité du printemps s'arrimait à la terre et à la moindre feuille. Les bourgeons aux arbres se languissaient. Pas un signe de vie ne se manifestait. Le soleil dormait, peu disposé à combattre la fraîcheur de l'air. D'épais nuages tristes s'accumulaient au-dessus de nos têtes. Sans manteau, je frissonnais.

« Tu ne sers à rien. Traînée. Une vraie putain. Regarde-toi. Tu te prostitues. En pleine chaleur et enceinte du péché. Tu es une pourriture, tu es insignifiante, tu ne comptes pas dans ce monde », a-t-il dit. Il maintenait le pistolet dans mon dos et glissait son visage autour de mon cou, les lèvres proches de ma joue. Après m'avoir par deux fois soufflé au nez son haleine chaude, il m'a craché au visage et a ajouté : « Sale pute inutile. »

Si j'ai pris cette responsabilité, si j'ai choisi de travailler dur pour que ça marche, n'est-ce pas là mon chemin ? Oui, j'ai la chance d'avoir des ressources, de l'aide, de l'amour, mais ces avantages n'en font-ils toujours pas mon chemin à moi? Un chemin imparfait et unique, mais néanmoins le mien? Pourquoi mes choix de vie créent-ils un débat public? Débat mené par qui, lui? Ce criminel. Attends. Attends. Ce n'est pas de moi qu'il est question. Concentre-toi. C'est juste une manière pour lui de justifier sa dépravation. Concentre-toi. S'il te plaît. Concentre-toi. Respire.

Je ne savais pas bien ce que j'avais fait pour mériter ce sermon, à part être une femme et être enceinte — si jeune. Rien ne le calmerait : ni discuter de la moralité de tout cela, ni m'excuser auprès de lui, auprès du monde, de Dieu, de la forêt, du bois, des molécules du bien et du mal en mouvement dans l'air. Jusque-là, j'avais obéi à chacun de ses ordres. Tout ce qu'il voulait, c'était me faire du mal. J'ai baissé la tête, prête à entendre davantage de cette homélie critique qu'il semblait sur le point de donner. Sa salive coulait lentement sur ma peau.

« Ouais, tu m'as bien entendu, t'es inutile. Toutes les autres filles, elles pleuraient et elles me suppliaient de les aider. T'es qui, toi? Une putain de tarée? Tu restes assise sagement, comme si de rien n'était. T'en veux même pas, de ce bébé, hein? T'en as rien à foutre? »

Faux. Je voulais de ce bébé encore plus que d'être secourue. Beaucoup plus. De nombreuses fois, j'avais rêvé que le papillon me donnait le choix : je pouvais rester dans la maison des horreurs et garder le bébé, ou être délivrée et le perdre. Chaque fois que j'imaginais ce choix, je me demandais où j'allais installer l'enfant sur le lit pour que nous dormions dans notre éternelle cellule. Je tenais son petit ventre rebondi dans ma main et embrassais sa peau de pêche.

« Je parie que tu vas parler quand on sera près de la carrière. Tu feras moins la maline, là-bas. »

Pourquoi est-ce qu'il m'emmène à la carrière ?

« Ouais, je parie que tu vas hurler, salope. Alors ? Hein ? Alors ? »

Je ne savais pas quoi répondre. J'étais là, je marchais devant lui sur un étroit chemin sinueux qui réclamait toute mon attention pour ne pas tomber, et lui derrière me demandait *Alors ?* C'était une question rhétorique ? Du sarcasme ? Comment voulait-il que je réponde ? Il se parlait tout seul ?

Je me suis arrêtée, la tête penchée, le corps en avant, le pied droit posé sur une pierre de la taille d'un poing, le pied gauche sur une racine. Il s'est approché doucement pour s'aligner avec mon corps, son bras armé replié autour de mon ventre, tel un amant qui m'étreindrait par-derrière. Il a sifflé dans mon oreille comme un serpent fou de rage : « Réponds aux questions que je te pose, connasse. Alors, tu crois qu'on va faire quoi, aujourd'hui ?

— Aucune idée, monsieur.

— Ah. Très bien. Je vais te dire quelque chose : tu vas continuer à grimper cette colline, encore quelques pas, ouais. Ensuite, tu verras l'endroit où je balance les salopes dans ton genre. J'en ai plein le cul de te voir te prélasser comme si t'étais chez toi. Je veux que tu voies ce qui t'attend, et après tu feras moins la fière, assise dans ta petite chambre à me regarder comme si t'allais me tuer à chaque instant. T'es vraiment une grosse conne. »

Son haleine puait toujours.

La sueur tiède qui perlait sur ma nuque depuis le début de ce périple était devenue glacée, mais elle s'est réchauffée une fois de plus à cause de son souffle menaçant. La fièvre est montée en moi. J'ai vomi. Ma bile s'est répandue sur mon pied droit et le rocher en dessous.

Il a reculé. « Avance » a été la seule tendresse qu'il m'a accordée devant cet accès de maladie. Il a collé le pistolet dans mon dos à nouveau.

J'ai grimpé la colline dont il parlait et le chemin s'est arrêté. Nous sommes arrivés devant une série d'énormes blocs de granit ; de vraies montagnes rocheuses, avec des taches de mousse verte et de lichen comme le duvet d'un adolescent. J'ai avancé, complètement penchée en avant, dans une position rendue encore plus dramatique par mon gros ventre et mes pas incertains dans ces chaussures trop grandes.

J'ai glissé en arrière et lui suis rentrée dedans une fois, mais je me suis rattrapée en agrippant le lichen épineux, qui s'est incrusté et m'a éraflé la peau.

« Relève-toi. Relève-toi ! Avance. » Il n'a pas tendu la main pour m'aider.

Une fois en haut des rochers, nous étions arrivés.

Nous nous trouvions au bord d'un trou circulaire rempli d'eau noire. Des rainures creusées à la dynamite marquaient les parois jusqu'au niveau de l'eau. *Alors on a un jour exploité cet endroit ? Une carrière. La carrière.*

Elle faisait la taille d'environ huit piscines de jardin.

« On dit qu'elle atteint douze mètres de profondeur, par endroits. Tu veux piquer une tête et aller vérifier, connasse ?

— Non, monsieur.

— Non, monsieur ? Non, monsieur ! C'est tout ce que t'as trouvé ? Espèce de petite salope. Descends par là. Tu vas chialer une bonne fois pour toutes. »

Donc, il a pété les plombs. Il est devenu fou. Tout ce temps assis à me surveiller, m'apporter ma nourriture comme un esclave, lui a fait plus de mal qu'à moi. Il est malade. Cet homme est malade. Les malades sont imprévisibles. Je ne peux pas calculer ce qui va se passer comme ça. Écoute. Écoute. Fais ce qu'il te dit.

Je l'ai suivi avant qu'il ne m'attrape par le cou pour me tirer en avant.

Nous avons marché le long du trou puis sur une pente descendante jusqu'à une mare qui se déversait du bord inférieur. Tout en gardant le bras tendu, le pistolet braqué dans ma direction, il s'est penché pour attraper une corde enroulée et trempée.

« Mets tes mains dans le dos. »

Je me suis exécutée, il a posé le pistolet par terre et, tel un marin expérimenté qui amarre un bateau à un bollard, a noué la corde autour de mes poignets et attaché l'autre extrémité à un arbre au bout de la carrière pour me maintenir en place, comme un chien de fourrière.

« Bouge pas et regarde ça. »

Dans l'obscurité de la carrière, il a tâtonné sur le côté de la paroi au niveau de la mare. On aurait dit qu'il détachait quelque chose. Une autre corde, détendue. Il est passé près de moi et s'est assis derrière un gros rocher, en collant ses pieds contre la roche pour se mettre en porte à faux. Il a tiré sur la corde, les muscles, les jambes et la mâchoire serrés, dans le but d'extraire ce qui semblait être un objet très lourd à l'autre bout.

Haletant, il s'est arrêté au milieu de l'effort pour dire : « J'ai attaché celle-là à un wakeboard de compétition bien cher, le genre qui va dans l'océan. » Sa poitrine tressaillait à chaque inspiration, mais il souriait, ravi de me livrer ces détails sordides. « Sous la planche, j'ai noué un énorme bloc de ciment. J'ai balancé le tout de là-haut — elle sur la planche, avec le ciment. » Il a penché la tête pour m'indiquer le haut de la carrière et s'est arrêté pour respirer avec difficulté avant de reprendre son discours de cinglé et son tir à la corde. « Au début, la planche s'est enfoncée sous l'eau d'un côté, avec elle dessus, et elle s'est stabilisée quand le ciment s'est mis à couler. Oh, mais elle flotte juste en dessous de la surface. Tu verras bien. Dès que je récupère ce bloc du fond. Eh ouais, connasse, j'ai gardé celle-là sous le coude au cas où j'aurais besoin de convaincre une salope dans ton genre. Plutôt malin de ma part, hein ?

— Oui, monsieur. »

Euh, alors… Euh ? Tu… ? Et après, tu… ? Quoi ?

Je dois bien admettre qu'une partie de moi, la partie impassible, était un peu intriguée par les détails, les étapes bizarres qu'il avait mises en place pour retrouver une de ses victimes. On aurait dit qu'il s'était fabriqué un trophée aquatique élaboré. Franchement, je ne savais pas quoi penser de la physique de son système. Je me tenais là, à l'écouter, et je me disais que son trophée ne devait pas être bien vieux. La corde, tiraillée entre le wakeboard qui chercherait à remonter et le bloc de ciment qui, lui, voudrait rester au fond de la vase, exercerait une traction constante sur sa chair en décomposition. Ainsi, cette même corde qui la maintenait sous l'eau lui arracherait les muscles et les organes, et son squelette et son cadavre seraient réduits en miettes. Certains morceaux d'elle flotteraient à la surface pendant que d'autres couleraient.

Il a simplement dû la balancer.

« J'ai bougé cette connasse à la cave quand je t'ai amenée ici. Elle était sur le point de sortir. Eh ouais, salope ! Je lui ai arraché son bébé il y a quelques jours, juste en haut de ce rocher, pendant que tu restais assise sur ton cul à contempler ton mur. »

Je n'arrive pas à expliquer le dixième de ce que j'ai ressenti à ce moment-là. Je ne laisse pas entrer beaucoup d'émotions d'habitude, mais lorsqu'il m'a montré l'endroit exact où il lui a pris son bébé, quand il a tiré sur la corde pour me le prouver, j'ai vécu l'unique moment de peur incontrôlable de ma vie ; cinq minutes, disons trois, pendant lesquelles l'interrupteur s'est enclenché tout seul. Je devais être en état de choc, incapable de maîtriser les commandes des lobes de mon cerveau, car l'horreur de le voir extirper une jeune fille inconnue de cette obscurité m'a plongée dans un vortex de pure inconscience. Je me souviens d'avoir gardé les yeux fixés sur une chose seulement, un cardinal rouge, perché sur la plus haute branche d'un chêne en haut de la carrière. J'attendais en vain qu'il descende en piqué pour venir me chercher. Je crois que ce fut mon unique pensée sur le moment.

Mon ravisseur s'est remis à la tâche ; son corps ressemblait à une machine qui tressaille. La surface de l'eau a commencé à gargouiller, le centre couvert de bulles, comme si un chaudron infernal débordait. Le cardinal s'est envolé.

Une tête à cheveux longs en décomposition est sortie de l'eau et s'est écrasée sur le rivage. Puis est venu son corps gonflé, en putréfaction. La corde attachée à un harnais autour de sa taille était bien, comme il l'avait dit, reliée à une planche, violette avec un lettrage noir. J'ai présumé que le ciment se trouvait sous son torse, et qu'il n'attendait que de replonger au fond de cette tombe aquatique dès que mon bourreau aurait lâché prise. Il l'a maintenue en suspension comme un magicien aurait fait léviter une femme allongée au-dessus d'une longue table en acier. J'ai été prise de nausée, vague chaude partie du ventre qui est passée dans mes poumons et mon cœur, m'a paralysé les épaules, le cou, et englouti le visage.

Le cadavre d'une jeune fille à l'abdomen ouvert d'une hanche à l'autre flottait devant mes yeux. L'entaille, qui avait pourri dans l'eau, semblait brûlée aux extrémités, comme une feuille de papier dans un feu de cheminée. Ce n'était pourtant pas des marques de calcination, mais les stigmates de la chair qui se décompose, les bactéries de l'eau stagnante qui la dévoraient par sa plaie béante.

« Je lui ai arraché son bébé. Il était mort. Le docteur était trop bourré pour ramener son cul. Alors je l'ai fait. Ouais ! J'ai balancé cette salope ici. Le bébé aussi. Il est attaché à un rocher, bien au fond avec les autres. Elle pleurait encore, en foutant plein de sang sur ma bâche. Faudra que j'en achète une nouvelle rien que pour toi, connasse. T'es presque prête. » Il a pointé du doigt le haut de la paroi. « Je l'ai balancée de là-haut pour pas qu'elle laisse une traînée de sang partout dans la baraque. J'ai retenu la leçon la première fois. Le docteur veut que tu accouches par voies naturelles. Il pense qu'on a pas besoin d'arracher les bébés. Mais on verra ! J'en ai plein le cul de toi. Je suis pas sûr de vouloir attendre beaucoup plus longtemps. Alors arrête de me regarder comme si tu voulais me foutre le mauvais œil tout le temps. » Il a lâché la corde. Elle a coulé.

Et comme j'avais laissé entrer les émotions, j'ai chancelé et je me suis évanouie.

Quand on se réveille d'une profonde inconscience, on se sent recouvert d'une douce grisaille. C'est comme une page vierge, que rien ne précède et qui n'attend rien à venir. On se sent léger dans cet espace ; l'esprit ne s'accroche à aucun passé et ne planifie pas non plus l'avenir, ne sachant pas s'il doit basculer dans le noir ou laisser le blanc tout emporter. Il n'y a pas de couleurs, seulement un gris qui passe au blanc, et avec le blanc arrivent quelques sons, qui vont et viennent, et on ondule encore vers le gris, puis retour au blanc et aux tout petits sons.

Un bâton casse près de votre tête allongée.

Une toux.

Quelques mots.

Un léger retour au noir, puis le gris à nouveau, et enfin un blanc pur lorsque vous sentez une pression dans le dos.

« Rév… oi. »

« Réveille-toi », entendez-vous plus clairement.

Des formes claires commencent à se mettre en

place derrière vos paupières fermées. Quelques couleurs entrent en jeu.

Vous ressentez une autre pression, sur les épaules.

Vous entendez très clairement : « Réveille-toi, espèce de salope. »

Vous ouvrez les yeux, et la nausée revient. Vous êtes étendu dans de la mousse au bord d'une carrière. Vos bras sont attachés dans votre dos.

« Mets-toi debout. On va voir si tu continues à me regarder comme tu le fais d'habitude. »

Nous avons repris le chemin étroit et tortueux en direction de ma prison, mais cette fois il tenait la corde qui me liait les poignets, comme s'il me promenait ; moi, son chien. Je n'arrivais pas à me concentrer sur la moindre chose en particulier. Si vous n'avez jamais été en état de choc, il vous faut comprendre que vos sens ne s'adressent plus à votre conscience. Vous ne voyez rien. Vous n'entendez rien. Vous ne sentez rien. Je n'ai donc rien retenu de la couleur, de la forme, du revêtement, de la taille, ni même de la position d'une seule fenêtre de la maison dans laquelle nous sommes retournés. Après coup, je ne me souvenais toujours pas de ce à quoi ressemblait l'extérieur, alors j'ai continué de me représenter une ferme blanche. La seule pensée à laquelle je me raccrochais durant cet horrible moment, c'était le fait que nous revenions à la maison. *On rentre. Je ne suis pas morte. Il ne m'a pas balancée au fond. Il ne m'a pas pris mon bébé. Il ne m'a pas éventrée. On rentre.* C'est la seule et unique fois où j'ai été ravie de revoir ma cellule.

10

32e JOUR DE CAPTIVITÉ

Ces jours vierges, faits de rien et de cieux vides,
Regarde, plus près, au-delà du néant :
Le réconfort arrive
Lorsque tout devient miséricordieusement blanc

S. Kirk

Deux jours après les Gens de la Cuisine. Deux jours après la carrière. Et je ne désirais qu'une seule chose : un bain. Un bon bain avec des sels à la lavande, où je pourrais m'enfoncer dans l'eau comme dans des sables mouvants chauds. Le genre de ceux que je prenais dans la baignoire très profonde avec jet sur-mesure de Maman, avec vue sur la télévision qu'elle avait fait installer dans sa salle de bains en marbre blanc réservée aux femmes. Lorsque ma peau devenait trop plissée et que j'avais trop chaud, je me jetais sur son tapis de bain blanc et doux, je m'emmitouflais dans son épais peignoir blanc du Ritz, puis j'entrais dans son dressing contigu pour défiler toute nue sur un podium imaginaire dans ses chaussures Jimmy Choo, Manolo ou ses Valentino à lanières, celles avec les cristaux. En rêvant à ce confort blanc, j'ai regardé autour de moi dans ma cellule marron et poussiéreuse, puis ma peau crasseuse, et j'ai prié pour que tout s'arrête. De plus, j'étais épuisée par le double rôle que j'avais adopté depuis le trentième jour. J'avais commencé à répéter d'incroyables scènes de crises de larmes et à inventer quelques lignes incohérentes pour supplier mon ravisseur au faible ego de nous libérer, mon bébé et moi.

Il avait besoin de se sentir puissant.

Je lui ai donné ce dont il avait besoin pour qu'il s'en tienne à notre routine.

Et même si je mourais d'envie d'un bain comme les avocats meurent d'envie d'un café, je n'allais pas m'écarter de mon entraînement et interrompre notre chorégraphie journalière avec une nouvelle requête. J'aurais pu me servir de ma couette comme d'un gant de toilette et tremper les coins dans mon verre d'eau pour pouvoir me laver certaines parties importantes du corps, mais plutôt lutter avec une vipère que gaspiller la moindre goutte d'eau. Je n'aurais jamais dilapidé un item de la sorte.

Après avoir mangé une part de *shepherd's pie* pour le déjeuner, j'ai attendu qu'il vienne récupérer le plateau. Je tremblais, dégoûtée par mon propre corps, par la couche de crasse sur mes jambes, la graisse dans mes cheveux. Mes efforts pour me laver chaque jour avec un gant très sale dans la salle de bains étaient loin d'être suffisants ; franchement, vu l'état du gant, je crois que je ne faisais qu'aggraver les choses.

Le trente-deuxième jour s'épanouissait sous la chaleur d'un soleil brillant dans un ciel sans nuages. Ma chambre, pourvue de murs en pin, était devenue un vrai sauna ; encore plus chaude que quand les Gens de la Cuisine venaient et que les senteurs et la vapeur de leur four montaient dans ma cellule comme la fumée d'un feu de bois.

Le grincement du parquet s'est fait entendre, annonçant l'arrivée du psychopathe qui venait prendre mon plateau vide. Je me suis assise sur le lit, j'ai compté le nombre de lames de pin entre mes pieds et la porte, puis j'ai fixé le mur en plâtre blanc et j'ai compté les lézardes qui partaient de l'embrasure. Je connaissais déjà les réponses mais je comptais quand même, comme toujours, afin de mémoriser chaque routine de chaque journée : douze planches de largeur variable, quatorze fissures, y compris les plus petites.

J'ai entendu le bruit des clés qui cognent contre la partie en métal de la porte à l'extérieur, comme d'habitude, et j'ai secoué la tête d'ennui. En sentant l'épais fumet de sueur qui montait de mes aisselles, je me suis retenue de soupirer de dégoût. Je me suis redressée lorsqu'il a enfin ouvert la porte et qu'il s'est placé à l'endroit habituel sur la lame n° 3.

« File-moi ton plateau. Toilettes ?

— Oui, s'il vous plaît.

— Alors magne-toi. J'ai pas toute la journée. »

Tu n'as pas toute la journée ? Mais qu'est-ce que tu fous toute la journée ? Ah oui, c'est vrai : rien. Tu ne fais rien toute la journée. Tu ne sers à rien.

Mais je ne lui ai lancé aucun regard supérieur, ni de mauvais œil, comme j'aurais pu le faire auparavant. J'ai baissé les yeux, je lui ai passé le plateau avec précaution et je me suis tortillée nerveusement jusqu'aux toilettes tandis qu'il allait bloquer l'accès à l'escalier vers le bas, comme il le faisait toujours.

Dans la salle de bains, appuyée contre la porte, il m'a fallu un moment pour me rendre compte à quel point j'étais devenue grosse. Le bébé bougeait à l'intérieur de moi, mais lentement, comme une baleine tranquille fend l'océan avec sa bosse. Déjà complètement formé, mon enfant était recroquevillé dans ses étroits appartements. Cela dit, je ne sais pas comment il pouvait être à l'étroit : mon torse était aussi large qu'un barbecue Weber.

J'ai caressé le bébé et balayé la pièce du regard. Je ne vous ai pas encore décrit la salle de bains, si? Ça devait être un ancien placard, vu la taille, enfin, un grand placard : un renfoncement coincé sous une corniche. Sous le toit mansardé se trouvait une baignoire à pieds qui prenait quasi tout l'espace de la pièce. Il fallait se glisser derrière et s'asseoir bien droit pour utiliser les toilettes blanches. Ainsi, on pouvait méditer sur la vie en s'accoudant au lavabo à colonne blanc. Au-dessus de celui-ci, un miroir carré bon marché légèrement de travers était littéralement collé sur le mur. Entre les toilettes et le lavabo se trouvait coincée une poubelle blanche de trente centimètres de haut, dans laquelle il y avait deux sacs plastique blancs : le premier pour les déchets, et le deuxième au fond pour le remplacer. Je les avais tous les deux laissés en place car je ne leur avais pas encore trouvé d'utilité. C'était ce genre de sac fragile et agaçant qu'on vous donne au supermarché. Ceux dans lesquels le caissier, de manière inexplicable, ne met qu'un article par sac : la bouteille de ketchup dans un premier, le lait dans un autre, le pain dans un troisième, et ainsi de suite. On se retrouve avec cinquante millions de ces machins-là. Je hais ces sacs. Je les hais très, très fort.

Mais je digresse.

Le sol de la salle de bains était fait des mêmes lames de pin que dans ma chambre. J'avais souvent inspecté cette pièce blanche à la recherche d'items, mais tout était soit vissé ou collé à sa place, soit pas vraiment utile. J'aurais pu emporter la petite poubelle, mais qu'est-ce que j'en aurais fait ? Le gant de toilette sale posé sur l'évier n'était qu'une immondice de quinze centimètres sur quinze. À part ces objets-là, la salle de bains avait été vidée de tous les objets normaux qui auraient pu me servir dans ma liste. Pas de nettoyants chimiques, pas de coupe-ongles, pas de pince à épiler : bon sang, même du fil dentaire aurait constitué une bonne arme.

Même si j'avais pris acte de l'absence d'objets utiles dans la pièce, après avoir fermé la porte j'ai ratissé l'endroit à nouveau, et à nouveau je n'ai rien trouvé. Je me suis glissée jusqu'aux toilettes et, si vous tenez vraiment à le savoir, j'ai vidé ma vessie. Mon ventre gonflé touchait le bord de la baignoire et mon coude reposait sur le lavabo. Après m'être soulagée, je me suis levée et j'ai penché la tête sous le robinet pour avaler autant d'eau que ma bouche sèche le pouvait. À l'aide du gant crasseux dont je m'étais servie pendant des semaines, je me suis rapidement lavé les aisselles et ailleurs.

Ce faisant, je tournais sur moi-même et je lorgnais la baignoire avec un désir bestial. Oh, si j'avais seulement pu tourner le robinet d'eau chaude, me glisser dedans, me tremper dans un liquide brûlant et faire disparaître l'odeur nauséabonde de mon corps. J'ai posé mon pied gauche sur la cuvette, appuyée de tout mon poids sur le droit, et je me suis penchée pour gratter ma jambe poilue, en luttant contre ma corpulence dans cet endroit exigu pour atteindre la zone au-dessus de ma cheville.

Dans cette lutte, la tête penchée vers le bas et juste ce qu'il fallait sur le côté, j'ai remarqué une chose qui m'attendait depuis le début. Bien cachée, discrète. Mais vraiment, littéralement, sous mon nez pendant tout ce temps.

Une bouteille d'eau de Javel.

Juste là. Une bouteille de quatre litres. Elle n'avait plus d'étiquette et, placée bien en retrait à l'arrière des toilettes, elle était presque camouflée. Mais — Alléluia ! Alléluia ! — quand je me suis baissée pour ramasser ma nouvelle trouvaille, sans surprise, j'ai découvert que ce fabuleux caméléon albinos était aux trois quarts plein. *Bienvenue à la fête, hypochlorite de sodium. Item n° 36.*

Mon plan ne nécessitait pas cet objet bonus. Pourtant, au moment de tout mettre en place, j'ai trouvé un usage parfait pour cette eau de Javel : une couche de douleur supplémentaire, ce dont je ne pensais pas avoir besoin avant d'avoir posé les yeux sur ce superbe récipient blanc. Je me suis laissée aller à un instant de psychose frivole et instable en pensant que je pourrais tomber amoureuse de cette Javel. Peut-être ai-je vraiment succombé à la folie pendant quelques secondes quand j'ai enlacé la bouteille en plastique entre mes seins gonflés et embrassé le bouchon bleu.

Au fond de la poubelle se trouvait le deuxième sac plastique. Je l'ai attrapé et glissé dans ma culotte : *Sac plastique, item n*° *37.*

J'ai remis la bouteille à sa place. Je ne pourrais pas la faire sortir ce coup-ci, mais par cet après-midi de chaleur, je me suis dit que je trouverais bien un plan.

« Sors de là, bordel », a-t-il crié, en cognant de son gros poing sur la porte comme on pouvait s'y attendre. Le bois a tremblé. Chaque fois qu'il faisait ça, je craignais que le vieux lambris ne craque et cède.

« Oui, monsieur. J'arrive. Désolée, je ne me sens pas bien. » Ce n'était pas vrai, mais, entre le moment où j'ai reposé ma trouvaille et celui où j'ai regardé la porte plier sous ses coups, j'avais trouvé un moyen d'emporter la bouteille. Je n'avais pas besoin de tout l'après-midi pour échafauder un plan.

« Désolée, je me dépêche, j'ai juste la nausée.

— J'en ai rien à foutre. Sors de là. »

J'ai ouvert la porte, les épaules arrondies en une posture inférieure et soumise, et j'ai foncé vers ma cellule.

Il m'a enfermée dedans avec son foutu trousseau de clés.

À quoi servent les autres clés ? On s'en fout.

Pendant l'heure qui a suivi, je me suis forcée à penser à des choses horribles, dégoûtantes. Je tournais sur moi-même pour me rendre malade, puis je me jetais à quatre pattes et je me balançais sur la tête pendant quelques secondes, et je recommençais.

L'image la plus ignoble et la plus grotesque que j'ai pu trouver était, bien sûr, la mémoire vivace du torse de cette fille dans la carrière. Alors j'y ai pensé. Encore et encore. Puis je me suis fait un petit film dans lequel je léchais le dos du frère jumeau de mon ravisseur. C'est sûr, Brad, son dos devait être couvert de poils et de boutons, alors j'ai imaginé que je passais ma langue à travers sa toison et que je lui éclatais les bubons, pendant que lui léchait une assiette de veau sanguinolent. Ces images fermement imprimées dans mon esprit, je me suis remise à tourner, je léchais, je perçais les boutons, le veau de plus en plus sanglant, le pus de plus en plus épais, mêlé aux poils que je léchais, je tournais, je tournais, et quand je me suis sentie vraiment étourdie et écœurée, j'ai enfoncé mon doigt dans ma gorge pour enfin, enfin, vomir. Se faire vomir, c'est plus dur qu'on ne croit. Et je ne l'ai jamais refait, pas plus que je ne recommande de le faire pour s'entraîner. Parfois, cependant, il faut ponctuellement se livrer à de tels actes abominables pour le bien commun.

La giclée avait atterri bien loin de la porte, exactement là où j'avais visé, à un endroit où il ne marcherait pas. Je ne voulais pas qu'il hésite à entrer dans ma chambre et à remettre les pieds aux endroits exacts où il se plaçait.

Est-ce que j'attends jusqu'au dîner dans cette odeur âcre, qui va empirer avec la chaleur ? Ou est-ce que je l'appelle ? Je le faisais parfois lorsqu'une envie pressante me prenait. Je n'avais aucune idée d'où il allait entre deux visites dans ma cellule. Peut-être qu'il restait assis dans une pièce en dessous, peut-être qu'il sortait faire des courses, quelque part où je ne pourrais pas l'entendre. Huit des douze fois où j'avais cogné à la porte pour aller aux toilettes, en dehors des passages prévus lors des repas, il avait gravi l'escalier en jouant son rôle de maton agacé. Ses statistiques de réaction étaient donc bonnes : huit fois sur douze. Je me disais qu'il voulait surtout éviter d'avoir à nettoyer. Alors, dans l'espoir qu'il réponde à nouveau, et parce que les huit fois sur douze s'intégraient bel et bien dans une routine, j'ai choisi de l'appeler.

En outre, l'atroce odeur de pourri, qui semblait se répandre très vite dans l'étouffante chaleur de ma chambre, commençait à m'envahir le nez et à me transpercer le crâne, ce qui a renforcé ma décision.

Mon Dieu, non, hors de question que je sente ça tout l'après-midi.

J'ai marché jusqu'à la porte d'un pas désinvolte, en me frottant les mains. Je m'imaginais en grande guérisseuse qui réchauffe ses mains holistiques avant de masser des muscles déchirés pour les soigner. Les paumes chaudes, j'ai cogné à la porte.

« S'il vous plaît, monsieur. S'il vous plaît. J'ai vomi. »

Sans surprise, il s'est mis en mouvement dans une partie inférieure du bâtiment. Puis il a marqué une pause, parce qu'il a dû se demander s'il avait bien entendu du bruit, j'imagine. J'ai continué à taper et à crier.

« S'il vous plaît. Monsieur, je suis malade. Je suis vraiment désolée.

— Putain de bordel de merde, fais chier », a-t-il crié tandis qu'il gravissait l'escalier d'un pas lourd.

Je me suis éloignée de la porte, et il est entré.

« Nom de… »

Il s'est pincé le nez en découvrant la source de l'odeur sur le sol.

« Je vais nettoyer, monsieur. Je suis vraiment désolée. S'il vous plaît, s'il vous plaît. J'ai vu de l'eau de Javel dans la salle de bains. Est-ce que je peux m'en servir ? Est-ce que j'ai le droit de le faire ? » Je suis tombée à ses pieds, implorante.

« Je suis vraiment désolée. »

Mal à l'aise dans cette puanteur, il a reculé, a pris sa position en haut des marches pour m'indiquer que je pouvais aller à la salle de bains, et a dit : « Allez, vas-y. Nettoie-moi cette merde. Et plus vite que ça ! »

Toujours à quatre pattes, j'ai rampé jusqu'aux toilettes, j'ai attrapé la poubelle, le gant, la Javel, et je suis revenue. J'ai rapidement jeté le vomi dans la poubelle et j'ai versé deux bouchons de produit sur le gant pour frotter le parquet. J'ai mis la bouteille de côté après avoir nettoyé la zone, j'ai repris le gant et la poubelle, je suis retournée à la salle de bains, j'ai tout versé dans les toilettes, j'ai rincé la poubelle dans la baignoire, j'ai essoré le gant sous l'eau et je suis rentrée dans ma chambre.

« Merci, monsieur. Je suis vraiment désolée.

— Ne refais jamais ça. Je regarde Matlock. » Une fois de plus, il a fermé ma porte à clé.

Alors c'est ça que tu fais toute la journée ? Comme tu es prévisible.

J'imagine qu'on va reprendre la bonne vieille routine, alors. Tout est bien douillet et confortable, n'est-ce pas ?

Javel, item n° 36. Juste à temps. Demain, c'est parti.

11

AGENT SPÉCIAL ROGER LIU

Vous pouvez choisir de croire à ce qui va suivre, ou non. Ce qui est certain, c'est que cette partie de l'histoire est trop fantasque, trop extraordinaire peut-être, pour n'importe quel rapport du FBI.

Parfois, et c'était plus souvent le cas auparavant, j'aimais bien disparaître. Mettons qu'un rendez-vous se termine plus tôt que prévu et qu'on n'avait besoin de moi nulle part à ce moment-là. Je pouvais appeler le bureau, Sandra, ma femme, ou encore ma dure à cuire de collègue Lola. Mais parfois il m'arrivait de profiter du cadeau de ces quelques heures volées pour m'insinuer dans une ruelle pavée et entrer dans un petit restaurant italien qui, je le savais, avait toujours été là. Si, par exemple, mon rendez-vous se trouvait à Boston, ce restaurant pouvait être Marliave, installé sur une colline près de Downtown Crossing. Je crois qu'il existe depuis l'invention de la brique.

Je pouvais me glisser dans un box noir, le téléphone détaché de ma ceinture et posé sur le siège, sans plus y toucher. La serveuse m'apportait un menu, mais je n'en avais pas besoin, car qui aurait besoin de feuilleter quelque chose d'aussi banal sur du temps volé. Dans ces moments-là, je suis libre, autonome, et ce statut divin m'oriente vers des désirs simples : « Je vais prendre les gnocchis *al dente* et un Coca, s'il vous plaît. » La serveuse s'en retourne à pas feutrés pour faire venir de quelque part mon plat chaud.

J'adore ce sentiment : personne dans le monde susceptible de me chercher ne sait où je me trouve à cet instant précis. J'ai le pouvoir. Je domine le monde. Personne ne peut me dire que je n'ai pas le droit d'être là, car je ne l'avais moi-même pas prévu. Quel cadeau, ce temps libre ! Je pourrais presque tomber dans un vide entre deux cordes théoriques de l'univers et rester à jamais dans un puits antigravité.

J'avais découvert le pouvoir d'une bonne cachette à l'âge de treize ans, mais quand j'ai droit à ces moments volés de paix secrète, je ne laisse pas mon esprit vagabonder vers ces souvenirs malheureux, ni vers le jour misérable qui a déterminé toute ma vie, ma carrière. Nous n'en parlerons donc pas à présent, alors que je vous raconte mes instants de bonheur secrets.

Évidemment, j'adorerais que Sandra soit avec moi pendant ces périodes où je me cache, mais c'est impossible. Je ne les prévois jamais, et je suis sûr qu'elle est toujours occupée par une tournée quelque part. Bref, je ne manque à personne. J'imagine que je pourrais accepter de nouvelles affaires, prendre de l'avance sur mon travail, appeler ma mère, un ami, ou en profiter pour faire une course pénible.

Peut-être que je n'aurais jamais fait tout cela si je m'étais fait écraser par un bus après la réunion ; mais comme je ne me suis pas fait écraser par un bus, je vis sûrement sur du temps emprunté, un supplément de temps, la cerise sur le gâteau du temps. Donc je n'appelle personne et je ne travaille pas. Je reste assis là avec mes pâtes et mon soda, et je fixe l'obscurité du restaurant ou bien je traîne un peu en écoutant le couple d'amoureux dans le box voisin.

À la fin de ma vie, j'aimerais coller tous ces moments ensemble en une seule bobine de film. Je suis sûr que, si je le faisais, l'assemblage révélerait que chaque moment volé n'est pas bien différent du précédent ou du suivant, parce que je vous jure que, chaque fois que ça arrive, je me sens toujours au même endroit dans ma tête : rien que moi, tout seul, assis là à sourire en pensant à la liberté de vivre à cet instant précis, et personne pour bouleverser mes plans. Ça pourrait se passer chez Marliave comme ça pourrait se passer au réservoir de Manchester dans le New Hampshire, dans ma chambre d'hôtel à Atlanta, les rues de Soho ou le parc dans le Kentucky avec vue sur un cheval crème et un autre brun. C'est toujours le même endroit pour moi : la paix intérieure.

Bien sûr, je ressens cette paix parce que je ne suis pas en cavale. Je n'ai pas besoin de fuir qui que ce soit, sinon moi-même et mes mauvais souvenirs. Si j'étais en fuite, eh bien, ce serait une autre histoire. Disons que, dans le cas où j'aurais quelque chose de vraiment terrible à cacher, je pense que je ne resterais pas assis calmement dans un restaurant quelconque à commander des plats, et encore moins *al dente*.

Au cours de ma carrière, j'ai découvert qu'il y avait toute une palette de criminels. À une extrémité, on trouve le génie mégalomane qui ne laisse rien au hasard, aucune empreinte, aucune trace de pneu, aucune mèche de cheveu, aucune trace de pas. Aucun témoin. Aucun complice. Rien de rien qui ne mène à quoi que ce soit. À l'autre bout, il y a les idiots incompétents qui feraient aussi bien de diffuser leurs crimes en temps réel à la télévision. Entre les deux, le crétin moyen, qui a bon sur plein de trucs mais qui oublie des détails importants, sur lesquels on se jette.

Dans l'affaire Dorothy M. Salucci, grâce à l'information que Boyd nous a donnée par téléphone, on savait qu'on avait affaire à un extrémiste, mais plutôt du côté des incompétents. Nous arrivons donc à la partie que je voulais vous raconter, celle que vous pouvez choisir de croire ou bien d'ignorer. Gardez en tête que la réalité est souvent plus étrange que la fiction, ainsi, comme vous pourriez être enclins à penser que ce qui va suivre est impossible, il est bon de rappeler que certaines enquêtes finissent par être résolues. Que le dénouement soit bon ou mauvais ne change rien au fait qu'elles soient résolues. De plus, la notion de bon et de mauvais est, bien évidemment, subjective.

« Monsieur Liu, vous ne croirez jamais ce que j'ai à vous dire. »

Je me trouvais là, devant chez Lou Mitchell's, dans le loop de Chicago, l'assiette de mon petit déjeuner laissée à la merci de Lola.

« Ah oui ? Que se passe-t-il, Boyd ?

— Vous ne le croirez jamais, monsieur Liu. Moi-même, j'ai du mal à y croire. Oh merde… »

Silence

« Je vous rappelle. » Il a raccroché.

Comme vous le savez déjà, je suis retourné chez Lou Mitchell's et j'ai trouvé Lola en train de manger mes tartines. Après le calvaire Big Stan, nous sommes allés jusqu'au parc, et Boyd a rappelé.

« Monsieur Liu, je suis vraiment désolé. Désolé d'avoir raccroché. Vous ne le croirez jamais.

— Dites-moi tout, Boyd. J'ai tout mon temps. »

Je n'avais pas vraiment tout mon temps, mais j'aurais sûrement pu écouter le léger sifflement dans la voix de cet éleveur de volaille pendant des heures. Ça me rappelait un peu mon grand-père, avant que tout dégénère.

« Monsieur Liu, je suis dans la cuisine chez mon cousin Bobby près de Warsaw, dans l'Indiana. Je vous conseille de venir y faire un tour. »

Boyd a commencé à me raconter qu'il avait quitté sa maison de Warsaw et roulé une heure environ afin d'aller chercher du grain spécial pour ses poulets. « Je vais vous dire, si le capot de ma bagnole avait pas sauté parce que l'attache s'est cassée, j'aurais jamais pu vous donner cette information. Dieu m'a béni quand il a fait sauter mon capot.

« Monsieur Liu, je savais que la seule chose, en dehors d'une nouvelle attache, qui aurait pu me permettre de rapporter les grains chez moi avant la pluie — j'avais tout mis à l'arrière et j'avais pas de bâche sur moi —, c'était de passer dans une quincaillerie pour acheter un bon vieux rouleau de bande adhésive ultrarésistante pour maintenir le capot en place. Avec ça, on pourrait attacher un élan à un arbre. Du coup, je m'occupais tranquillement de mes affaires comme n'importe quel bon chrétien dans le magasin, et boum, j'en ai pas cru mes yeux. Il était là, monsieur Liu, le type qui a acheté mon van : il attendait son tour à la caisse.

— Il vous a vu ?

— Non, monsieur Liu. Non, pas même un clin d'œil. J'étais derrière lui, et il était trop occupé pour remarquer qui que ce soit. Le caissier a même dû lui dire "'scusez moi" à trois reprises pour qu'il avance dans la queue. Le gars était ailleurs dans sa tête. Mais attendez un peu : il y a autre chose, hein !

— Allez-y, Boyd. Continuez. Mais dites-moi, ça s'est passé quand ?

— Il y a une heure et demie, à la louche. Une fois qu'il a payé et qu'il est parti, j'ai balancé un biffeton de vingt sur le comptoir, je leur ai dit de garder la monnaie, je me suis magné, j'ai scotché mon capot, je l'ai regardé se tirer dans *mon van*, et j'ai foncé vers une pharmacie que je connais, pas loin. Y a un téléphone public, là-bas. C'est de là que je vous ai appelé tout à l'heure. Je me balade partout avec votre carte maintenant, et je me dis que je fais bien. Bref, je disais : j'ai dû raccrocher parce que, devinez quoi : revoilà votre bonhomme. Il s'était garé de l'autre côté de la route et il allait entrer dans la pharmacie. C'est une de ces pharmacies à l'ancienne, monsieur Liu. Ils ne s'occupent que des prescriptions. Pas de rayon bouffe. Pas de gros rayon Pampers. Vous pouvez pas le retrouver grâce à son médecin ? Peut-être que vous en aurez même pas besoin, écoutez.

— Attendez, attendez : il vous a vu utiliser le téléphone ?

— Impossible. Il ne m'a pas vu, pas plus qu'à la

quincaillerie. Je suis resté bien à l'écart, parce que je savais que c'est ce que vous auriez voulu, monsieur Liu. Ça vous aurait pas aidé s'il m'avait repéré. Il aurait pu se barrer, hein? À la quincaillerie, je sais qu'il m'a pas vu parce que j'ai fait profil bas et je suis resté derrière un gros type en veste de chasse rouge et noir. Et votre gars, il achetait de l'adhésif, mais aussi une pelle et un rouleau de bâche. C'est plutôt inquiétant, ça, hein, monsieur Liu?

— Un peu, Boyd. Et vous dites qu'il ne vous a pas vu à la pharmacie non plus? Vous l'avez vu en sortir?

— Non, monsieur. Je suis parti. J'ai fait un tour pour chercher un autre téléphone. Je voulais surtout pas qu'il me voie. Vous pensez que j'aurais dû le suivre, hein? Je suis désolé. Je voulais juste pas qu'il me voie. Mais attendez, c'est pas tout!

— Continuez, ai-je dit en pensant : *ours rose*.

— Donc, je fais un tour en voiture pour trouver un autre téléphone public, et bon sang, c'est une tâche plus difficile qu'on pourrait le croire, monsieur Liu. Bref, j'ai soudain pensé à mon cousin Bobby. Je vous en ai parlé, ouais, son fils joue pour l'université de l'Indiana, vous vous souvenez? Quand vous m'avez demandé pour la plaque d'immatriculation Hoosier?

— Oui, Boyd, je me souviens. Continuez, je vous en prie.

— Donc, je pense à cousin Bobby, qui habite à environ une demi-heure du centre-ville, dans une autre ville. Ça prend du temps à cause du chemin de terre et parce qu'il a une bonne grosse ferme avec des vaches. Je me suis dit que j'irais chez lui pour utiliser son téléphone. En plus, il me laisserait me garer sous sa grange pour protéger mon grain avant la pluie.

« Je finis par arriver chez lui, chez cousin Bobby : il sort avec un sourire sur son gros visage de fermier, et ce qu'il me dit est des plus étrange.

— Quoi donc ?

— Il me dit : "Dis donc, Boyd, j'allais justement t'appeler. Je reviens de mon tour d'inspection dans le grand champ, derrière la crête, et j'ai vu ton van garé près du terrain de la vieille école, sous un saule. Pourquoi tu l'as laissé là ?"

« Je l'ai pas cru avant qu'il ne m'y emmène. Bon sang, monsieur Liu, je me retrouve devant ma camionnette bordeaux, les plaques Hoosier toujours à l'avant et à l'arrière. J'ai dit à Bobby qu'il fallait qu'on s'éloigne doucement, à reculons, pour être sûrs que personne nous voie. Et c'est exactement ce qu'on a fait. Deux adultes qui marchent à reculons dans les champs ! Là, on est assis dans la cuisine de Bobby. On est bouillants, monsieur Liu. On est vraiment bouillants. Bobby a quelques fusils et on peut régler ça pour vous, si vous voulez. On a pas encore prévenu les gars du coin, on fera comme vous nous direz de faire, monsieur Liu.

— Restez bien assis. Donnez-moi votre adresse. Je m'en charge. On arrive. Ne bougez pas de la cuisine de Bobby. »

Notre foutu suspect faisait paisiblement ses courses, comme s'il était libre, sur du temps volé. On savait maintenant ce qu'il avait acheté à la quincaillerie et à la pharmacie, et on pourrait utiliser les vidéos de surveillance de ces deux endroits, et peut-être même d'autres sur le chemin. On avait localisé sa camionnette, et j'étais vraiment sûr qu'il se planquait dans la vieille école que Boyd avait mentionnée par hasard. On le tenait la main dans le sac. Enfin, c'est ce que je pensais.

Petit manège pour avoir de l'eau supplémentaire.

Il est parti.

Le chef d'orchestre las bâille en répétant les mêmes gestes avec sa baguette. Réveillez-vous ! Cet orchestre jouera bientôt la version rock d'un cantique très au point. L'unique spectateur va être stupéfait. Accélérez la cadence, maestro !

Après l'excursion à la carrière — que j'avais à l'époque sciemment effacée de ma mémoire — et jusqu'à ce jour, j'avais agrémenté ma routine de cris et de pleurs, dans le seul but de flatter le faible ego de mon ravisseur. En plus de cette comédie émotionnelle bien préparée, j'avais véritablement gonflé ma détermination à bloc. J'avais aussi accéléré les choses. Je comptais attendre encore deux semaines, deux venues des Gens de la Cuisine, pour être sereine quant à mes calculs et à mon entraînement. Pour avoir plein d'eau. Mais à cause de la balade au puits des horreurs, j'ai choisi d'aller droit au but. J'ai laissé passer trois jours afin de lui faire reprendre tranquillement sa routine et son calme, de le plonger dans une confiance sereine en lui donnant ce que requérait son pauvre état mental : des gémissements, des larmes, une victime qui le traitait comme un mâle dominant, qui levait les yeux vers lui avec amour et le voyait comme une personne puissante, un homme imposant qui jaillit de la terre, un pilier, un chef, un pharaon, le seul roi de mon monde. *Putain de consanguin.*

Faire croire à quelqu'un qu'il a du pouvoir, c'est le coup de force suprême.

L'exécution de mon plan devrait attendre le déjeuner du trente-troisième jour, vu que le créneau

7 h 22 – 8 heures n'offrait pas assez de temps pour la mise en place. J'ai avalé le muffin en vitesse et attendu 8 h 30 qu'il revienne. Assise au bord du matelas après le repas, je me suis curé les dents avec un fil que j'avais tiré de l'ourlet de la couette. Tandis que je le faisais glisser d'avant en arrière, des miettes de muffin écrasées venaient se coller en une chaîne de salive sur le fil dentaire de fortune. Je suis passée des molaires aux incisives et je me suis surprise à porter beaucoup d'attention au sang provoqué par mes soins dentaires brutaux.

Il va falloir que j'aille voir le dentiste quand je serai sortie d'ici.

Je trouvais humiliant de devoir effectuer des telles tâches dans une chambre ; il était barbare d'utiliser son espace de sommeil comme une salle de bains.

Je vaux mieux que ça.

J'ai inspecté mes ongles, contrariée par mes cuticules dentelées. J'attendais. Je me pomponnais et j'attendais.

Heureusement, il est tombé dans mon piège en venant au bon moment.

Roulement de timbales.

Il a ouvert la porte. Je lui ai passé le plateau.

Comme d'habitude, je me suis lavé le visage, le corps, les dents, et j'ai bu au robinet ; mais cette fois je me suis juste aspergée. Je n'allais quand même pas utiliser le gant immonde à nouveau.

Les musiciens s'avancent au bord de leur siège, posent les doigts sur les cordes et prennent une grande inspiration. Un violon se joint aux percussions pour rendre l'émotion plus intense. L'anticipation grimpe le long de la colonne vertébrale du pianiste droit comme un i.

Je me suis dandinée jusqu'à la chambre. Cette phase du plan 15-33 s'est déroulée parfaitement. *Ça, c'est fait.*

La minutie de cette journée est bien gravée dans ma mémoire. Les microsecondes d'actions et d'observations y sont si fortement marquées que je peux presque les revoir maintenant : dix-sept ans à les rejouer dans ma tête. Lorsqu'il m'a ramenée dans ma chambre après le passage aux toilettes du matin, sa poigne glacée sur mon avant-bras était si froide que j'ai bien cru qu'il resterait collé à ma peau, comme des lèvres sur du verre gelé. J'ai lentement tendu le cou et j'ai aperçu une tache sur son menton, dans la barbe de trois jours qu'il n'avait pas réussi à raser. La tache jaunâtre ressemblait à du jaune d'œuf, qu'il avait dû engloutir après m'avoir apporté le muffin et avant de reprendre mon plateau.

Il mange un repas chaud plein de protéines mais il ne me donne que les mauvaises calories d'une pâtisserie.

Je voulais qu'il ait la décence de s'essuyer le visage avant d'être en ma présence. Je voulais qu'il ait la grâce de présenter des excuses : qu'il soit désolé d'expirer son haleine nauséabonde autour de moi, de polluer mon atmosphère avec sa puanteur corporelle et son halitose, de croire qu'il pouvait profiter d'un repas dans la même maison que moi, de n'avoir aucune chaleur au toucher, de ne pas voir le plan qui se tramait autour de lui, de son aveuglement, de sa bêtise, de son existence et de son passé, un passé qui avait fait de moi une victime — il me torturait pour se venger de quelqu'un d'autre. Je voulais que cette tache jaune n'existe pas. J'aurais voulu ne jamais avoir vu cette masse gluante sur son visage idiot à la peau sèche et couverte de points noirs, mais elle était là, et moi aussi, et j'avais beaucoup de travail à faire ce jour-là.

Je ne l'ai plus dans les pattes pendant trois bonnes heures et demie. Au boulot. Phase II.

Je n'avais pas vraiment besoin de ces trois heures et demie. Il ne me fallait qu'une heure environ pour tout mettre en place. Pendant le temps supplémentaire, j'ai répété. *Il faut que je me tienne là*. Je me suis placée là. *Il faut que je lâche ça à tel moment.* J'ai fait semblant de lâcher une corde. *Je dois ramasser ça et pousser directement après.* Je me suis entraînée avec la lame de parquet. *Il faut que je détache ça en quittant la pièce.* Je n'ai pas répété la dernière partie de peur de ruiner mon coup de grâce, mon bouquet final, ma triple sécurité de tuer.

L'heure approchait. Si j'avais été une ballerine, j'aurais été sur les pointes ; les orteils, les jambes et tout le reste du corps dans une posture immobile, pris dans le ciment. L'enfant s'est tourné et son pied a bougé en moi. Je pouvais distinguer cinq orteils et un talon qui poussaient contre mon ventre. *Je t'aime, mon bébé. Tiens bon. En piste.*

Un vent rapide a fait bruisser la cime de l'arbre derrière la fenêtre triangulaire, à la suite de quoi le ciel s'est assombri et une soudaine averse a éclaté en un éclair.

Les flûtistes sonnent comme un essaim d'abeilles qui bourdonne, les violons jouent avec fureur, soulèvent un ouragan, le grand piano est en feu, l'ivoire presque réduit en poussière.

Quelques minutes plus tard, le ciel était toujours gris et ruisselant, la pluie n'avait pas complètement cessé mais elle ne tombait plus vraiment. Si l'air avait été chaud, la journée aurait été moite comme les étés chez Mamie à Savannah, en Géorgie. Mais l'air était froid et nous nous trouvions dans une simple ferme pas très exotique : l'humidité était de celles qui vous glacent la moelle et vous fendent les os.

Mon fils ne naîtra pas ici. Il ne viendra pas au monde froid et humide. On ne me l'enlèvera pas.

Mon état de santé, ma grossesse, m'a poussée à l'action. J'étais enceinte de huit mois à l'époque et je ne pouvais pas me permettre d'attaquer physiquement mon ravisseur, même s'il m'en avait laissé de nombreuses occasions. J'aurais pu planter un morceau pointu de porcelaine brisée ou le bout affûté de l'antenne télé dans sa nuque. J'aurais pu démonter la plinthe ou le cogner avec un barreau de la tête de lit. Croyez-moi, j'ai étudié beaucoup de ces options. Mais je les ai abandonnées parce qu'elles nécessitaient de l'agilité, des mouvements brusques, des sauts, habiletés qui me manquaient dans cet état avancé. En outre j'aurais pu manquer mon coup. Je ne pouvais pas aller au bout de l'effort nécessaire et je ne voulais pas stresser le bébé par des essais imprudents. Au lieu de ça, je me suis servie d'autant d'items que possible, des lois de la physique, de la biologie de base, de systèmes de leviers et de poulies, ainsi que d'un désir de vengeance sans limites.

Mon père est physicien et ceinture noire de jiujitsu, formé par la marine. Avec ces deux disciplines, il m'a enseigné l'art d'utiliser le poids et les mouvements de son agresseur pour les retourner contre lui en combat. Je savais par ma mère, véritable cynique, qu'« il ne fallait jamais sous-estimer la paresse et la stupidité de quelqu'un». Chaque adversaire finira pas déraper, et là, selon ses préceptes : «Ne gâche jamais un moment de faiblesse adverse. N'hésite pas à trancher une jugulaire découverte.» Elle parlait au sens figuré, mais j'ai essayé en vain de les appliquer littéralement.

Mon ravisseur faisait preuve de nombreux moments de faiblesse, de stupidité, de paresse. Je vais vous les résumer : la camionnette, les Gens de la Cuisine, le taille-crayon, la mise en place de routines, son incapacité à lutter contre son pauvre ego, son choix de pointer le canon d'un pistolet sur mon futur bébé, le fait qu'il me propose plus d'eau, la télé, la radio, et enfin le fait de laisser son trousseau de clés dans la serrure à chaque fois qu'il déverrouillait la porte pour entrer.

Le trente-troisième jour, j'étais sûre que les Gens de la Cuisine seraient absents pendant encore quatre jours. Le Docteur et les Perspicace ne viendraient pas me voir parce que je n'avais montré aucun signe d'accouchement intempestif ; je n'aurais de toute façon rien signalé à mon geôlier. J'imaginais que Brad avait réussi à se faire la malle.

On sera rien que lui et moi, comme le veut le 15-33.

La radio qui se balançait indiquait 11 h 51, neuf minutes avant le début du spectacle. Je me tenais à l'endroit prévu et j'essayais de fixer des yeux l'heure suspendue dans les airs sur le poste qui tournait au bout de la corde à laquelle il était attaché. Les minutes semblaient lentes, mon rythme cardiaque aussi. Je crois que la seule angoisse que j'avais était celle d'en finir. Je m'étais autant entraînée que si j'avais appris par cœur un discours amoureux passionné qui, au moment de son écriture, aurait pu provoquer des palpitations et même des larmes, mais, répété des dizaines de milliers de fois, n'était plus qu'un amas de mots, déconnectés de toute émotion humaine ; comme un président qui lirait un prompteur ou un mauvais acteur qui réciterait des lignes en lisant directement le script. Les mots « Je t'aime » sont prononcés comme trois entités robotiques, sans tremblement de la voix ni des épaules, sans main tendue au mot « aime », sans pupilles dilatées, sans front plissé pour mettre de l'emphase. « Je. T'. Aime », simplement articulé pendant que le locuteur regarde l'heure à sa montre. *Il n'y a pas d'amour dans cette déclaration s'il regarde sa montre en même temps ; mais l'amour se ressent, la pièce tremble en effet, lorsqu'il ne dit que ça, lorsqu'il lutte pour que ses genoux ne s'effondrent pas au sol, ou qu'il n'arrive pas à cligner face à la lumière qui emplit ses yeux écarquillés.*

Ainsi, à la manière de l'homme de fer-blanc qui veut déclarer son amour, mes mains expertes avaient hâte de passer à l'action. Au point où j'en étais, j'aurais probablement pu le tuer endormie les yeux bandés, à force d'avoir répété si souvent chaque geste.

À 11 h 55, j'ai fait signe à ma vedette, un sac rempli d'eau de Javel, de prendre sa place sous les projecteurs. La Javel, c'est corrosif. J'avais lu un article dans lequel Scott Curriden du Scripps Research Institute disait : « La Javel peut creuser des trous dans l'acier inoxydable. » Alors j'ai attendu autant que possible avant de verser mes trois litres dans le fragile sac plastique et je l'ai fermé avec un bout de laine que j'avais défait. Ensuite, debout près de la porte, j'ai tiré sur l'autre extrémité du fil que j'avais fait passer par-dessus la poutre la plus proche de l'entrée, ainsi que sur un autre cordon qui tenait un autre objet — je vais y venir — afin que la poche de Javel se trouve sous cet autre objet lourd. Les deux items pendaient juste au-dessus de la lame n° 3.

La Javel est corrosive, comme je l'ai mentionné, ce qu'on sait grâce à la science. Et la Javel, ça brûle atrocement quand on s'en prend dans les yeux, dans la bouche ou sur le visage, ce qu'on sait grâce au bon sens.

L'horloge est passée à 11 h 59 et le soleil soudain flamboyant a dardé un rayon à travers les particules de poussière dans l'air. L'odeur de ma propre transpiration m'enfermait dans le petit espace où je m'étais confinée, collée contre le mur près de la porte. Je suis sûre que mon odeur n'avait pas empiré à cause de la nervosité, mais je la ressentais davantage car je m'apprêtais à dire au revoir à tous les détails de cette tanière sordide.

Un très léger tremblement s'est fait entendre. Les lames ont grincé. *Le déjeuner*. J'ai plaqué mon dos au mur, bien en place à l'endroit prévu à côté de la porte. Dehors, il a posé le plateau par terre. Les clic clac du plastique contre le bois m'indiquaient qu'il me fallait être prête, opérationnelle.

Les clés tintaient et le métal bougeait dans la serrure.

La porte s'est ouverte.

Il a ouvert en grand, comme il le fallait, comme toujours, comme prévu, comme sur le plan.

Après avoir ramassé le repas sur le sol, il est resté penché sans relever la tête et s'est placé au même endroit que d'habitude, que j'avais mesuré et marqué trois fois par jour depuis le cinquième. La lame n° 3. Il a regardé directement vers le lit, devenu engin mortel. Je ne sais pas ce qu'il a bien pu penser : il s'attendait à me trouver assise dessus à guetter mon déjeuner, mais au lieu de ça il a trouvé… le matelas retourné, coincé entre le cadre du lit et le mur, le sommier à ressorts par terre, éventré et vidé, doublé d'un plastique rempli d'eau, et donc transformé en vraie piscine. Une carrière bordée de coton *dans* la maison, à seulement quelques pas de la porte. Durant la seconde d'aperçu que je lui ai laissée, j'espère qu'il y a vu une toile qui n'attendait plus que son sujet, lui, et qui deviendrait mon chef-d'œuvre. J'espérais qu'il s'en veuille de m'avoir laissé le plastique sur le sommier, d'avoir été trop paresseux pour l'enlever et installer correctement le lit sur les lattes. Il ne verrait plus que ce sommier bien tapissé de plastique, à moitié rempli d'eau, et le matelas debout contre le mur ; couvercle de ce puits qui attendait que mon ravisseur y entre pour se refermer. Il avait dû remarquer qu'il manquait plusieurs petits barreaux au cadre du lit. S'est-il demandé où ils étaient passés ? Au-dessus de lui pendait, tanguait, chantait la radio au bout de sa corde en laine rouge. Elle était branchée dans la prise au pied du lit.

A-t-il fait le lien entre l'eau et électricité ? A-t-il senti la décharge qui montait dans la pièce, tout droit sortie de la prise, de mon plan, de ma tête ? A-t-il ressenti la tension si forte dans l'opéra qui braillait au-dessus du lit, si forte que j'ai cru voir des éclairs dans la pièce ?

Je suis sûre que si j'avais laissé s'écouler une

seconde de plus, il aurait tourné la tête et m'aurait vue à sa gauche près de la porte ouverte. Il aurait demandé *Comment ?* en un grognement perplexe. Je ne lui en ai jamais donné l'occasion, évidemment, mais maintenant je peux vous donner une petite explication.

Au cours de cette fameuse nuit de labeur du quatrième au cinquième jour, j'ai utilisé la lame du taille-crayon, préalablement démonté à l'aide du bout pointu de la poignée du seau, pour découper le plastique et le tissu à l'intérieur du sommier. C'est le découpage qui a pris du temps. Je n'avais que cette lame pour travailler, et elle était petite. Même la plus microscopique des déchirures aurait pu faire échouer mon plan alors j'ai agi méthodiquement, comme un restaurateur d'art sur un Rembrandt abîmé, centimètre carré précieux après centimètre carré précieux, en m'assurant que chaque incision était aussi droite que celles d'un chirurgien. J'ai laissé le plastique sur les côtés et sous le sommier et je l'ai maintenu en place avec des punaises, item n° 24. Je vous expliquerai pour les punaises dans quelques minutes. J'ai doublé l'intérieur du sommier avec le plastique découpé et j'ai fixé les bords du puits — pour l'instant, une piscine vide — avec d'autres punaises. J'ai renforcé certains coins avec des morceaux de mon imperméable noir, que j'avais déchiré. Mon ravisseur n'a jamais remarqué son absence.

« Votre adversaire ne se rendra jamais compte de votre plan, trop absorbé par le sien. Ne cherchez pas à faire reconnaître inconsciemment votre ingéniosité, et par là attirer l'attention : contentez-vous de votre propre approbation. Soyez confiant : vous gagnerez. » Cette citation était griffonnée sur une serviette en papier et encadrée dans le bureau de ma mère, à la maison. Mon père en était l'auteur ; il l'avait écrite avant de sauter d'un avion dans sa combinaison de plongée de la marine pour aller libérer quelque homme de paille d'une prison insulaire. Tels étaient les sujets de conversation à table en famille, même après que les victoires de ma mère au tribunal sont devenues la norme et que mon père a quitté l'armée pour consacrer pleinement sa vie à la science.

Le trente-troisième jour, mon ravisseur ne pouvait sûrement pas croire au spectacle de ce sommier-puits, rempli de l'eau tiède qu'il me proposait à tous les repas — soit dit en passant, c'est grâce aux litres d'eau absorbés au robinet de la salle de bains que j'obtenais l'hydratation nécessaire à mon état de santé. Au-dessus du lit-piscine pendait la radio, branchée dans la prise sur le mur près de la tête de lit. Elle hurlait une symphonie d'une voracité sans pareille.

Des notes endiablées. Oh, toute une mélodie endiablée. Déchaîne-toi !

Juste avant qu'il n'arrive ce jour-là pour m'apporter mon déjeuner, je m'émerveillais de cette scène. *Quand je disais « Merci » chaque fois que tu m'offrais de l'eau, je voulais dire : « Merci. Merci de me laisser te noyer, t'électrocuter. »*

L'orchestre est au-delà du divin à présent, si furieux que je n'entends plus la moindre note. Quelle musique, quelle extase ! J'ai vaincu.

Une seconde après qu'il est entré dans la pièce et a marché à l'endroit que j'avais étudié pendant des semaines, j'ai lâché la poche de Javel (item n° 36) mais également le cordon de la machine à ultrasons (item n° 22) qui maintenait la télévision en place au-dessus de sa tête. Le sac est tombé en premier et a éclaté, suivi une milliseconde plus tard par le fracas du poste. Les deux missiles ont touché de plein fouet ce qui était un jour la fontanelle de son crâne de nouveau-né.

La Javel a dû toucher les yeux parce que, au lieu de tenir sa tête meurtrie, il a porté ses bras faibles — faibles parce qu'il allait s'évanouir — à ses globes oculaires tandis qu'il poussait un gémissement aigu. À partir de là, j'ai des arrêts sur image de chacune de ses actions. Image par image, il s'est frotté l'œil gauche du dos de sa main gauche pendant que sa main droite faisait de même avec son œil droit. Même dans mes souvenirs, je n'entends pas, pas plus que je ne les ai entendus pendant ces microsecondes, ce qui devait être des hurlements et des flots de jurons en provenance de sa bouche grande ouverte. J'ai entendu qu'on encensait un opéra à la radio. J'ai entendu un violon approuver d'une note aiguë. Et j'ai entendu le grésillement insistant de l'électricité, débordant de la prise et impatiente de jouer son rôle. L'eau dans le sommier a clapoté sous le choc soudain du téléviseur lorsqu'il s'est écrasé sur le plancher, après avoir heurté sa tête, son épaule droite et son dos. Un coin en métal a dû creuser une entaille quelque part dans sa nuque et faire couler du sang le long de son dos — comme un ruban au bout d'un ballon.

Avant qu'il ne s'effondre complètement, je suis passée à mon arme suivante, que j'avais ramassée quand j'ai relâché la Javel et la télé. La latte non fixée est devenue bélier entre mes mains. Je l'ai plaquée bien droit contre son dos sur sa gauche, de là où je me tenais. En me servant du mouvement de sa chute, je l'ai poussé avec la force requise — selon son poids et sa taille — pour le faire tomber à genoux, le pousser en avant, et m'assurer qu'il atterrisse dans l'eau la tête la première ; ce qu'il s'apprêtait à faire de toute façon. Il a plongé dans ma carrière à moi, je me suis glissée derrière ses pieds dans le couloir et j'ai regardé à l'intérieur. Dans le même temps, j'ai détaché un autre morceau de laine rouge — que j'avais tressé en corde — d'un clou au mur près de la porte. J'avais fabriqué cette corde avec les fils de la couverture en laine, item n° 5, que j'avais commencé à défaire le vingtième jour, comme vous le savez. Il ne l'a jamais remarqué parce que je repliais la couverture sur ses propres entrailles chaque matin à l'aube. La radio, qui jusque-là se balançait, a plongé dans l'eau où se trouvaient le tronc et la tête écrasés et javellisés de mon ravisseur, submergés. Le craquement et le grésillement de l'électrocution ont empli la pièce. Moi en dehors, lui dedans.

Toute l'opération a duré moins de dix secondes, environ le temps qu'il avait mis pour m'enlever dans ma rue.

Et ça, mes amis, c'est de la justice. Une justice brutale, dure, brûlante, électrique, à vous fendre le crâne.

La méthode 15-33 consistait en un plan final en trois parties : la télévision, accompagnée de la poche de Javel bonus, l'électrocution et la noyade, chacune pouvant à elle seule causer la mort. Si la télé n'avait pas suffi, j'aurais tout de même ramassé la latte pour le pousser, et il serait sûrement tombé. Si nécessaire, j'aurais rassemblé toute la force physique que je pouvais et je l'aurais tabassé à coups de latte jusqu'à ce qu'il s'effondre, puis je me serais tournée vers ma solution de sécurité : je lui aurais tiré dans les yeux, la nuque et l'entrejambe avec l'arc et les quatre flèches dans le carquois derrière mon dos.

Des flèches et un carquois? Tant d'items à ma disposition! J'avais fabriqué l'arc avec l'élastique du grenier et ma chère anse de seau détordue, et les flèches avec les barreaux du cadre de lit taillés grâce aux pointes de l'antenne télé — je remettais barreaux et antenne chaque matin à leur place prévue, purement décorative. Le carquois était en fait une manche de mon imperméable, liée au fond par un autre bout de laine, et la sangle un amas de câbles que j'avais arrachés dans la machine à ultrasons. Heureusement, les flèches ne m'ont pas servi sur le moment, c'est pourquoi je ne me suis pas inquiétée de n'avoir pas pu m'entraîner. Dieu et son papillon noir angélique soient loués, j'avais l'avantage de la position, l'élément de surprise, et grâce à mes études acharnées je connaissais ses mouvements, ses habitudes, sa démarche, ses pas, sa taille et son poids si précisément que j'aurais très bien pu me métamorphoser en lui.

Et les punaises? Vous vous en souvenez, la première nuit dans la camionnette, j'ai dormi moins que lui. C'est amusant ce que la sueur peut faire contre une bande adhésive : il faisait chaud dans ce van et j'avais des kilos supplémentaires. J'ai senti la magie de ma chaleur contre la bande toute la première journée et, lentement mais sûrement, mes poignets ont pu desserrer leur étreinte. Enfin, lorsqu'il s'est mis à ronfler, j'ai essayé de voir à quel point je pouvais libérer un de mes bras. Sans surprise, quinze minutes après qu'il s'est endormi, mon bras droit était libre. J'ignorais de combien de temps je disposais, et vu que le four vert olive me barrait l'accès à la porte latérale et qu'une chaîne bloquait la porte arrière, je ne pouvais certainement plus détacher mon bras gauche et mes jambes, mais j'ai continué à frétiller. Je me suis penchée vers le sac, j'ai retrouvé les punaises — un gros paquet de mille si serrées qu'elles ne faisaient même pas de bruit — et je les ai glissées dans la poche de mon imperméable. Mon ravisseur s'est réveillé. Je me suis redressée. J'ai remis ma main dans la bande adhésive, je me suis avachie et j'ai fait semblant de dormir. Il a bâillé et s'est tourné dans son siège. Je sentais qu'il me regardait.

« Sale petite pute. »

Crétin. Je te tuerai avec ces punaises.

Trente-trois jours plus tard, je restais figée devant ma cellule pendant qu'il gigotait et grésillait. Lorsqu'il est tombé, son corps était mou, ses jambes ont lâché et il s'est étalé au sol les pieds en canard, mais son tronc s'est vautré par-dessus le cadre de lit dans le sommier rempli d'eau. Le plus étrange dans tout ça, c'était la manière dont ses hanches bougeaient à chaque coup de jus pour aller cogner le côté du lit ; comme s'il se frottait en rêve contre la longue planche tout en dormant dans l'eau. Celle-ci paraissait bleue avec des marbrures jaunes ; elle tourbillonnait et débordait partout autour de lui et sur le sol. Des étincelles jaillissaient de la prise et menaçaient de faire brûler toute la cellule, mais elles ne laissaient en fait que de petits points noirs sur le parquet. Elles étaient accompagnées de légers bruits secs, mais aussi des dernières bulles de vie qui quittaient son corps et de l'électricité déchaînée à présent calmée. J'ai attendu que les bruits s'arrêtent, comme quand on met du pop-corn au micro-ondes : les quelques dernières secondes, un, deux, trois, silence, puis un quatrième et dernier grain de maïs éclate. « Ding ! » fait le micro-ondes. « C'est prêt. »

Le ronronnement des lumières sur le point de mourir s'est propagé dans la maison : l'électrocution avait fait sauter les plombs. Même s'il était encore midi, le couloir qui sentait le renfermé s'est assombri et le calme a jeté un voile d'étrange silence. J'ai attrapé une flèche dans mon dos, immobile comme une statue de pierre dans un parc, figée en plein mouvement, l'épée dégainée. Aucun son ne provenait de sa chambre mortuaire. Aucun bruit de pas derrière moi, au-dessus, en dessous, nulle part. J'étais hors de ma chambre. J'ai fermé la porte et je l'ai enfermé dedans. J'ai pris les clés.

Silence.

Mon cœur battait très fort dans mes oreilles.

Une hirondelle a battu des ailes derrière la fenêtre de l'escalier ; un messager qui gazouillait : « La voie est libre. »

J'espère que tu as apprécié ta petite brasse dans ma piscine, fils de pute. J'ai craché sur la porte.

Je suis descendue et j'ai pénétré dans la cuisine. Je l'avais si souvent imaginée avec du papier peint à fleurs, des plans de travail en bois, un évier blanc et un mixeur vert pomme que je me suis sentie dupée en découvrant quelque chose de complètement différent. La vraie vision m'a coupé le souffle. Au lieu d'une cuisine de campagne, j'avais sous les yeux deux longues tables en acier inoxydable, façon cuisine industrielle. Le four était grand et noir, et le mixeur blanc tout bête. Il n'y avait pas de couleurs dans cette pièce. Pas de tabliers à motifs roses. Pas de gros chat qui paresse sur un tapis. Mais il y avait une nouvelle surprise pour moi.

Sur la table en acier la plus proche de moi, j'ai trouvé une deuxième assiette de porcelaine. Ça ne pouvait pas être la mienne, vu qu'elle était brisée en morceaux à l'étage, sous les restes électrifiés des pieds de mon ravisseur. Celle-ci était emballée dans un plastique avec un Post-it collé dessus. À côté se trouvaient une tasse de lait et un gobelet d'eau identiques aux miens. Je me suis approchée. La note indiquait la lettre « D ». J'ai regardé dans la poubelle. Sur le dessus, bien visible, un autre emballage avec un autre Post-it marqué « L », initiale de mon prénom. *Comment j'ai fait pour ne pas remarquer ça plus tôt ?* Nous n'étions pas seuls dans le bâtiment. *Une autre fille. Et son nom commence par un D.*

Mais cette distraction ne faisait pas partie de mon plan. *Concentre-toi, finis le 15-33, tu concevras un nouveau plan plus tard.* J'ai trouvé des enveloppes avec l'adresse de la maison et un numéro de téléphone, composé le 911 et demandé le chef de la police. On me l'a passé.

« Écoutez-moi attentivement et prenez des notes. Je vais parler lentement. Je m'appelle Lisa Yyland. Je suis la jeune fille enceinte qui s'est fait enlever il y a un mois à Barnstead, dans le New Hampshire. Je me trouve au 77 Meadowview Road. Ne venez pas dans une voiture de police. N'utilisez pas la radio. Ne faites pas toute une scène. Vous compromettriez ma vie et celle d'une autre fille qu'ils ont kidnappée. Prenez une voiture banalisée. Venez vite. N'utilisez pas la radio. Ne faites pas toute une scène. Vous me suivez ?

— Oui. »

J'ai raccroché.

Maintenant je pouvais aller aider l'autre victime. Je suis sortie. Enfin une vue d'ensemble du bâtiment. Pour une fois, j'avais raison : il était blanc. Comme je l'avais noté précédemment, le plan comprenait quatre ailes de trois étages chacune avec un grenier commun qui ajoutait un quatrième niveau. Sur le côté, un panneau délavé disait : « Appletree Boarding School ». La cuisine était pourtant si neuve ; la peinture écaillée à l'extérieur ne semblait pas coller. J'ai pensé à la scène d'*À la poursuite du diamant vert* où Kathleen Turner et Michael Douglas vont voir Juan pour faire un tour dans un camion appelé « Little Pepe ». De l'extérieur, la maison de Juan est une cahute délabrée, mais pratiquement un palace à l'intérieur.

La fille, D, pouvait être n'importe où, et je n'allais pas grimper des tas d'escaliers pour la chercher. Je n'allais pas crier non plus. Heureusement, un détail a attiré mon attention. Dans l'aile la plus à gauche se trouvait une fenêtre triangulaire comme la mienne, à la même hauteur. Il n'y en avait pas de pareilles ailleurs. Toutes les autres étaient grandes, certaines faisaient la taille de tout le mur de la pièce. J'en ai conclu que, si elle était dans une de ces salles, il y aurait des rideaux. J'ai levé à nouveau les yeux vers la fenêtre triangulaire, et j'aurais juré que le papillon noir battait des ailes contre le carreau, comme pour me montrer le chemin.

J'ai ouvert la porte de l'aile gauche et je suis montée au troisième. L'escalier était identique au mien. À l'étage, la même salle de bains au même endroit.

J'ai fait grincer le parquet devant une pièce verrouillée.

« D ? »

Rien.

« D, comment tu t'appelles ? Je viens de m'enfuir de l'autre aile du bâtiment. Il y a quelqu'un ? »

Gros fracas. Quelque chose est tombé.

« Il y a quelqu'un ? Il y a quelqu'un ? Je vous en supplie, laissez-moi sortir. » Elle répétait cette phrase en hurlant, de plus en plus frénétique, tandis que je me démenais avec le trousseau de clés que j'avais pris sur ma propre porte, puis j'ai trouvé la bonne. Curieusement, son verrou était vieux, un simple système sans rapport avec la version en titane de ma cellule. *Pourquoi lui faisait-on autant confiance ? On la sous-estimait ?* J'aurais pu crocheter cette serrure dès la première nuit. La porte s'est ouverte sur une jeune fille blonde qui peinait à s'asseoir sur son lit. Une pile de livres était étalée par terre, certainement la source du fracas précédent. D portait une robe violette et une basket Converse noire ; son autre pied était nu. Je me suis demandé où pouvaient bien être mes chaussures tout en pliant mes orteils dans les Nike trop grandes. *Pourquoi est-ce qu'elle a eu le droit de garder sa chaussure ?* Cette D était très enceinte, tout comme moi.

« La police est en chemin. Ils arrivent dès que possible. »

Au moment où j'ai dit ça, des bruits de pneus et de moteurs se sont fait entendre dehors.

Pourquoi je n'entendais pas les voitures s'arrêter depuis mon aile ? Elle a dû entendre les arrivées de Gens de la Cuisine, du Docteur, des Perspicace, des scoutes et leur maman, de Brad. Est-ce qu'elle a essayé de crier à l'aide chaque fois ? Ils n'ont pas dû l'entendre.

« Je m'appelle Dorothy Salucci. J'ai besoin d'un médecin. »

Une portière a claqué. *Ça ne peut pas déjà être la police. J'ai appelé il y a trois minutes trente. C'est forcément eux. Quelqu'un marche dehors. Où va-t-il ?*

La sueur perlait sur son visage pâle. Ses yeux paraissaient épuisés par la maladie, pas par la léthargie. Une de ses jambes était rouge et enflée ; son tibia droit semblait sur le point d'éclater. La graisse emmêlait ses cheveux, sa frange maintenue sur le côté par une seule pince.

Où est-il ?

La geôle de Dorothy ressemblait à la mienne sur bien des points : le lit en bois sans matelas, le sommier simplement posé sur le cadre, la couverture plastique, les mêmes barreaux, la même fenêtre, le plancher. Mais elle n'avait pas de télévision. Pas de radio non plus. Pas de trousse, pas de règle, pas de crayons, pas de feuilles et pas de taille-crayon. Et, je pense, pas de punaises. Elle disposait pourtant de deux items que je n'avais pas : des aiguilles à tricoter et plusieurs livres.

Quelqu'un s'est mis à hurler dans une autre partie du bâtiment. Dans mon aile.

J'ai essayé de porter Dorothy, de la faire bouger.

Une porte a claqué. Dans mon aile, à nouveau.

« Viens, Dorothy. Allez viens. »

Elle est restée figée.

« Dorothy, Dorothy, il faut qu'on parte, maintenant ! »

Des bruits de pas qui courent devant le bâtiment.

Puis dans l'escalier.

Dorothy s'est collée au mur derrière son lit.

Je lui ai tiré le bras.

Une lame a craqué dans le couloir derrière nous.

C'est là que j'ai réalisé ma colossale erreur de calcul.

13

AGENT SPÉCIAL ROGER LIU

Dès que j'ai raccroché avec Boyd, Lola et moi avons foncé sur la Skyway, la seule route d'Indiana qui permette de se frayer rapidement un chemin avec le gyrophare et la sirène. J'ai appelé le poste de police local pour les prévenir de notre arrivée imminente, et j'ai donné l'ordre au commissaire de ne pas bouger d'un pouce et de ne pas passer un seul appel sur la fréquence libre. Il a répondu « Aucun problème » et m'a promis de dégager ses hommes de la rue de façon discrète.

Une fois arrivés à Gary, dans l'Indiana, on a coupé sirène et gyro pour passer inaperçus au milieu des autres automobilistes dans l'atmosphère chargée de paille et de blé en cette froide journée de printemps. Le ciel formait une couverture d'acier grise, teintée d'une faible couche de bleu rebelle. Le soleil n'était qu'un lointain souvenir derrière la brume sinistre.

L'instinct de Lola devait être sur la corde raide, car l'odeur de sa transpiration et de l'Old Spice envahissait chaque centimètre carré de l'habitacle.

Pendant qu'elle conduisait, j'ai baissé la vitre côté passager.

« Ferme cette foutue vitre, Liu, je vais crever avec tout ce boucan dans mes oreilles. »

Le bruit du vent à pleine vitesse me gênait aussi, et j'imagine qu'il gênait encore plus une femme dotée des cinq sens d'un chien de chasse. J'ai appuyé sur le bouton pour remonter la vitre.

Nous avons foncé jusqu'au commissariat, poste de commandement central de fortune avec deux hommes à l'intérieur. Dans le bâtiment — une sorte de boîte à un seul étage — des bureaux gris faisaient face à une cloison en bois qui montait jusqu'à la taille, elle-même en face de la porte. La rangée de policiers en uniforme local que je m'attendais à trouver en arrivant manquait à l'appel. Un vieil officier m'a tendu la main.

« Agent Liu, je suis le commissaire Marshall. Voici mon adjoint, Hank. Désolé, je sais que vous espériez voir plus de monde. Mais dès qu'on a raccroché, je me suis souvenu que, pile ce jour-là, mes gars étaient à l'enterrement de la femme de leur ancien supérieur. Ils sont à deux heures et demie d'ici. Mais écoutez un peu ça. »

Il s'est approché et m'a regardé droit dans les yeux pour donner de l'emphase à ce qu'il avait à dire.

« Écoutez ça, vous n'allez pas le croire ! Votre jeune fille kidnappée vient d'appeler. Quelle coïncidence !

— Dorothy a appelé ? ai-je demandé, incrédule.

— Dorothy ? C'est qui, Dorothy ? Non, la fille a dit qu'elle s'appelait Lisa Yyland.

— Ourse rose, a murmuré Lola.

— Pardon ?

— Non, rien. Vous avez dit Lisa Yyland ?

— Oui, on l'entend bien sur l'enregistrement. Elle a appelé il y a trois minutes. J'ai essayé de vous joindre sur votre numéro. Elle nous a dit d'aller au vieux pensionnat. Elle nous attend. Elle a dit qu'il ne fallait pas allumer les sirènes pour ne pas les mettre en danger, elle et une autre fille. »

Une autre fille. Une autre fille. Je parie que c'est Dorothy.

« Qui est cette Lisa Yyland ? Vous la connaissez aussi ?

— Oui, on la connaît. Une équipe est allée enquêter chez elle après sa disparition dans le New Hampshire il y a un mois environ. Une semaine après la fille qu'on cherche, Dorothy. Lisa a emporté un gros sac à dos le matin où elle s'est volatilisée, avec des vêtements, un paquet de teinture de sa mère, plein de nourriture et d'autres choses encore. Ils ont pensé que le contenu du sac menait à une seule conclusion : une fugue suspecte. L'affaire est donc passée dans les mains d'une autre équipe, juste à cause de ça. Putain de méthodes. Foutus formulaires informatiques. Je savais qu'elle faisait partie de l'affaire sur laquelle on travaillait. » J'ai essuyé mon front avec mon poing et j'ai serré les dents pour contenir un grognement préhistorique.

« Allez, Roger. On y va, maintenant », m'a dit Lola en me tirant par le coude.

Lola avait assez de tact pour m'appeler Roger et pas Liu devant les gens, ce qui ne m'échappait pas. Aussi, elle ne m'appelait Roger que quand elle avait besoin de me secouer.

« Vous pouvez nous y emmener, commissaire ?

— Bien sûr que je peux. On va prendre la Volvo de Sammy. C'est notre standardiste. Personne ne soupçonnera ce tas de ferraille. » Il a pointé du doigt un gros type qui mangeait un donut, avachi sur une chaise, à peine éveillé, devant un standard dans ce qui semblait être un placard. Le Gros Sammy a hoché la tête sans s'arrêter de mâcher et il a passé ses clés au commissaire sans dire un mot. Le sucre glace sur ses lèvres et son menton ainsi que les deux boutons manquants à la chemise de son uniforme m'ont rappelé qu'on était dans une toute petite ville.

Nous sommes montés dans la Volvo orange de Sammy : le commissaire, son adjoint, Lola et moi. À l'arrière, des gobelets de café de station-service et de la nourriture pour chien sortie d'un sac de Purina ouvert roulaient à nos pieds. Nos pistolets étaient chargés, rangés dans leurs étuis, prêts pour un bain de sang. Lola sortait son nez par la vitre ; elle flairait quelque chose sur la route. Ses muscles se contractaient nerveusement d'avance, ses doigts d'une raideur cadavérique agrippés à ses cuisses tendues. Mes émotions s'accordaient à merveille à son langage corporel.

14

33e JOUR, SUITE

J'ai quitté Dorothy des yeux pour me retrouver nez à nez avec le frère jumeau de mon ravisseur, et j'ai immédiatement pris conscience ce faisant du devoir qui m'incombait de protéger quatre personnes : moi, mon bébé, l'hystérique Dorothy et le sien. Je jaugeais les larmes qui bouillonnaient comme de la lave des yeux injectés de sang de Brad. La partie supérieure de son visage s'affaissait sous une couche humide en une sorte de coulée de boue, comme s'il allait fondre. Je croyais que j'hallucinais et que j'assistais à la décomposition d'une statue de cire, alors je l'ai regardé de plus près et j'ai remarqué que ses pleurs formaient des traits comme la marée sur le sable fin, qu'ils faisaient couler son épais fond de teint. *Du maquillage ? Oui, du maquillage. Ouah.* Rapidement, ses énormes larmes ont révélé le visage du jumeau identique de l'homme que je venais de tuer. Sa respiration haletante était de celles qu'on invoque seulement en cas de peine insondable. Tel un taureau affamé piqué par une guêpe, il a presque rué sur le parquet, prêt à me foncer dessus et m'empaler.

Quatre conclusions me sont venues à l'esprit :

Brad a trouvé le cadavre de son frère.

Brad possède son propre jeu de clés de nos cellules ; elles pendent dans sa main. Heureusement, j'avais jeté les miennes dans mon carquois en entrant dans la chambre de Dorothy.

Brad n'a en fait pas pris l'avion.

Brad a l'intention de nous faire beaucoup de mal — encore plus qu'avant.

« Mon frère ! » a-t-il hurlé en traversant la pièce pour s'avancer brusquement vers moi.

« Mon frère, mon frère, mon frère ! » Il faisait les cent pas, tournait sur lui-même et balançait les bras dans tous les sens.

La troisième fois qu'il s'est approché de moi en grognant, j'ai remarqué qu'un des quatre boutons d'or sur la manche droite de son blazer en velours bleu marine plutôt voyant était bosselé. *Il a l'air tellement impeccable, malgré sa crise de nerfs. Mais ce bouton…*

Quand il a frappé ma tempe gauche d'un revers comme si j'étais une balle de tennis et son bras une raquette, je me suis dit que cette bosse n'était peut-être qu'une prémonition, car je suis sûre que mon crâne en était responsable. Peut-être qu'en évaluant et en planifiant constamment les moindres détails de ma vie, j'avais préparé mon cerveau à anticiper à court terme les actions à venir. Bien sûr, je ne peux pas prouver cette théorie, mais un jour j'aimerais bien étudier le phénomène avec des neuroscientifiques.

Sous le choc, tous les interrupteurs émotionnels

que j'avais pu laisser ouverts — même si aucun ne l'était vraiment — se sont bien fermés. Un vide de satisfaction m'a parcourue au moment où je m'écrasais au sol. J'étais devenue un simple réceptacle. Un robot. Un automate. Un androïde meurtrier.

Les yeux plissés, j'ai vu une de mes flèches tomber de mon carquois. Je l'ai saisie en même temps que j'attrapais mon arc dans mon dos, au sol. Étendue sur le côté dans la cellule de Dorothy, j'ai placé la flèche sur la corde et j'ai attendu que mon nouveau geôlier se tourne à nouveau vers moi — tout ça durant les trois secondes qui ont suivi le choc entre sa main et ma tête. L'entraînement. L'entraînement. C'est l'entraînement qui vous fait faire des choses pareilles, qui détache vos actions physiques de l'horreur de la réalité. Demandez à n'importe quel soldat de n'importe quelle guerre.

Dorothy se tenait debout sur son matelas et hurlait à la mort comme une soprano dans le rôle-titre d'un opéra qui raconte une horrible agonie, écrit entièrement avec la note la plus haute du clavier. Je crois même que l'air s'est fendu sous son cri assourdissant. J'aurais tant aimé remplacer sa voix par le son de ma radio et le pianissimo d'un piano. Je ne me suis pas retournée pour la calmer, je n'en avais pas le temps. Allongée là devant elle, qui se détruisait les cordes vocales sur le lit, je pointais mon arc sur notre ennemi commun. Mon œil me faisait mal du côté où il m'avait frappé. Un filet de sang me bloquait la vue. En revanche, mon œil directeur n'avait ni sang ni bleu, sans douleur.

Il m'a fait face : ma proie, à un bon mètre de moi. J'ai levé la pointe de ma flèche en direction de ses yeux et, sans lui laisser la chance de reculer ou de rassembler ses esprits, j'ai laissé filer le projectile en un petit bruit sec.

Allez, la flèche. Va droit dans le mille.

La flèche a tremblé dans l'air mais, tel un missile à tête chercheuse, elle s'est redressée en prenant de la vitesse. La pointe de bois est venue se planter pile dans le creux sensible entre le cartilage nasal et la pommette gauche, environ un centimètre et demi sous sa paupière inférieure, suffisamment profond pour rester en place. *Si seulement j'avais pu m'entraîner sur une botte de paille, je lui aurais empalé l'œil et peut-être même le cerveau.*

Des hurlements bestiaux ont suivi. Il a levé le bras pour déloger la flèche de son visage, ce qui me semblait être le plus stupide des réflexes. *Si tu te fais poignarder, laisse le couteau en place. Va voir un médecin. La lame empêche le sang de couler*, m'avait dit un jour mon père en m'expliquant la blessure de guerre sur son flanc droit. *J'ai marché quinze kilomètres avec le couteau de cuisine d'un rebelle dans les obliques. Si je l'avais retiré, ni toi ni moi ne serions là aujourd'hui.*

Une effusion de sang a éclaté de sa joue et coulé sur sa veste en velours pour finir sur le parquet. Une grosse goutte rapide a ricoché sur ma main. Dorothy — Dieu la bénisse — a cessé de crier et m'a rejointe d'un bond, avant de balancer ses livres au visage sanglant de Brad. *L'Attrape-cœurs, Le Petit Déjeuner des champions, Cent Ans de solitude, La Foire des ténèbres*, et de nombreux autres classiques scolaires — Salinger, Vonnegut, Márquez, Bradbury : tous devenaient des projectiles dans notre combat. *Item collectif n° 39 : la littérature.*

Brad, réduit à l'état de gringalet pleurnichard, s'est carapaté dans le couloir et, une main fermement pressée sur le trou sanglant de son visage, a verrouillé la porte avec affolement et agitation. J'étais moins inquiète d'être à nouveau prisonnière que d'être confrontée à un animal blessé. Les animaux blessés, souffrants et vulnérables, n'ont rien à perdre et personne pour les faire revenir à la raison.

Je me retrouvais donc avec une hyène enragée sur les bras à l'extérieur de la chambre. À l'intérieur, une ado hystérique : Dorothy était retournée sur le lit et émettait un son insupportable. Je me tenais affalée sur un parquet patiné, le genre d'endroit idéal pour faire les cent pas, et même si je l'implorais de venir à tire-d'aile par la fenêtre triangulaire, mon papillon n'a pas répondu à l'appel.

Comment as-tu pu oublier la présence possible de Brad? Comment as-tu pu faire une erreur de calcul pareille? Je m'en voulais.

Je l'admets, mes attentes vis-à-vis de moi-même ont toujours été beaucoup trop hautes. Je pense pouvoir être omnisciente, même si je sais très bien que je ne le suis pas. C'est un désir que j'ai, je crois, le désir de maîtriser tout le savoir de l'univers et faire bon usage de l'intelligence collective. Élucider toutes les théories sur l'espace, le temps, la matière et la matière noire. La création de la vie. Le sens de tout ce qui existe.

Quand mon handicap humain se rappelle à moi, avec humilité, j'en attends simplement plus de moi, sans céder à la réalité.

Je marchais en cercle dans ma nouvelle cellule, quand je me suis souvenue que j'avais prévenu la police. *C'est bientôt fini, détends-toi, détends-toi, respire. Ils devraient arriver d'une minute à l'autre. Ils feraient mieux d'arriver avant qu'il ne revienne. Je dois trouver un plan au cas où ça se passe mal. Et si la personne qui a répondu au téléphone était dans le coup ?*

Dorothy était allongée sur le lit, recroquevillée comme un faon blessé. Ses gémissements m'empêchaient de réfléchir à mon plan. Je n'avais pas l'habitude d'inclure qui que ce soit dans mes stratégies personnelles, que ce soit dans mon laboratoire à la maison ou ici en prison. Je n'avais pas non plus l'habitude de tenir, et encore moins de lancer, une conversation avec une fille de mon âge. Chez moi, je n'avais pas d'amies. Je n'avais que Lenny, mon ami depuis mes quatre ans, et petit ami depuis mes quatorze. Lenny était un poète, doté d'un surplus d'émotions. Nous avons découvert que nous nous équilibrions mutuellement. Il possédait un incroyable don pour la langue anglaise, capable de repérer très vite des liens dans une liste de mots qui semblaient n'avoir aucun rapport. Nos professeurs avaient du mal à lutter. En CM2, ils avaient mis Lenny tout seul dans une classe spéciale, et un spécialiste du conseil de l'enseignement supérieur du New Hampshire venait une fois par semaine lui apporter un paquet de tests. Des titulaires de doctorats, des médecins et je ne sais quels autres diplômés employaient sans arrêt le mot « surdoué » comme s'ils lui diagnostiquaient des troubles de l'attention. Mais je crois que c'est Mamie, simplement appelée Mamie, qui a donné le meilleur diagnostic.

Elle était venue en avion dans le New Hampshire

de sa propriété à Savannah à peu près huit mois avant ce trente-troisième jour. Mes parents étaient partis à Boston pour voir une pièce de Broadway en tournée, alors Mamie, Lenny et moi jouions au Scrabble sur le plan de travail, bien assis sur les tabourets de bar matelassés. Bien sûr, Lenny nous écrasait de soixante-dix points, et j'avais compris qu'il ne servait à rien de continuer à jouer.

« Viens, Mamie, on va faire des petits caramels, pas la peine de continuer. J'ai fait le calcul et on ne peut mathématiquement plus gagner, alors autant arrêter là. Ou sinon, on fait une partie d'échecs ? Lenny est nul en stratégie militaire et on pourrait l'éclater.

— Tu veux dire que tu pourrais nous éclater tous les deux ? a répondu Mamie.

— Oui, c'est sûr, vu comme ça. » J'avais ouvert mon interrupteur affectif, alors je lui ai offert un sourire, les yeux grands ouverts, qu'elle m'a rendu sous la forme d'un clin d'œil au sourcil broussailleux spécial Mamie. J'adorais l'apparence douce et blanche de sa peau ridée, si blanche qu'elle allait bien avec ses cheveux blancs bouclés. Elle avait l'air d'un spectre lumineux à mes yeux ; un joyeux fantôme dans ma vie. Son chemisier rouge à fleurs de tilleul, sa longue jupe rouge en velours côtelé avec un ruban de soie rose en guise de ceinture, ses sabots rouges à lanières violettes — si blanche du visage et des cheveux, et pourtant si colorée — entouraient son âme d'un véritable arc-en-ciel.

Mamie était l'auteur d'une série de polars localement populaires. Son lectorat cible se composait de dames de son âge qui, contrairement à elle, passaient leur temps dans des fauteuils à bascule au bord de lacs ou dans des maisons de retraite en brique. Contrairement à son public, elle n'avait jamais cédé à l'âge : elle écrivait, cousait, écrivait, cousait, et préparait des caramels mous quand elle venait me voir.

À l'époque, huit mois avant le trente-troisième jour, Lenny et moi venions de commencer notre année de première. C'était un vendredi de mi-octobre. L'air était anormalement chaud pour la saison, une brise soufflait par la fenêtre ouverte de la cuisine et soulevait les rideaux au-dessus de l'évier en stéatite. Lorsque la bouilloire a sifflé, Mamie est descendue de son tabouret pour la faire taire.

« Tu sais, Lenny est exactement comme nous. La différence, ma chérie, c'est qu'il est l'heureux porteur de ce parasite littéraire dont souffrait Charles Dickens et dont souffre Bob Dylan. Un virus magnifique que de simples mortels n'arrivent pas à enfermer dans un bocal. J'aimerais tant être contaminée ! »

Tandis qu'elle entourait l'anse de la bouilloire d'une manique matelassée, j'ai jeté un regard vide sur Lenny ; le genre de regards qui, selon lui, le font paniquer.

« Lisa, ne commence pas », a-t-il dit en claquant des doigts pour rompre le charme. Mais j'étais déjà très loin, perdue dans un recoin solitaire et invisible de mon cerveau, en train d'étudier.

Lorsque Mamie a réduit le talent littéraire de Lenny à une affection microbiologique, quelque chose a fait tilt en moi, et cette énigme scientifique m'a donné envie de faire des recherches. Peut-être que j'aurais dû prendre sa remarque amicale pour ce qu'elle était : une note d'humour dans notre week-end. Peut-être que je n'aurais pas dû la considérer comme de la biologie démontrable. Mais, avec mon esprit perturbé d'adolescente, je me suis retrouvée dans un vortex hormonal de science et de désir. Oui, peut-être que j'ai voulu attraper sa maladie des mots. Peut-être que j'ai fait échouer notre protection amoureuse : notre enfant a été conçu cette nuit-là, dans la voiture de Lenny, après que nous nous sommes gavés d'une fournée des caramels de Mamie. Je pensais à cent pour cent à l'inoculation microbienne, et zéro pour cent à l'ovulation. Science-fiction contre médecine réelle. Le seul faux pas que je me suis permis ; faux pas rendu possible à cause d'une petite hésitation dans ma lutte contre les hormones. Je détestais être adolescente.

Dès que le moment de mes règles suivantes est arrivé et que je n'ai pas eu besoin de Tampax, j'ai décidé de ne plus jamais laisser le désir physique troubler mon raisonnement de précision habituel. J'ai supplié Lenny de me pardonner et lui ai promis que je ne gâcherais pas sa vie, que j'assumerais seule les conséquences. Nous étions assis une fois de plus sur les tabourets rembourrés de ma cuisine lorsque je lui ai appris la nouvelle et présenté mes excuses. Mes parents travaillaient et Mamie était rentrée à Savannah. Quand j'ai parlé de m'en occuper toute seule, l'émotif Larry a fondu en larmes.

« Jamais !

— Non, Lenny. C'est ma faute.

— Non, c'est ma faute. Je voulais que ça arrive.

— Tu voulais que ça arrive ?

— Épouse-moi, Lisa. »

J'ai rapidement fait le compte de nos âges et des événements qui suivraient notre adolescence et la vingtaine. La bouilloire a sifflé, annonçant une fois de plus un profond changement dans nos vies. Je me suis glissé sur le côté du comptoir pour la soulever de son socle et je lui ai donné ma réponse, honnête et réfléchie.

« D'accord. Mais dans précisément quatorze ans, quand on en aura trente, après nos diplômes, quand j'aurai commencé ma carrière scientifique et toi la tienne dans l'écriture.

— D'accord. » Il s'est essuyé les yeux d'un revers de manche et a attrapé un stylo pour décrire son trouble intérieur dans un poème en pattes de mouche sur une feuille de papier absorbant.

Pour moi, c'était le summum de la romance. Pour lui, je ne sais pas. Il a passé le week-end à la bibliothèque à faire des recherches sur des poètes qui parlent de leurs enfants, et il est arrivé à l'école le lundi en sautillant, l'œil brillant.

Mamie serait tellement mal à l'aise de savoir ce que sa comparaison saugrenue a provoqué en moi ; je ne lui avouerai jamais. Même dix-sept ans plus tard, je me sens mal en écrivant cet épisode, de peur que ses yeux âgés de quatre-vingt-huit ans ne découvrent la vérité sur son arrière-petit-fils.

D'une certaine manière, dans la cellule de Dorothy, je pensais à Mamie et à la nuit où elle avait prononcé ces mots fatidiques huit mois auparavant. Je me suis approchée du lit de ma codétenue, son corps courbé vers moi comme un croissant mal formé avec une grosse boule de pâte au milieu. Je n'avais aucune idée de comment la réconforter, et si je lui disais que j'avais tué l'autre kidnappeur dans ma propre cellule, elle s'éloignerait certainement de moi. On ne partageait probablement pas les mêmes goûts en matière de justice.

En bas, Brad tournait en rond en jetant des objets, terrorisé par ses propres hurlements frénétiques. D'après le bruit sourd qui est monté jusqu'à nous au troisième étage, il a dû éclater une chaise ou une table basse contre un mur.

C'est bientôt fini. Où sont les policiers? Ils vont arriver. Ils vont nous sauver. Où sont-ils, bon sang? Ils devraient bientôt être là. Ils devraient déjà être là, non?

Je savais que je pouvais crocheter la serrure de Dorothy en une seconde à peine; j'avais déjà remarqué cet item en entrant : vieux verrou, facile à forcer, item n° 38. Mais il ne servait à rien de faire quoi que ce soit avant l'arrivée de la police ou, s'ils ne venaient pas, avant que Brad ne quitte le bâtiment. Heureusement, on entendait mieux les bruits de dehors et des étages inférieurs de la chambre de Dorothy. J'étais sûre que si nous restions silencieuses, nous pourrions trouver une fenêtre de tir pour crocheter la serrure et se faire la malle. Donc, au lieu de faire les cent pas et de continuer mes calculs, ma seule mission était de faire taire Dorothy. Il fallait qu'on tende l'oreille, qu'on écoute, qu'on attende et, si les policiers ne se montraient pas, qu'on s'arme de patience — item n° 11 — avant que Brad ne parte. Ensuite, on devrait s'activer.

Étendue sur son lit, Dorothy était prise de convulsions, et c'est là que j'ai remarqué sa robe violette froissée et sans doublure, ce que Maman ne m'aurait jamais autorisée à porter — puisque fabriquée à la chaîne et de piètre qualité. J'ai examiné, pour la première fois depuis le début de ma captivité, ma propre tenue. Mon pantalon de grossesse, fait main en France, avait gardé sa forme originale et ne présentait que peu de plis. Maman m'en avait acheté deux paires le lendemain du jour où elle avait appris la nouvelle. « Nous ne nous comporterons pas comme des barbares dans cette épreuve, Lisa. Tu dois t'habiller correctement. C'est fini, les pantalons baggy. Ton apparence importe beaucoup, officiellement et officieusement », avait-elle dit en enlevant une miette invisible de sa chemise amidonnée et en rajustant ses boutons de manchettes en diamant, juste sous ses initiales brodées. « Ça n'a rien à voir avec la richesse. J'aurais pu t'acheter dix robes de grossesse bon marché pour le prix de ces deux pantalons, comme beaucoup de femmes enceintes l'auraient fait. Mais seule la qualité témoigne de la qualité. Financièrement, il est stupide de faire passer la quantité avant. Un gâchis d'argent colossal. » Elle a épousseté l'air avec ses doigts, comme si elle expédiait dans un coin l'idée de se ruiner, hors de sa vue. Je me suis demandé à l'époque si mon style la gênait plus que mon état de santé, mais à présent je comprends que c'était sa façon de faire face au problème.

La qualité de mon pantalon ne m'aidait pas vraiment à savoir comment calmer Dorothy ; aucune solution ne se trouvait dans les fines coutures du coton français. Elle a commencé à avoir des haut-le-cœur à force de sangloter, puis elle s'est mise à débiter des tirades incompréhensibles et à frapper du poing sur le matelas. Ma tête rebondissait à chacun de ses coups. Déchaînée, la pauvre Dorothy a dû lâcher le peu de santé mentale qui lui restait. J'aurais parié que, si ses yeux avaient rencontré les miens, j'aurais vu ses pupilles rouler dans tous les sens comme les autocollants d'yeux noir et blanc qui bougent que l'on trouve dans les boutiques de gadgets.

Mais ils sont où, les flics? Là, c'est sûr que ça fait trop longtemps. J'ai pensé à Mamie. J'ai pensé à Maman. Je suis assise par terre, je saigne du visage. Quelque chose ne va pas. Quelque chose cloche. Il faut que je trouve une solution. Que je nous sorte de là.

Un objet lourd s'est écrasé contre un autre objet lourd au rez-de-chaussée, suivi d'un cri assourdissant qui ressemblait un peu à ça : « Hiiiiii-anaaanaaaaa — Mon frèèèèèèèère ! »

Personne ne viendra nous sauver, oublie. Ne compte plus sur personne. Tu ne peux compter que sur toi-même. Concentre-toi sur Dorothy. Fais-la taire. Il faudra bien qu'il parte, pour chercher un outil ou quoi que ce soit. Il partira, et il faudra qu'on soit prêtes. Calme-la.

Le seul réconfort que je pouvais apporter à Dorothy, c'était de rester assise en tailleur et de poser une main à plat près de son oreiller. L'autre servait à juguler le sang qui coulait encore de mon visage. Je pensais que mettre ma main aussi près d'elle lui permettrait de s'accrocher à moi comme à une laisse, si elle arrivait à se concentrer sur la réalité qui l'entourait. Mais ce geste de ma part n'était que la reproduction de quelque chose que j'avais vu Mamie faire à mon père le jour où sa sœur, sa fille à elle, est morte. Mamie pleurait aussi, mais elle était si fatiguée qu'elle ne pouvait offrir que ce petit geste silencieux à mon père. Il était très proche de tante Lindy. Ils n'avaient que neuf mois d'écart, et son cancer l'a foudroyée impitoyablement.

Maman et moi avons réconforté Mamie et mon père à notre façon. Pendant qu'ils pleuraient, on a préparé l'itinéraire détaillé d'un voyage d'un mois à travers l'Italie pour tous les quatre : moi, Maman, Papa et Mamie. Je ne crois pas que Maman et moi avons jamais échangé le moindre mot au sujet de la mort de tante Lindy. Je l'ai imitée quant à la bonne attitude à adopter : je suis restée silencieuse et je me suis focalisée sur le planning minute par minute des musées, des églises et des restaurants. Ma tante me manquait, mais la pleurer n'aurait servi à rien pour consoler mon père, ni pour étudier ses analyses sanguines, que j'avais pu me procurer quand les infirmières avaient le dos tourné. Tante Lindy m'avait tendu un flacon et murmuré à l'oreille : « Avec un cerveau pareil, trouve un remède ou bien lutte contre l'injustice, ma fille. Ne gâche pas ton intelligence. » Elle avait dégluti avec peine, luttant contre sa gorge incurablement sèche avant de continuer : « Et n'écoute pas ces médecins qui te bassinent avec tes émotions. L'amour est la seule qui compte, et je crois que tu maîtrises ça très bien. »

Fallait-il que je m'autorise à aimer cette fille sur le lit ? Cette jeune femme pitoyable plongée dans une agonie qui me dépassait ? Quelqu'un dans la même situation que moi, mais qui ressentait une émotion que j'étais incapable de comprendre à cet instant. D'une main tiède sur son drap en coton pelucheux, j'ai senti la chaleur de sa joue. J'ai examiné la maigreur de ses bras et me suis demandé si elle avait mangé quoi que ce soit durant sa captivité. En tout cas, elle n'avait pas encore déjeuné : j'avais tué le livreur.

À ce moment-là, le soleil n'était plus qu'une futile tache de blanc granuleux derrière des nuages noirs ; une journée ratée. À voir les ombres dans la chambre glaciale de Dorothy, j'ai cru que la nuit tombait, mais il ne pouvait pas être beaucoup plus tard que midi.

Les sons étaient différents dans cette partie du bâtiment. La nature criait dehors : les vaches meuglaient et quelques cloches se faisaient parfois entendre au loin. Quelqu'un avait dû un jour lancer un caillou ou quelque chose, parce que la vitre de la haute fenêtre triangulaire était cassée. La brise mordante pénétrait à l'intérieur, et avec elle l'odeur de l'herbe et du fumier. S'ajoutaient à cette surcharge sensorielle les objets lancés et les insanités proférées par notre ravisseur en bas. Un animal en cage, avec pour barreaux sa propre démence.

La police ne viendra pas. Trouve un autre moyen de sortir.

Malgré le bruit incessant, les émotions de Dorothy se sont un peu calmées quand j'ai posé ma main près de sa tête. Elle a agrippé mes doigts si fort que j'ai cru devenir une falaise et elle un alpiniste qui tombe, les ongles enfoncés dans une paroi rocheuse au bord du monde. Mais je n'ai pas osé bouger d'un centimètre, car elle s'est mise à respirer de plus en plus fort, elle a battu des paupières et s'est inexplicablement endormie. Juste avant de sombrer, ses grands yeux bleus humides ont croisé les miens. Nos visages n'étaient qu'à un mètre l'un de l'autre. À ce moment-là, Dorothy M. Salucci est devenue la meilleure amie que j'aie jamais eue. J'ai ouvert l'interrupteur de l'amour — spécialement pour elle — dans l'espoir qu'une telle émotion me motiverait à trouver un plan et nous sauver toutes les deux, tous les quatre.

L'amour est l'émotion la plus simple à éteindre, mais la plus dure à allumer. À l'inverse, les plus simples à allumer mais difficiles à éteindre sont : la haine, le remords, la culpabilité, et surtout la peur. « Tomber amoureux », c'est une autre paire de manches. En fait, « Tomber amoureux » ne devrait même pas être classé dans les émotions. Il s'agit d'un état involontaire causé par une réaction chimique mesurable, qui mène à un cycle d'addiction que le corps cherche perpétuellement à maintenir. Jusque-là, je n'étais tombée amoureuse qu'une seule fois, le jour où un être minuscule avait bougé dans mon ventre. Et quelle journée pour moi : le choc d'une telle découverte, un sentiment déguisé en émotion, qui s'est insinué dans mon cœur pour y rester. Je ferais n'importe quoi pour protéger et prolonger cette addiction au Grand Amour, celui qui avait fait irruption dans ma vie et qui ne disposait pas d'interrupteur.

L'amour ordinaire, en revanche, constitue sans aucun doute une émotion, avec un interrupteur coriace, mais très efficace une fois ouvert. J'ai donc choisi de l'allumer en regardant Dorothy dormir, sa joue humide sur mes doigts à présent nettoyés de tout sang.

15

AGENT SPÉCIAL ROGER LIU

Parfois, quand je repense à cette journée, j'ai envie d'étrangler la première personne qui passe et de jeter une brique dans la vitre la plus proche. C'est tellement frustrant de se sentir si près du but et de ne pas y arriver !

Le cœur de l'Indiana ressemble au nord de l'État de New York, mais en plus plat. Plus plat que plat, en fait. Tout droit, littéralement tout droit, à travers la ville où nous allions passait une « route » à quatre voies exaspérante dotée d'un milliard de feux, sûrement installés en si grand nombre pour énerver les gens de passage mais pas les locaux, à qui il semblait normal de se traîner et de piler à l'orange. Le goudron de cet axe principal était usé, d'un gris délavé, couleur rendue possible par un million de journées sous les coups du soleil de la campagne ; le genre de journée où des légions d'insectes invisibles sifflent à l'unisson. Mais une chaleur infernale aurait été idéale pour la journée qui m'intéresse ici. Non, je vous parle d'une froide journée de printemps, et même si l'insupportable goudron gris était toujours décoloré, certaines zones prenaient une teinte plus sombre à cause des gouttes de pluie qui s'échappaient des nuages noirs dans le ciel.

Nous avons traversé la ville comme des fantômes silencieux, devant les stations-service, les parkings vides, les petites quincailleries et les magasins à prix unique. Quelques femmes poussaient des caddies le long de la route, bien loin du premier supermarché en vue. Nous nous faufilions discrètement; conscients, à l'intérieur de la voiture, du besoin de ne pas alerter un quelconque complice des crimes auxquels nous venions mettre fin. La Volvo orange dans laquelle nous roulions, en revanche, était une sirène en elle-même, et le pot d'échappement une véritable corne de brume signalant notre présence.

On est passés à côté d'un bâtiment abandonné avec une tour, révélatrice d'un ancien KFC. Sur les planches qui servaient à obstruer les fenêtres, il était écrit «ELEC» à la bombe de peinture bleue, et une flèche vers le bas indiquait un quelconque câblage souterrain. Je me suis demandé pourquoi ils ne l'avaient pas écrit en orange, une pensée bien futile compte tenu de notre mission.

Le commissaire a essayé de nous parler, à Lola et moi, par-dessus le vrombissement de la Volvo pourrie. Je me suis penché en avant, la main posée sur le coin de son siège.

«Quoi?»

Je me suis détaché pour me rapprocher encore, mais même près de lui je n'arrivais pas à l'entendre. Le vacarme du moteur me vrillait les tympans, comme si j'étais assis sur scène à un concert de Led Zeppelin.

Il a détourné les yeux de la route pour nous regarder. Sans me rattacher, je me suis reculé dans mon siège et j'ai jeté un œil vers Lola. Elle agrippait ses cuisses encore plus fermement qu'avant. Le bout de ses doigts devait être bleu.

« Ça fait longtemps que vous êtes sur cette affaire ? a-t-il demandé.

— Euh, commissaire… », a répondu Lola en pointant devant elle.

Je me suis également retourné, parce que je ne regardais plus la route non plus.

Je ne sais plus si j'ai hurlé quelque chose au sujet du camion qui avançait vers nous ou si c'est Lola qui a hurlé parce qu'il fonçait à une vitesse folle. Je me souviens que le commissaire a fait volte-face et qu'il a rapidement donné un coup de volant pour éviter la collision. Étrangement, je me souviens aussi de quelques arrêts sur image des actions qui ont suivi : mon bras qui s'allonge sur le côté pour protéger Lola, toujours attachée, et le sien qui fait de même pour moi, et l'adjoint du commissaire qui tient le bord de son chapeau comme s'il attendait une tempête sur le siège passager. Je me suis demandé pourquoi il ne nous avait pas prévenus du camion en perte de contrôle, mais la dernière image dont je me souviens, c'est lui qui lève les yeux de la carte qu'il lisait sur ses genoux.

Certaines personnes disent que, durant un accident de voiture, on voit tout au ralenti et on entend les sons un par un, comme un accordéon qui se déplie. Moi, en revanche, j'ai ressenti une douleur lancinante atroce dans les oreilles à cause du bang supersonique émis par le moteur de la Volvo quand celle-ci a heurté de plein fouet un lampadaire, placé devant l'entrée d'un centre commercial. J'ai perdu connaissance pendant quelques secondes quand ma tête a cogné violemment le plafond. Ensuite, je revois Lola qui passe ses bras sous les miens pour me sortir héroïquement de l'épave. À Hollywood, ils auraient dit : « Coupez, elle est bonne », car au moment où mes talons ont touché le trottoir, le lampadaire est tombé pour détruire encore plus la voiture du pauvre Sammy.

Lola et moi étions là, à chercher notre souffle, nos têtes sanglantes entre les mains, pendant que le commissaire et son adjoint — également libérés par Lola — restaient étendus, inconscients. Je me suis redressé en position assise à l'aide de mes bras tremblants et j'ai inspecté le champ de bataille. Le commissaire était allongé sur le trottoir du côté conducteur, sur le ventre, les épaules tordues et les deux bras visiblement disloqués, tordus comme ceux d'une poupée de chiffons. L'adjoint se trouvait du côté passager, également à plat ventre sur le trottoir. Une balafre sanglante s'étendait de son front sur son œil droit fermé et sa joue jusque sous son menton. J'ai pensé : *Il va avoir une affreuse cicatrice.* Le chapeau auquel il s'accrochait était tombé à l'envers à plus d'un mètre de sa cheville gauche, tournée dans la mauvaise direction. Le bourdonnement des parasites dans le talkie-walkie du commissaire m'a indiqué que Sammy-le-standardiste-mangeur-de-donuts était parti Dieu sait où. Nous étions seuls.

Le commissaire et son adjoint salement blessés, le standardiste inutile injoignable, le reste des troupes à un enterrement à deux heures et demie de là, et les renforts — que j'avais appelés en quittant le poste de police et qui avaient l'adresse du pensionnat Appletree — sûrement à deux ou trois heures de route aussi : je n'avais plus qu'un seul coup de fil à passer.

« Lola, mon téléphone, où est mon téléphone ? » Je me suis redressé et j'ai fermé les yeux pour parler. Le sang qui me montait à la tête palpitait très fort pour me faire taire.

« Lola, mon téléphone, mon téléphone, attrape mon téléphone. »

À travers mes yeux plissés, je l'ai vue ramper sur le parking, les mains fermement appuyées sur le gravier éparpillé sur le revêtement de goudron. Elle est retournée dans la carcasse bruyante, les portes encore ouvertes après qu'elle nous a sauvés. J'ai cru qu'elle allait revenir à quatre pattes avec l'antenne de mon portable entre les dents comme un chien de chasse qui ramène un canard mort.

D'autres images apparaissaient vaguement dans mon champ de vision périphérique. La voiture s'est mise à cliqueter, donc je l'ai inspectée de plus près. Du feu s'échappait du capot fumant, du moteur embrasé. De grosses flammes orange s'éloignaient et se resserraient, encore et encore : des doigts de feu qui cherchaient à toucher la peau pour la brûler. Un filet d'essence sinuait à l'arrière du coffre en direction de mon pied.

« Lola, sors de la voiture, maintenant ! Y a le feu ! »

Je crois qu'elle ne m'a pas entendu, parce que je crois que je n'ai pas vraiment crié. Je me sentais prisonnier d'un de ces rêves où l'on essaye de hurler de toutes ses forces sans parvenir à sortir le moindre gargouillis.

J'ai réessayé.

« Lola ! Le feu ! » J'ai bondi sur mes jambes vacillantes, mais à ce moment-là elle est ressortie, la tête haute, m'a jeté mon téléphone au visage et s'est précipitée vers les deux policiers toujours inconscients et trop près du moteur.

J'ai laissé le portable tomber au sol et j'ai moi aussi chancelé vers eux. Pour prendre part à la tâche, j'ai tiré l'adjoint dans la direction opposée à celle où Lola emmenait le commissaire, juste assez loin et assez vite pour esquiver les débris enflammés qui pleuvaient sur place quand la voiture a explosé.

Une fois à l'abri, je me suis couché au sol et j'ai regardé la fournaise avec une fascination hypnotique. Le feu enrageait comme un fou et semblait furieux qu'on l'ait libéré, comme s'il avait été enfermé pendant des siècles sous le capot de la Volvo de Sammy.

Je me comporte toujours ainsi avec les incendies ; ils me rappellent la fois où mon père a mis le feu à notre grange quand j'avais cinq ans. Ce jour-là, à peine une semaine après avoir acheté les poulets, ma mère et mon petit frère étaient partis faire des courses et mon père m'a demandé de courir à la maison pour nous chercher des Pepsi bien frais. J'ai été très rapide, je n'ai mis que peu de temps à secouer mes jambes d'enfant de cinq ans jusqu'à l'intérieur, à ouvrir le frigo, attraper les deux premières bouteilles et ressortir pour aller voir mon père, et pourtant, c'est le temps qu'il a fallu pour qu'un peu de l'herbe morte qu'il avait ratissée et fait flamber en un feu de jardin se fasse emporter par le vent des Grands Lacs et vienne se glisser dans les interstices des planches en bois sec de la grange. Je me tenais là, impuissant, les mains serrées autour de deux Pepsi comme si j'étouffais deux oies. Un mur de feu malicieux s'étendait du sol jusqu'au ciel, bien droit, sûr de lui, les flammes montaient toujours plus haut et me repoussaient, me renvoyaient vers la maison.

« Retourne à l'intérieur ! » a dû crier mon père en faisant de grands gestes. « Retourne à l'intérieur ! » a-t-il sûrement répété plus fort, mais je n'entendais que le sifflement rugissant des flammes d'un rouge orangé qui insistaient pour que je ne fasse rien d'autre que les fixer. De nombreuses années plus tard, au cœur de l'Indiana, alors que je faisais la même chose, que j'observais sans ciller la Volvo qui brûlait, une ombre est passée au-dessus de moi. Une des femmes aux caddies que nous avions dépassées peu de temps avant essayait de me protéger des quelques gouttes de pluie avec son parapluie.

« Vous êtes blessé ? Vous m'entendez ? » articulait-elle.

Je n'entendais pas ses mots.

« Mon portable », lui ai-je répondu en pointant du doigt l'endroit où je l'avais fait tomber trois mètres plus loin.

« Quoi ?

— Mon téléphone. Mon téléphone. S'il vous plaît, là-bas, mon téléphone. »

La femme, d'environ cinquante-cinq ans, les cheveux permanentés blond foncé et emmêlés, vêtue d'une robe de chambre et d'une paire de pantoufles usées, a traîné les pieds jusqu'à l'endroit que je lui indiquais, s'est penchée comme une vieille grand-mère et est revenue pour me passer mon téléphone, bouche bée.

Des cris ont éclaté du centre commercial, mais seulement en une masse collective de bruit en mouvement, et j'ai cessé de les entendre soit parce que mes tympans avaient explosé, soit parce que j'avais besoin de me concentrer sur mon coup de fil. Assise, Lola essayait de reprendre son souffle ; le poignet du commissaire entre les mains, elle tâtait son pouls en comptant sur sa montre Sanyo. Vu ses narines dilatées et son nez plissé, je savais que les silences entre les battements de cœur du policier l'inquiétaient.

Je suis presque sûr que j'avais l'esprit embrumé quand j'ai passé l'appel. Je suis presque sûr que j'ai sciemment enfreint toutes sortes de règles administratives. Mais à ce moment-là, je sentais que je n'avais pas le choix.

« Boyd, je vais avoir besoin de votre aide, en fin de compte. »

16

33e JOUR, SUITE

L'image mentale que je garde de Dorothy est comme un vieux Polaroid précieux dans mon sac à main ; la photo a changé parce que les couleurs ont vieilli avec le temps, mais elle garde toute sa nostalgie bouleversante. Dorothy dort paisiblement, à cause du choc, à cause de la maladie, ses boucles blondes montent et retombent à chaque inspiration, chaque expiration. Je voulais caler ma respiration sur la sienne pour me transformer aussi en Belle au bois dormant. Pour avoir quelqu'un près de moi qui me surveille, me protège des loups, des dragons. Mais seule Dorothy, ma nouvelle amie, ma seule amie, celle qui comprenait le mieux mon désir d'élever un enfant, était digne d'un tel traitement. Elle seule méritait une pause avant la tempête. Moi, je n'étais qu'une arme.

Comment pouvait-elle dormir ? Je comprends, vraiment. Au moment où j'ai posé ma main sur son oreiller, elle sembla cesser le combat contre je ne sais quelle insomnie et quelle fièvre. Je devais la sauver. Elle mettait son destin entre mes mains.

Et j'avais du pain sur la planche. Même si j'avais allumé l'amour pour Dorothy, aucun autre interrupteur n'était ouvert. Même pas l'agacement. J'avais abandonné tout espoir de voir les policiers arriver, alors j'ai sorti cette éventualité de mon esprit.

Les cris de Bradichou-et-son-trou-dans-la-tête se sont dirigés vers l'extérieur, en direction de mon aile du bâtiment, de la cuisine et de son frère mort brûlé. J'ai compris qu'il reviendrait vite. Je me suis dit qu'il allait chercher sur le cadavre un quelconque objet, un appareil, un artefact ou une émotion tordue, et qu'il retournerait dans la cuisine. Là, il comprendrait assez vite que j'ai téléphoné, vu que j'avais laissé l'enveloppe avec l'adresse sous le fil qui pendait. En se tapant la paume sur le front comme un idiot, il réaliserait enfin que j'avais appelé la police. Je ne devais pas sous-estimer le plus intelligent des deux jumeaux. Dorothy-au-bois-dormant et moi n'avions que quatre minutes tout au plus pour nous évader et atteindre le van.

J'ai attrapé et rangé l'item n° 40 — les aiguilles à tricoter de Dorothy — dans mon carquois pendant que j'essayais de la réveiller. J'ai retiré l'épingle, item n° 41, de ses cheveux et je me suis ruée sur la porte verrouillée. Deux mois auparavant, j'avais manipulé une mini-aiguille à travers la peau rasée de Jackson Brown pour lui recoudre la patte, qu'elle s'était ouverte sur un coin coupant du toit en chassant une colombe qui roucoulait. J'avais donc l'âme d'une chirurgienne, et crocheter la vieille serrure de la cellule de Dorothy m'était aussi facile que d'ouvrir une boîte de conserve avec l'opercule. Pop.

Une fois la porte ouverte, réveiller Dorothy est devenu une priorité et un devoir. Je suis retournée près de son lit et je me suis penchée sur elle, qui relevait la tête. La main pliée, celle marquée du sang de mon œil, j'ai tenu fermement ses lèvres sèches et gercées, et je l'ai regardée droit dans ses grands yeux surpris.

« Dorothy, garde la bouche fermée. Et bien fermée, si tu veux survivre. Maintenant, suis-moi. Allez, lève-toi. »

Je n'ai pas lâché parce que je n'étais pas sûre qu'elle ait compris.

« Tu as compris ? Si tu fais le moindre bruit, on est cuites. Il faut que tu la fermes et que tu me suives. Compris ? » Mon carquois a cogné sur mon épaule baissée, ce qui a fait cliqueter les aiguilles, les flèches en barreaux de lit et les clés à l'intérieur.

Dorothy a hoché la tête pour me montrer qu'elle avait compris.

Lentement, j'ai retiré ma main de sa bouche. Elle a essuyé mon sang de ses lèvres.

Est-ce qu'on est sœurs de sang, maintenant ? C'est ça que ça fait, d'avoir une meilleure amie ?

Arrête.

Arrête ces pensées ridicules. Fonce à la camionnette.

Honnêtement, on aurait pu croire que j'avais kidnappé cette fille. Je devais la pousser, enfoncer mon index et mon majeur dans son dos comme si je tenais un pistolet. Sa jambe fine et son autre gonflée chancelaient sous la fatigue et le choc émotionnel, et elle se tournait sans cesse vers moi avec des yeux de chiot perplexe. Je répétais sans arrêt : « Retourne-toi et avance. Ne fais pas de bruit. »

Pas à pas, on a franchi le seuil. Elle semblait si hésitante à descendre l'escalier et me regardait constamment d'un air de dire : « T'es sûre ? T'es sûre ? », alors je la poussais plus fort avec mes doigts-revolver. Son dos semblait dur et noueux, et pas charnu comme il aurait dû l'être vu sa grossesse avancée.

À cause de l'humidité dehors, l'air épais et froid de la cage d'escalier nous a frappées au nez en un vif uppercut, encore plus lourd que par temps ensoleillé. L'odeur de moisi a dû agir comme des sels sur Dorothy et la rendre plus alerte, car elle a sursauté et s'est immobilisée. Je l'ai poussée à nouveau.

Je ne lui en voulais pas. Je ne ressentais presque aucune émotion. Il fallait simplement qu'elle se concentre et qu'elle accélère l'allure. Elle ne constituait définitivement pas un item en soi. Mais c'était mon amie et à présent ma pupille, et nous avions tissé un lien tacite que personne ne pouvait comprendre, pas même moi. Certes, je lui grognais des ordres, mais je me suis arrêtée deux fois pour lui caresser l'épaule et dire : « Allez, sois forte. Tu peux le faire », ce que Maman avait dit à mon père le jour où il avait dû jeter la première pelletée de terre sur le cercueil de Tante Lindy.

Nous étions arrivées au milieu de l'escalier, près des premières marches du dernier étage. Je tenais dans mon poing les cheveux gras de Dorothy pour l'empêcher de tomber dans la descente. De peur qu'il ne revienne, je tendais l'oreille pour entendre le moindre mouvement sur le goudron et le gravier à l'extérieur. La faible respiration de ma codétenue emplissait l'escalier d'un grondement parasite, comme une vieille dame atteinte de pneumonie, le souffle saccadé encombré de glaires. Son poignet dans ma main, je sentais son pouls battre trop vite ; quand j'ai posé ma paume sanglante sur son front, la température m'a presque brûlée. Une fois de plus elle m'a fixée du regard, et dans ce second instant de connexion entre nous, sans qu'elle dise les mots, j'ai répondu : « Je sais. »

D'après mes estimations, nous avions une minute et demie pour arriver au rez-de-chaussée, quitter le bâtiment, traverser le parking et atteindre la forêt avant que Brad ne ressorte de mon aile. J'avais visualisé la géographie extérieure et le chemin jusqu'au van depuis mon premier jour dans cet enfer, même si j'avais les yeux bandés et un sac sur la tête en arrivant. J'avais compté les pas, noté la dénivellation du sol, analysé l'air pour déterminer le climat, et réétudié tous ces détails dans une représentation visuelle du terrain, de la topographie et de la température. Dans ma tête, j'avais fait le chemin de la camionnette jusqu'au bâtiment et vice versa des centaines de milliers de fois. Et vous savez quoi ? À part le fait que le bâtiment était un ancien pensionnat blanc et non une ferme blanche, j'avais raison sur toute la ligne. Ça prouve de quoi sont capables les sens, la mémoire, le savoir acquis et la confiance si on arrive à se défaire des distractions non productives que sont la peur et l'espoir. Écouter. Sentir. Goûter. Voir. Vivre. Évaluer. En temps réel.

La plupart des gens ne perçoivent qu'à peine un pour cent des couleurs sur le large spectre des tons. Les rares humains qui peuvent en voir plus affirment soit qu'ils sont déçus par la faible perception qu'ont les autres de la vie, soit qu'ils ont visité le Paradis en rêve. Ils possèdent une sorte de superpouvoir, ces veinards.

Un récent article du *Scientific American* m'a rappelé le superpouvoir que j'ai moi-même ressenti durant ma captivité à la prison Appletree. Résumant les recherches publiées dans le *Journal of Neuroscience* sur la neuroplasticité chez les sourds et les aveugles, l'article disait : « Cette étude [...] nous rappelle que nos cerveaux possèdent des superpouvoirs cachés. » Pour résumer, si vous ne savez pas ce qu'est la neuroplasticité, le cerveau peut se réorganiser lui-même dans les zones des sens qui manquent à une personne. Par exemple, c'est ainsi que « les individus sourds perçoivent un stimulus sensoriel qui leur permet de ressentir une illusion sensitive que n'ont pas les individus non sourds ». J'ai vraiment adoré le paragraphe d'introduction de l'article original, qui expliquait plutôt succinctement : « L'expérience façonne le développement du cerveau au cours de la vie, mais la neuroplasticité dépend d'un système neuronal à l'autre. »

Moi, aveugle et sourde, privée de différents sens mais bien entraînée, j'avais réussi à recréer un modèle de la réalité, une dimension sensorielle à part qui se superposait à merveille sur le monde réel. Peut-être que les émotions ne sont qu'une autre série de sens, et que le fait de ne pas en avoir renforce l'ouïe, le toucher, l'odorat, la vue, l'imagination.

Peut-être.

Qui sait ?

Je ne détectais aucun bruit de pas, alors nous

avons foncé dans l'escalier pour nous précipiter dehors. Coup d'œil à gauche, à droite, aucun signe de Brad : j'ai poussé Dorothy en diagonale sur le goudron en direction du chemin qui menait au van. Nous étions si proches que nos corps fusionnaient presque. Avec nos ventres, nous dessinions au sol l'ombre de deux montagnes collées ; je l'ai regardée avec émerveillement en arrivant sur le sentier.

Sommes-nous une seule fille ? La même fille ? Sommes-nous toutes pareilles à seize ans ? Si prêtes à vivre et pourtant si jeunes. Il faut que je nous sauve toutes les deux. Tous les quatre.

Je me suis penchée pour parler à l'oreille de Dorothy en attrapant mes clés dans le carquois. La chaleur qui émanait de son corps laissait croire qu'elle allait s'embraser. J'ai rougi. Je n'avais pas remarqué les gouttes de pluie avant qu'elles ne viennent me refroidir.

« Dorothy, il faut avancer tout droit pendant exactement une minute. Ce serait mieux de courir, si tu peux. Fais-moi confiance, je sais que ça fait peur, qu'il va faire sombre, mais ça donne sur un vaste champ avec des vaches et un grand saule. Sous le saule, il y a une camionnette. On va la prendre. J'ai les clés. C'est parti. »

Elle a hoché la tête lentement, prise de nausée, et a fait un pas dans la forêt. Je l'ai suivie, collée à son corps. Nous marchions d'une même foulée, si proches l'une de l'autre que nos jambes auraient pu être attachées ensemble, et le bruit de la porte qui s'est refermée derrière nous a été un peu étouffé par nos pas communs.

« Oh, ça non ! Arrêtez-vous immédiatement, les

filles ! » La voix aiguë de Brad suintait la folie décadente.

J'ai fourré le trousseau de clés dans la main de Dorothy.

« Fonce ! Fais ce que je te dis. Une minute. Cours ! Allez, allez, allez. La clé du van, c'est celle avec marqué Chevy dessus. Allez, allez. »

Voilà les derniers mots que j'ai dits à Dorothy M. Salucci.

J'ai fondu droit sur Brad, une aiguille à tricoter dans une main et une flèche dans l'autre.

17

AGENT SPÉCIAL ROGER LIU

« Bordel. De. Merde. Lola. Bordeldemerde ! » ai-je dit après avoir claqué le clapet de mon portable géant. Le tintement incessant dans mes oreilles me faisait grimacer. Boyd avait répondu à l'appel et je crois qu'il avait accepté d'aller faire un tour au pensionnat avec son arme, mais je ne l'entendais pas. Puis il a rappelé dans les cinq minutes ; je ne m'en suis rendu compte que parce que j'avais activé le mode vibreur. Les mots de l'agriculteur se mélangeaient dans ma tête, ce qui devait se lire sur mon visage, car Lola a rampé à côté de la voiture en flammes, m'a pris le téléphone des mains sans que je le lui ai demandé, et a écouté ce qu'il avait à raconter. Elle a pris note des nouvelles de Boyd — à peine croyables, encore une fois — en griffonnant un résumé dans le carnet qu'elle gardait dans la poche arrière de son pantalon d'homme.

Voici ce que disait la note :

B a trouvé D Saluc à son van. ?? Forêt ? Pas de Lisa. B dit : « Aucun signe d'une autre fille. Y a personne là-bas. » B a appelé du tél de la cuisine. B dit : « Ça sent vraiment très mauvais, l'odeur vient d'en haut. Ça pue la mort. »

À la fin de cette note plutôt détaillée, bonne pour finir dans un dossier, elle a ajouté ses propres commentaires sur une deuxième page, en prononçant les mots lentement pour que je puisse lire sur ses lèvres :

« Et comment il est supposé savoir ce que c'est que la puanteur, Boyd ? C'est un fermier qui sent la merde de poulet. »

Le FBI insistait pour recueillir toutes nos notes et observations, surtout celles que nous mettions par écrit, afin de les ajouter au dossier officiel. Mais essayez d'empêcher Lola de balancer son opinion en permanence. J'ai déchiré la seconde page et prié pour qu'elle arrête les billets d'humeur.

« Entre les bagnoles qui crament et les gens que je dois sauver, y compris ton cul, épargne-moi tes réflexions sur mes opinions, Liu », a-t-elle sifflé quand j'ai laissé tomber les morceaux de papier sur le sol mouillé.

Je comprenais ce qu'elle disait parce que je lisais ses lèvres ; le tintement se faisait de plus en plus fort. J'étais un homme sourd et fou qui luttait pour entendre à nouveau. J'avais encore l'impression de rêver, de courir vite, d'agiter mes jambes toujours plus fort, la poitrine soulevée par l'angoisse parce qu'il me fallait avancer et que je n'avançais pas, centimètre après centimètre. Dong, dong, dong. Le tintement noyait tout le reste, floutait le monde alentour. J'ai collé mes mains sur mes oreilles et j'ai scruté le ciel tombant à la recherche d'une autre sensation, de la moindre couleur, mais je n'ai trouvé que le gris du rideau de fumée qui se déployait — et les ombres noires qui, elles aussi, tombaient comme des fantômes. Les nuages avaient fusionné en un orage tourbillonnant, et pourtant, malgré l'obscurité menaçante, il ne pleuvait que quelques rares gouttes d'eau comme pour nous torturer sur ce parking de centre commercial. Et le feu s'en fichait : aucun liquide ne pouvait apaiser sa colère. La peinture de la Volvo avait presque complètement disparu et la voiture n'était plus qu'un tas de ferraille calcinée. Seules quelques touches d'orange subsistaient aux endroits épargnés par les flammes.

Une de ces agaçantes gouttes de pluie, une grosse, est venue atterrir sur l'arête de mon nez et a glissé avant d'aller couler sur ma joue gauche et finir sur ma lèvre supérieure. J'ai ressenti une démangeaison insoutenable au contact de l'eau qui bouge, et je me suis rapidement essuyé le visage avec la manche de ma veste grise et humide. Le tintement semblait diminuer lorsque je me concentrais sur cette autre sensation.

Après avoir lu l'avis dédaigneux de Lola au sujet du rapport de Boyd sur l'odeur de la mort, je lui ai lancé mon regard qui voulait dire « Sérieusement » et je me suis couvert les oreilles pour essayer d'atténuer davantage l'insupportable carillon. Elle a cédé.

Une ambulance et un camion de pompiers sont arrivés sur la scène de notre accident ; l'ambulance skiait quasi sur deux roues. À ce moment-là, Lola et moi nous tenions debout et surveillions séparément le commissaire et son adjoint. Les curieux avaient formé un demi-cercle derrière nous et maintenaient une bonne distance grâce aux ordres féroces et aux hurlements de Lola. Pendant qu'elle contenait les badauds, j'ai scruté la foule pour repérer quelqu'un susceptible de posséder un pick-up tout terrain.

Une femme en veste Carhartt matelassée paraissait plus grande et plus large que ses concitoyens. Elle avait de longs cheveux épais de fermière et, sous sa veste, elle portait une chemise à carreaux boutonnée jusqu'en haut et un jean délavé. De la boue recouvrait l'extrémité de ses bottes à l'épaisse semelle en caoutchouc. Elle devait avoir quarante-cinq ans. À part la stature de Viking, je la trouvais plutôt séduisante.

« Madame, ai-je crié en lui faisait un signe de tête.

— Moi ? » a-t-elle articulé, inaudible à mes oreilles. Je souffrais à la fois du carillonnement sourd et du bruit de la tempête.

« Vous avez un pick-up ?

— Oui, un Ford F-150. »

Je me suis approché et j'ai placé mon oreille droite devant sa bouche. Elle a pointé du doigt un Ford F-150 noir et brillant, solide comme un roc, juste derrière elle. Les lentes gouttes de pluie traçaient des lignes sur les vitres embuées.

« Tout terrain ?

— Bien sûr ! »

La femme a reniflé, légèrement indignée. Un homme avec des rouflaquettes a croisé les bras et m'a désigné de la tête en la regardant, d'un air de dire : « Il est sérieux, ce type ? »

Lola avait compris ce que je voulais et remarqué que je ne m'en sortais pas, alors elle est intervenue :

« Madame, nous allons devoir réquisitionner votre véhicule. »

J'ai fait un pas en avant et j'ai éloigné la Viking des oreilles indiscrètes. « Vous pourriez aussi nous dire comment nous rendre au vieux pensionnat Appletree ? »

Elle a reniflé à nouveau, mais cette fois avec un sourire incrédule.

« Ouah, hmmmm », a-t-elle fait, du moins c'est ce que Lola m'a dit plus tard. « J'ai enseigné là-bas pendant vingt ans avant la fermeture. Je me demandais ce qui s'y passait à présent. Ouais, je peux vous indiquer le chemin, bien sûr. »

J'ai enfoncé ma tête dans mes épaules pour tenter de calmer le hurlement du vent dans mes oreilles meurtries. Lola a pris le relais, mais elle semblait secouée elle aussi parce que son nez s'agitait nerveusement. La puanteur du métal et du cuir brûlés devait être insoutenable pour son odorat surdéveloppé.

18

33e JOUR, SUITE

« Détends-toi, et baisse ton arme », a dit Brad avec sa façon maladroite de parler. À la suite de quoi, sans maladresse aucune et bien calmement, il a pointé un neuf millimètres sur mon visage.

Je me suis immobilisée dans l'allée, l'aiguille de Dorothy et la flèche toujours en main. Nous étions coincés dans une drôle de confrontation : moi, enceinte et armée à la McGyver, lui, dans une veste ensanglantée avec un pistolet chargé. Même si notre version du duel au soleil classique ne ressemblait pas un à vrai western, je me représente toujours dans mes souvenirs des boules d'herbes sauvages qui rebondissent sur leur chemin vers nulle part et qui traversent le champ de bataille.

Qu'est-ce qu'ils foutent, les flics?

Mais rien ni personne ne venait.

Nous étions figés sur place.

Au loin, en direction du van, une cacophonie de hurlements s'est fait entendre; ce n'était pas le bruit que j'attendais, à savoir le vrombissement du moteur.

On distinguait les cris aigus de Dorothy et les voix plus distinctes de deux hommes qui aboyaient. Grave erreur, je me suis retournée pour écouter ces bruits de l'autre côté des pins. J'ai entendu un des hommes crier :

« Boyd ! Boyd ! Attrape-la, elle va tomber. »

Ça doit être la police.

Vulnérable un court instant, j'ai bêtement laissé Brad parcourir la distance qui nous séparait. Il m'a saisie par le côté, j'en ai lâché mes armes, et il m'a tirée en arrière, à moitié penchée. Les talons de mes baskets creusaient deux fines tranchées dans la couche de poussière de l'allée.

Qu'est-ce qu'ils ont, ces frères, à toujours vouloir me tirer en arrière ?

Brad retenait son souffle dans son effort continu pour me traîner jusqu'à sa Coccinelle Volkswagen deux portes, un vieux modèle blanc nacré. Pistolet sur la tempe, il m'a poussée à l'intérieur, et sans dévier le canon il a marché à reculons pour contourner l'avant de la voiture. La pluie avait moucheté le pare-brise de petits points de buée, et à travers, Brad ressemblait à une aquarelle de lui-même.

J'ai envisagé l'option d'ouvrir la porte et de me laisser rouler le long d'une pente, une fois à plus de quarante kilomètres heure. J'aurais tenté ma chance avec les lois de la vitesse et le mouvement descendant pour balancer mon corps à l'abri sain et sauf, mais j'avais un bébé de huit mois dans le ventre et j'avais juré qu'il n'arriverait pas de mal au moindre de ses futurs cheveux. En fait, ma confrontation avec Brad quelques minutes plus tôt n'était qu'une diversion pour que Dorothy puisse s'échapper : je comptais prendre à gauche et couper par le chemin de terre de la grande allée en espérant que les policiers l'interceptent. Mais Brad, vif comme une panthère, a lu mon bluff et levé son arme, qu'il était sûrement allé chercher sur le corps de son frère à l'étage.

J'aurais dû prendre le pistolet.

On a roulé sur une route de terre à travers les bois, dans la même direction que la carrière, près de l'étroit chemin sinueux que mon ravisseur m'avait forcée à emprunter quelques jours plus tôt.

Une pluie lasse tombait du ciel apathique, mais la canopée abritait la voiture de la plupart des gouttes. Je regardais droit devant moi et comptais les chênes, les pins, les jolis bouleaux et les quelques jeunes arbres d'espèce inconnue qui défilaient. La forêt, bien qu'obscurcie par les nuages noirs, voyait naître de nouvelles feuilles, vert clair ou émeraude. Si le soleil avait brillé ce jour-là, je suis sûre que ses rayons auraient accentué la teinte vive du vert et fait danser les ombres dans un kaléidoscope champêtre, transformant les bois en un endroit magique aux yeux de ceux qui savent voir ce genre de choses.

Je m'attarde sur la beauté d'une forêt froide alors qu'il est question d'un trajet en voiture terrifiant, mais, à dire vrai, je me suis vraiment représenté comment rendre cette scène en peinture et comment réduire les ombres par des touches de gris et de vert foncé, pour les faire ressortir avec du vert clair et du jaune vif. Même si une partie de cette histoire cherche à montrer comment une personne dépourvue d'émotions peut réagir dans une telle situation, je ne fais que raconter ce qui s'est passé dans les faits et dans ma tête, tel quel.

La voiture est passée sur un ruisseau asséché et les secousses m'ont poussée à regarder vers Brad. Il avait les narines dilatées, les yeux brillants de larmes, et le sang de sa blessure au visage coulait toujours sur sa veste en velours. Lorsqu'il a senti mon regard sur lui, il a grogné.

« Sale garce. Aujourd'hui, je te prends ton bébé. »

J'ai regardé droit devant moi, concentrée sur les anneaux noirs d'un bouleau blanc qui allaient bien avec ses feuilles vert-jaune naissantes. L'arbre m'en rappelait un autre, dans le bosquet derrière chez moi, là où j'avais planqué Jackson Brown. À ce moment-là, ce souvenir m'a déterminée à m'endurcir encore, à devenir plus forte. J'ai bougé les interrupteurs si fort dans mon cerveau que j'ai effacé les quelques restes de peur. L'entraînement dans ma cellule m'avait préparée à ça : l'inévitable et malheureuse réalité. Je m'étais peut-être trompée sur les voyages de Brad, mais je n'avais pas oublié de me préparer au pire.

Le bouleau m'a permis de calibrer un nouveau mode de maîtrise de soi stable, un mode guerrier. Je me suis redressée dans la voiture, comme si j'étais adossée au tronc solide de l'arbre.

Brad, qui s'attendait visiblement à ce que j'implore sa pitié, a écrasé la pédale de frein. Je me suis fait projeter en avant et j'ai protégé ma tête en posant mes mains sur le tableau de bord. Mais je m'étais attachée, alors je suis revenue en place. À part l'entrée du chemin de terre derrière nous, la forêt nous entourait complètement. Devant, la route continuait sur une quinzaine de mètres et s'arrêtait abruptement sur un tas de bois mort qui en indiquait la fin. On ne pouvait aller nulle part sans faire demi-tour. Point final.

« Ronny m'a dit que t'étais une sale givrée. Il t'a traitée de sale timbrée. Une putain de sale timbrée. Oh, je vais te prendre ton bébé. Et tu vas payer pour ce que tu as fait. Personne ne sait où tu es, maintenant. Et personne ne trouvera la sortie, espèce de sale petite salope de panthère. »

Quelle éloquence ! C'est tiré de quel poème ? C'est du Walt Whitman ?

De quelle sortie tu parles ? Il n'y a pas de sortie. Tu ne racontes que des conneries. Tu t'es pris au piège tout seul. Tu ne sais plus quoi faire. Je vois bien que tes yeux s'agitent nerveusement. Crétin. Tu es si bête, bête comme ton frère. Même pas capable de mettre au point un moyen de s'échapper. Quelle nullité ! Quel manque d'expérience !

« Je sais à quoi tu penses, sale petite panthère. Tu te dis que j'ai besoin du docteur pour te charcuter et prendre le bébé. Ha ha ha. » Il a gloussé, puis il a repris de sa voix particulièrement grave : « D'après toi, qui s'occupait d'ouvrir les filles avant qu'il n'arrive ? Hein ? Moi, salope ! Moi ! Et mon frère. J'ai tous les outils nécessaires dans le coffre. Je vais prendre ton bébé, te balancer dans la carrière et me tirer d'ici incognito. »

Okay, peut-être qu'il dit la vérité maintenant. Peut-être que c'est son plan.

J'ai plissé les lèvres et grimacé, lui indiquant sans le vouloir que j'étais un peu impressionnée par sa stratégie. J'ai failli dire : « Touché. » Au lieu de ça, j'ai choisi de démarrer sérieusement notre partie de poker et de relancer sa mise.

« Tu sais, Brad, c'est un bien joli plan. Mais je ne suis pas sûre que tu aies les tripes pour voir plus d'hémoglobine aujourd'hui. » Je lui ai fait un clin d'œil, assorti à mon sourire. « Je veux dire, le trou dans ta tête est déjà bien amoché, ça va laisser une vilaine cicatrice sur ton joli petit minois, chéri. » Et je lui ai envoyé un baiser dans l'air.

Là, il faut que je vous fasse un aveu. Il le faut vraiment. Je ne veux pas que vous ayez une mauvaise impression. Je ne veux pas que vous me trouviez courageuse d'avoir dit une chose pareille. En fait, je trouve ça plutôt amusant d'être méchante. C'est tout. Je le reconnais. Franchement, j'ai une part de malice en moi que je ne peux pas éteindre complètement, un sentiment de plaisir quand quelqu'un ne sait plus où se mettre en ma présence. Je vous en prie, ne le dites pas aux médecins, qui ont jusque-là accepté de ne pas me coller l'étiquette de psychopathe.

J'ai dû le choquer — ce que je cherchais précisément à faire — car il m'a fixée sans cligner des yeux, comme pétrifié. Ses larmes se sont taries, mais les premières ont coulé sur sa joue pour se mêler au sang en une pâte rosâtre qui stagnait dans sa barbe de trois jours.

Cher Brad, tu es si laid. Hi hi hi.

Il a continué de me fixer. De rares gouttes de pluie tombaient çà et là sur le capot, leur léger tapotement presque masqué par le ronron du moteur. Tout le reste était silencieux ; même Brad, figé, gardait les lèvres serrées. Plic. Rrrr. Silence. Rrrr. Silence. Ploc.

Vous l'imaginez ? Un homme terrifiant, le visage couvert de sang, secoué, ébranlé, les yeux écarquillés. Je m'en réveille la nuit dix-sept ans après. Je me redresse dans mon lit, le monde encore obscurci par son image. J'avais noté sur le tableau de bord l'heure à laquelle on s'était arrêtés : 13 h 14. À 13 h 34, Brad me fixait toujours.

Alors je lui ai rendu son regard.

J'ai essayé de l'effrayer, mais je pense que si quelqu'un nous était tombé dessus dans cette forêt et que le visage de Brad n'avait pas été déformé par un barreau de lit aiguisé, il aurait pu croire que nous tombions éperdument amoureux, les pupilles dilatées, presque la rose entre les dents.

On dit que fixer un animal droit dans les yeux constitue un signe d'agression et l'incite à attaquer. Mais c'est pourtant ainsi qu'on charme les cobras, comme je l'avais constaté une semaine à peine avant mon enlèvement. La nuit où ma mère avait découvert ma grossesse, et donc la veille de mon rendez-vous chez le médecin, je m'étais cachée dans son bureau et je l'observais qui regardait une vidéo de son cabinet. Elle ne savait pas que je me trouvais dans la pièce à ce moment-là, ni que j'étais enceinte. La nuit de la dure révélation.

Maman, mon père et moi venions de finir un bon dîner, composé de côtes de porc et de compote de pommes, pour célébrer le retour de Maman après un procès de quatre mois à New York — qu'elle avait bien sûr remporté. À notre table, difficile de dire qui présidait, mais je m'étais débrouillée pour m'asseoir dans le coin le moins éclairé, emmitouflée dans le vieux pull marin de mon père qui, quatre mois plus tôt, avant que mon ventre ne gonfle, semblait beaucoup trop grand pour moi. Je ne pouvais plus cacher ma rondeur sous mes vêtements larges, alors je m'étais drapée d'une couverture rose et vert, je faisais semblant de tousser et de renifler, et j'ai prétexté que mes muscles me faisaient mal.

Après le dîner, je suis allée dans ma chambre, j'ai fini quelques calculs complexes et j'ai étudié ma silhouette ronde dans le miroir. J'ai enlevé le pull de mon père, descendu discrètement l'escalier, et je me suis glissée sans bruit dans l'obscurité du bureau de Maman, où elle travaillait. La lueur de la télévision l'éclairait d'un bleu électrique dans son fauteuil de Dracula. Elle restait assise dans sa bulle de télé et je me tenais derrière, bien cachée par les ombres des bibliothèques en acajou et les murs lambrissés assortis de la pièce.

Par le passé, je m'étais souvent mise dans ce même coin pour étudier le comportement de Maman et récolter des données sur comment réagir physiquement à certaines situations sociales, car c'était là qu'elle regardait parfois ce que mon père appelait des «films de nana». Lorsque Patrick Swayze et Demi Moore s'embrassaient avec passion dans *Ghost*, Maman se tenait le cou, se caressait la peau et respirait fort. J'ai compris que je devais faire pareil chaque fois que Lenny m'embrassait, et c'est ce que j'ai fait. Il semblait apprécier le geste, alors je me laissais aller à des moments de joie lorsque je sentais son étreinte se resserrer.

Cette fois-là, elle ne regardait pas un film mais les rushes d'un documentaire animalier; elle avait pour client une grosse entreprise de divertissement multimédia, qui en possédait les droits. L'émission, la chaîne, le producteur : bref, tout le monde se faisait attaquer en justice par les héritiers d'un «spécialiste» de la nature sauvage plutôt connu. D'après la plainte, cet homme aurait été «contraint et forcé sous la menace» de s'approcher d'un cobra au cours d'un voyage funeste au fin fond de l'Inde.

Assise dans son bureau, elle analysait les images de l'incident. Voici notre homme de la nature qui arrive, bottes immaculées, pantalon beige bien repassé, écusson sur la poitrine; toutes ces images à l'état brut, non montées. Maman s'est penchée en avant dans son siège et a arrêté de prendre des notes lorsque l'«expert» s'est allongé à plat ventre dans les hautes herbes indiennes, en face d'un cobra voûté et fasciné. Leurs têtes se trouvaient à un mètre et demi l'une de l'autre. Elle a pris note de l'heure sur sa vieille pendule et s'est remise à étudier la star de son client à l'écran quelques instants avant sa mort. Comme par anxiété, elle a porté la main à sa bouche et s'est tapoté les dents, mais je suis sûre, je sais, que les coins de ses lèvres formaient un léger sourire, simplement excitée d'impatience. Je me suis dit qu'à ce moment-là elle avait accepté le pouvoir définitif de la mort. J'ai donc moi aussi accepté la mort comme un fait. Mais je ne me suis pas autorisé le plaisir que semblait lui procurer la vue du caractère irrévocable de la vie. J'ai caressé mon ventre de la paume avec douceur pour calmer l'enfant qui grandissait en moi.

L'homme dans la vidéo a fixé le serpent pendant une bonne heure, mais ce n'est qu'une déduction approximative parce que Maman en a eu marre d'attendre et a appuyé sur l'avance rapide. Lecture. Avance rapide. Trop loin. Retour arrière. Plus vite. Stop. Lecture. Le cobra a tressailli brièvement, donc l'homme aussi, mais il n'a pas détourné les yeux. Le serpent a reculé lentement d'abord, la tête baissée, puis il a fait un bond en arrière et, curieusement, il a disparu derrière son rocher en un sifflement étrange et vif. À ce moment-là, un tigre a bondi sur le dos de l'expert dans le champ de la caméra et lui a dévoré la nuque.

Maman a décollé de son siège, envoyant valdinguer les notes et le stylo par terre. « Nom de Dieu ! »

Je l'observais qui regardait le carnage ; j'ai cligné plusieurs fois des yeux pour les humidifier, comme n'importe qui le ferait devant un programme télévisé. J'ai vérifié l'heure qu'il était : j'avais encore vingt minutes avant d'aller choisir mes vêtements du lendemain et me mettre au lit.

Le tigre, qui prenait le temps de se lécher les babines, était en train d'éviscérer notre homme ; une nature si cruelle, toujours à l'écran parce que le cameraman avait dû lâcher la caméra, qui tournait toujours, et fuir la scène au plus vite.

« Quel animal magnifique ! » a dit Maman en se jetant dans son fauteuil en cuir.

Je suis sortie de l'ombre.

« Qu'est-ce que tu as dit, Maman ? »

Elle s'est enfoncée dans son siège et s'est agrippée aux accoudoirs, les coudes sortis pour se protéger.

« Lisa ? Bon sang. Mais qu'est-ce que tu fais ? Tu m'as fait peur ! Tu es cachée là depuis longtemps ?

— Oui.

— Punaise, Lisa ! Tu ne peux pas m'espionner comme ça. Bordel de merde. J'ai failli faire un arrêt cardiaque.

— Oh, euh, désolée, je ne voulais pas te faire peur. Je voulais juste savoir ce que tu viens de dire.

— Euh, je ne sais plus. De quoi tu parles ? »

Troublée, elle a balayé la pièce du regard et ramassé ses notes et son stylo ; elle a marqué une pause entre chaque objet pour secouer la tête : confuse, perplexe, en colère contre moi.

« Tu as bien dit : "animal magnifique" ?

— Oui, Lisa, peut-être bien », a-t-elle répondu sur un ton exaspéré et ahuri. Elle s'est rassise au bord de son fauteuil et m'a toisée de la tête aux pieds.

« Qu'est-ce que ça peut faire ? a-t-elle ajouté en regardant mon corps de plus près.

— Eh bien, je me demandais qui était le magnifique animal en question dans la vidéo. L'homme, le cobra ou le tigre ?

— Le tig, le tig…re. » Sa voix tremblait quand elle a prononcé ces mots. Elle a plissé les yeux, focalisée sur mon ventre qui formait une bosse dans mon t-shirt blanc moulant. Telle une ballerine aux pieds plats qui attend l'inspection du *premier maître de ballet*, je me suis redressée. J'ai serré les épaules et levé le menton, comme si la fierté pouvait tromper son regard.

« Mais le tigre a tué l'homme. Tu trouves ça magnifique ?

— Il a tué l'homme, mais l'homme a empiété sur son territoire. »

Maman fixait le haut de mon torse et le bas de mon pelvis. Je me suis approchée pour entrer dans la bulle de lumière bleue. Un faisceau m'a éclairée de côté tel un projecteur, et la prise de conscience a envahi la pièce. Le déni n'était plus possible.

Hésitante, d'une voix incertaine, Maman a continué sa réponse précise, parce qu'elle détestait interrompre le fil de sa pensée : « Il est magnifique parce que c'est un fin stratège et qu'il arrive à inspirer de la crainte au cobra. »

Je me suis redressée encore tandis qu'elle caressait mon ventre gonflé.

Lorsqu'elle s'est mise à genoux, je me sentais comme un tigre.

Était-elle le cobra, et la distance qui nous séparait l'homme éventré ?

Peut-être que la comparaison est un peu trop forcée. Ou trop vraie. Quoi qu'il en soit, je n'avais pas l'intention de la dompter, et je ne voulais pas lui faire de mal. Je ne voulais pas du tout blesser ma mère. Mais j'imagine que c'est dans ma nature : notre faiblesse à toutes les deux, c'était l'aveuglement.

Avant de me retrouver enfermée dans cette Volkswagen avec Brad, je ne m'étais pas rendu compte du mal que je lui avais fait. Bien sûr, elle était distante ; elle aussi souffrait d'un comportement glacial. Nous étions pareilles, j'imagine, même si je crois qu'elle n'a jamais été considérée comme une anomalie par des psychologues, et pourtant elle pleure et serre les poings lors de ses crises de nerfs. Je ne crois pas qu'elle soit, comme moi, douée ou handicapée émotionnellement d'un point de vue médical. Tout ce que je sais de son passé, c'est qu'elle en a un, et qu'il ne faut jamais lui parler de ses parents. Je n'ai qu'une Mamie, c'est tout : Mamie, le fantôme littéraire arc-en-ciel de ma vie.

Malgré les épaisses murailles et les frontières

qu'elle bâtissait autour d'elle-même, Maman a toujours essayé de me traiter avec respect.

Moi pas.

En regardant Brad, je me suis promis de faire plus d'efforts envers elle. Ce n'était pas sa faute si nous étions distantes, mais la mienne. J'aurais dû lui annoncer plus tôt. J'aurais dû lui parler de la grossesse, non pas pour dévoiler un point faible mais pour me rapprocher d'elle.

Lorsque Maman a posé sa main sur mon ventre qui bougeait pour s'imprégner du fait qu'elle allait bientôt devenir grand-mère, elle a dû se dire que crier ne mènerait à rien. Elle avait essayé plusieurs fois quand j'étais bébé : je ne comprenais jamais pourquoi elle élevait la voix, alors je me mettais à rire, car c'est ce qu'on faisait dans les émissions de télé que regardait mon père lorsque les gens se mettaient à crier. La nuit où elle a appris, elle a pointé la porte du doigt pour me faire comprendre que je devais la laisser seule. Quand je me suis réveillée le lendemain matin, reposée et les cheveux ébouriffés, je l'ai trouvée dans son bureau, dans ses habits de la veille, une jambe posée sur l'accoudoir de son fauteuil, sa chaussure à talon aiguille pendue à son gros orteil. Deux bouteilles vides du meilleur cru de mes parents étaient couchées sur son tapis persan. Mon père était assis par terre en tailleur en face d'elle et se tenait la tête de ses mains musclées.

Si on le fait bien, on peut dompter un cobra en le regardant fixement, donc j'ai continué à fixer Brad sur le siège passager de cette foutue Volkswagen, arrêtée au milieu des bois dans l'Indiana, alors qu'il avait la folle intention de m'éventrer et de me voler mon enfant. On a continué à se toiser encore et encore, pendant que l'horloge tournait, tic-tac, et que les gouttes de pluie, ploc, plic-ploc, résonnaient sur le pare-brise et sur le toit.

Puis Brad est devenu encore plus effrayant.

« Panthèreville ! »

Encore ce délire.

« Oh, ma chérie, tu es une vraie panthère sauvage qui griffe. Tu m'as bien eu. » Il a gloussé en pressant un mouchoir blanc qu'il avait sorti de la poche de sa chemise froissée sur le sang qui coulait de son menton. De sa main libre, il a enlevé quelques peluches de sa veste.

« Pétasse, oups, je voulais dire Panthère : regarde ma tenue. Comme elle est sale ! » a-t-il dit de sa voix chantante de débutante, qui est ensuite descendue d'une centaine d'octaves lorsqu'il s'est penché rapidement vers moi pour grogner : « Sale petite pute. Ma veste est foutue. » Il a reculé en gloussant un léger « hum ».

Tu ne profiteras plus jamais de la moindre seconde de ta vie après m'avoir traitée de pute.

19

AGENT SPÉCIAL ROGER LIU

Lola s'est empressée de donner des instructions aux secouristes concernant le commissaire et son adjoint, leur a montré son insigne et m'a invité d'un geste à faire de même. Le bourdonnement dans mes oreilles continuait et couvrait les voix de tout le monde. La femme au caddie vêtue d'une robe de chambre qui m'avait rendu mon téléphone titubait à l'autre bout du parking, penchée sur une poubelle, inconsciente des sirènes, des cris, du feu et de la fumée qui l'entouraient. Il devait être si bon de ne pas exister dans cette dimension, me suis-je dit.

Lola a guidé mes pas chancelants, comme si j'étais un ivrogne après son dernier shot de la soirée, jusqu'au F-150 de la femme viking. Elle a passé la première, la seconde, la troisième et la quatrième, et je l'observais qui sortait le nez par la vitre ; on aurait dit qu'elle conduisait à l'odorat. Si étrange que ça puisse paraître, cette vision de Lola a provoqué en moi un vaste vide, une absence quasi complète de son, qui a remplacé le vent dans mes oreilles. Je n'ai pas paniqué. J'ai laissé entrer ce soulagement, et ce faisant je me suis rendu compte que ma vue était redevenue perçante — plus perçante que jamais.

Je vous ai déjà dit que je m'étais entraîné pour être tireur d'élite au début de ma carrière ? Je vous ai parlé de ma vue supérieure à 10/10 ? Combinés, Lola et moi formions un super-héros virtuel doté d'un nez et d'une paire d'yeux incroyables. C'est probablement pour ça que le FBI nous a désignés partenaires. Sans mon problème d'ouïe actuel, et si les collines et les immeubles ne bloquaient pas le chemin, j'aurais pu voir jusqu'au Texas.

Lola a rentré les épaules et s'est gratté le nez comme si le fait d'être en vie l'embêtait vraiment. J'essayais de me concentrer sur autre chose que le silence, je lisais les panneaux des quelques magasins et restaurants solitaires que nous dépassions sur la grande ligne droite de la route. La pluie était froide et énervante, le genre de pluie qui ne sait pas si elle préfère tomber ou s'arrêter. Une pluie mélancolique. Même s'il était à peine plus de midi, le ciel semblait aussi noir qu'au crépuscule.

Une boîte aux lettres en forme de truite, la bouche grande ouverte, m'a fait penser au quartier où j'ai grandi, mais encore une fois, toutes les enquêtes me rappelaient mon enfance. Grâce à ma potentielle hypermnésie — que j'arrivais très bien à contrôler en temps normal, contrairement aux autres gens atteints — ma « mémoire exceptionnelle » prenait le dessus, et je me retrouvais l'esclave de scènes que je détestais revoir. Une journée en particulier envahissait mes pensées, spirale cyclique que j'avais tant vécue dans ma vie. Voilà, c'est dit, j'imagine qu'il faut que je vous révèle un secret que je vous ai caché jusqu'ici. Je vous ai raconté avoir rejoint le FBI pour « faire plaisir à mes parents » et soutenir ma petite-amie-devenue-fiancée, mais nous ne nous connaissions pas bien, vous et moi, au début de ce double récit.

Quand j'avais treize ans, mon père a trouvé un travail qui consistait à concevoir des centrales électriques pour une grosse entreprise de construction à Chicago. On a quitté le confort de Buffalo pour s'installer dans un pavillon en brique dans une banlieue située à vingt minutes à l'ouest du centre-ville qui s'appelle Riverside. On y trouve des chefs-d'œuvre de Frank Lloyd Wright, de gentils oiseaux et de grands arbres, des rues calmes, et un marchand de glaces très addictif appelé Grumpies.

C'est Frederick Law Olmstead, l'homme qui a conçu Central Park, qui a dessiné Riverside. Il désirait créer une ville où chaque maison avait vue sur le parc. Les rues forment donc des boucles circulaires, séparées par des petites parcelles de gazon ou de véritables parcs, dont Turtle Park — dans lequel on trouve une tortue en ciment peinte en vert.

Quand j'étais petit, les agents immobiliers affirmaient qu'il y avait peu de criminalité à Riverside grâce au plan de la ville : le labyrinthe des rues ne facilitait pas la tâche aux voleurs qui cherchaient à s'enfuir. Pour être criminel à Riverside, il valait mieux connaître l'endroit, ses rues en forme de bretzels et ses parcs trompeurs en arc de cercle. Il valait mieux venir du coin.

Turtle Park se trouvait au centre, entouré par plusieurs couches de rues sinueuses comme une couronne de vignes. C'est là que quelque chose de très marquant m'a fait découvrir que j'avais une excellente vue. Quand je dis marquant, je parle du genre d'événement qui fait changer d'un coup le cours de votre vie, qui se saisit de vos émotions, de vos peurs et qui les retourne, qui crée de nouvelles terreurs que vous ne pensiez pas possibles ; elles vous poursuivent en continu après coup, bande-son de la moindre de vos minutes.

Cet événement-là a aussi contaminé mes parents du désir que je rentre dans les forces de l'ordre. Pendant toute la fin de mon enfance, mon adolescence et ma vie étudiante, j'ai lutté, j'ai essayé d'effacer ce jour-là en écrivant des sketchs, des bandes dessinées amusantes et en jouant dans des pièces.

Cependant, au cours de ma dernière année d'université, le prêtre de St. John's Jesuit avec qui je jouais aux échecs m'a convaincu d'affronter mes peurs. Suivant son divin conseil au pied de la lettre, j'ai pris la décision la plus drastique possible, celle de rejoindre l'unité en charge de ce qui me hantait depuis si longtemps : les kidnappings.

Nous étions là : moi, âgé de treize ans, ma mère, mon père et mon frère de huit ans, Reese, que nous n'appelions jamais Reese. On l'appelait Mozi. C'était une chaude et belle journée de juillet, sans nuages et sans vent, alors les parents nous ont emmenés à pied de l'appartement jusque chez Grumpies pour aller manger des glaces. Une balade sur huit pâtés de maisons. Sur le chemin du retour, on s'est arrêtés à Turtle Park.

Mozi et moi avions déjà fait la course et foncé sur

nos vélos dans toutes les rues de la ville au moins vingt fois, parfois même avec notre nounou. Grâce à ma fichue mémoire, je m'en représentais chaque centimètre carré en modèles 3D dans ma tête. Je savais que la maison de Frank Lloyd Wright, celle qui ressemblait à un vaisseau spatial rectangulaire à l'angle de Turtle Park, mesurait huit cents mètres à partir de chez nous. Je savais que le rocher de la taille d'un ballon de basket devant son allée avait dix entailles sur le dessus. Je savais que le parc était bordé par cinq maisons victoriennes, trois belles demeures en pierre, deux nouvelles constructions énormes, une petite maison façon Cape Cod, une maison mansardée et une vieille bicoque délabrée. La distance entre ces bâtiments nous permettait, à Mozi et moi, de faire la course. J'aurais pu gagner chaque fois facilement, mais je faisais parfois exprès de perdre pour laisser à mon petit frère, avec ses grosses lunettes à verres épais et sa frêle stature, un minimum d'estime de lui-même. J'adorais Mozi. Il était si joyeux. Ma mère l'appelait « monsieur le clown ». Il faisait rire tout le monde. Tout le monde pensait qu'il allait devenir humoriste un jour.

Je n'aurais jamais pu devenir comme lui, ni lui comme moi, mais j'ai vraiment essayé de reproduire ses jeunes années, de ressusciter le petit garçon doux et rieur depuis longtemps disparu.

Nous avions acheté des glaces, qui dégoulinaient de leurs cônes sur nos poignets, et nous étions assis autour de la tortue en ciment du parc comme une famille de canards autour d'un lac. Mozi a jeté la fin de son cornet ramolli à la poubelle et a dit : « On joue à cache-cache, c'est toi qui comptes, Papa. » Il s'est mis à courir, moi aussi, et Maman a peiné à trouver son équilibre en se relevant pour jouer avec nous. Mon père a jeté son cône aussi, a dit : « C'est parti » et s'est caché les yeux avec la manche.

Une route en forme de U bordée de pins et de chênes séparait Turtle Park d'un autre grand espace vert avec un terrain de base-ball. Mozi l'a traversée en courant comme l'éclair jusqu'à l'autre bout du second parc, et moi je suis resté là et j'ai grimpé à un arbre pour me percher au beau milieu de ses branches. J'avais une vue dégagée sur mon frère, qui se glissait dans un buisson à deux cents mètres de là.

Au bord de l'autre parc, une autre route serpentait, cousue tel un ruban noir sur le vert de la pelouse. Mozi était caché à soixante centimètres de cette route, visible par les automobilistes mais pas par notre père, qui comptait les yeux fermés, ni par notre mère cachée derrière un toboggan au milieu des jeux pour enfants, tournée du mauvais côté. Et même s'ils avaient regardé dans sa direction, je doute que leur vue leur aurait permis de le voir. La mienne, si. Je ne m'étais jamais rendu compte de ma différence. Je pensais voir ce que tout le monde voyait.

Une Datsun marron, arrêtée à dix mètres de Mozi, a lentement avancé le long du parc vers le buisson où il se trouvait. La plaque d'immatriculation, bien visible pour moi, a disparu immédiatement après mais je l'ai mémorisée tout de suite : Idaho, XXY56790. L'ophtalmologiste qu'ils ont fait venir au procès pour confirmer mon témoignage a dit que la plupart des gens pouvaient lire les plaques à « une distance de trois ou quatre voitures ». L'arbre dans lequel j'étais perché se trouvait à « une quarantaine de voitures», donc mon «acuité visuelle» était «encore meilleure que la meilleure jamais enregistrée, et presque incommensurable». Cet argument cherchait à réfuter celui de la défense qui affirmait que je n'avais physiquement pas pu voir la plaque de si loin. «On a dû lui souffler ce qu'il devait dire», prétendaient-ils. Ils ont aussi émis des objections quand j'ai certifié que j'avais pu lire sur les lèvres du conducteur de la Datsun.

Lorsque la voiture est arrivée au niveau de Mozi, les deux portières avant se sont ouvertes. Deux hommes en survêtement, un rouge, un noir, en sont sortis. Le conducteur est resté à côté de sa portière, à guetter les curieux, mais il n'y en avait pas d'autre que moi, perché dans mon arbre. L'autre, celui en noir, s'est approché de mon frère, l'a tiré du buisson, l'a pris sous son bras et est parti en courant, la main fermement posée sur la bouche de Mozi. Il l'a balancé sur le siège arrière et s'est glissé près de lui tout en faisant taire ses cris. Le conducteur a dit : «Minuit», je l'ai lu sur ses lèvres. Puis ils sont partis en trombe.

J'ai sauté de l'arbre et suis tombé à genoux. Je me suis mis à courir à toute vitesse en trébuchant, et j'ai crié à mes parents insouciants derrière moi : «Mozi ! Ils ont pris Mozi ! Ils ont pris Mozi ! Ils ont pris Mozi ! »

Sans attendre qu'ils comprennent ou qu'ils me rattrapent, j'ai continué de courir ; je criais : «Ils ont pris Mozi, ils ont pris Mozi.» Pas le temps de m'arrêter pour expliquer que j'avais déjà repéré la Datsun dans laquelle ils l'avaient enlevé et que j'étais capable de dire de tête le nombre de fenêtres et de portes sur le bâtiment devant lequel elle était innocemment garée d'habitude.

Je suis presque sûr d'avoir retenu ma respiration sur les quatre pâtés de maisons qui me séparaient de chez moi. J'ai attrapé la clé de mes parents cachée sous le paillasson, j'ai ouvert la porte d'un grand coup, je me suis précipité dans la cave, j'ai saisi mon pistolet à billes et quelques munitions, j'ai couru à l'extérieur et j'ai envoyé mon arsenal par-dessus la haie de la cour d'école voisine avant de m'y hisser à mon tour. Mes parents me criaient des choses à une maison de là, mais ils ne m'ont pas vu passer la haie et je ne me suis pas arrêté une seconde pour leur laisser le temps de me rattraper.

J'ai contourné l'école par la cour de récréation, et je me suis faufilé à travers les méandres des rues bordées d'arbres jusqu'à la périphérie de la ville, où les petits pavillons de plain-pied et les maisons à demi-niveaux remplaçaient les maisons victoriennes, les vaisseaux spatiaux de Lloyd Wright et les pavillons plus beaux du centre. Notre baby-sitter nous avait déjà emmenés trois fois dans ce quartier parce que son petit ami y habitait.

Je suis arrivé dans une impasse formée par trois maisons, construites en arc de cercle autour d'une parcelle de pelouse. Sur la route qui entoure les maisons, les voitures manœuvraient et les enfants jouaient en un cercle parfait. Le garage qui servait d'appartement au petit ami de ma nounou se trouvait à deux rues de là, et pour m'y rendre il fallait que je quitte des yeux la maison que je devais surveiller, à cause de la disposition des rues et du feuillage des chênes et des sycomores. L'impasse ne donnait curieusement sur rien. Aucune maison n'offrait une vue bien dégagée sur la cible, aucune maison ne se trouvait le long ou au bout de l'allée. Le chantier abandonné qui me séparait du garage du petit ami m'a dissuadé un peu plus d'aller chercher de l'aide. L'endroit où je me trouvais ressemblait à une sorte d'avant-poste solitaire, si différent du reste de la ville et de sa forte concentration de bâtiments. Les trois maisons de l'impasse étaient identiques, vraisemblablement dessinées par le même architecte. La première, blanche avec un demi-niveau, semblait vide, vu la pile de journaux sur le paillasson. La deuxième, blanche en bas et marron en haut, clamait haut et fort qu'elle était inoccupée, vu l'absence de rideaux, le salon vide et l'herbe non tondue. Autour du perron manquant, une bande de ruban jaune confirmait son état d'abandon. La troisième, tout à gauche, peinture bleu roi écaillée et volets blancs, aurait pu paraître déserte sans la Datsun marron garée dans l'allée. Exactement là où je l'avais repérée un jour. La même plaque : XXY56790. La moustiquaire de la porte était en train de se refermer ; on l'avait ouverte et franchie quelques secondes plus tôt.

Statistiquement, la plupart des victimes d'enlèvement sont retenues prisonnières ou bien leur corps est jeté à quelques kilomètres de là où elles ont été kidnappées.

Un vrai dilemme. D'un côté, je ne pouvais pas foncer à l'intérieur de peur que les deux hommes ne me maîtrisent et me prennent à mon tour. Je craignais aussi qu'il n'y ait d'autres personnes à l'intérieur. De l'autre, je n'osais pas détourner le regard de la maison au cas où ils décideraient de fuir avec mon cher Mozi. J'espérais que le mot « minuit » fasse référence à l'heure de leur départ, et je me tenais prêt à leur tendre une embuscade à ce moment-là. Je n'avais qu'une seule option : il fallait que je me cache dans le sycomore en face de la maison, que j'attende, le pistolet à billes rivé sur la porte, et qu'à minuit j'ouvre le feu dès qu'ils sortiraient.

Il n'était que midi.

Dieu seul sait quelle torture a pu endurer Mozi à l'intérieur.

Cette journée dans l'arbre, oh, cette journée dans l'arbre…

Si vous êtes choqués en lisant ces mots et que vous hurlez sur les pages au sujet d'un autre moyen d'agir, une solution plus facile et plus évidente, grand bien vous fasse. Je n'avais que treize ans, et je n'étais pas aussi expérimenté sur la vie que vous.

J'ai foncé vers le tronc, pistolet dans le dos, billes dans la poche. À trois mètres de hauteur se trouvait une branche droite parfaite, que Dieu avait dû concevoir pour une balançoire, sur laquelle j'ai pu grimper. Je suis resté assis là, sur cette grosse branche, accroché à une autre plus petite pour ne pas tomber, collé au tronc. J'ai attendu et attendu.

De temps en temps, il fallait que je bouge mes fesses, la gauche, puis la droite, pour faire circuler le sang. Même exercice pour mes pieds, mes jambes, mes bras et mes mains. Le plus dur ce jour-là a été de garder mes muscles éveillés dans un endroit aussi exigu. Comme un tireur d'élite débutant, mais qui apprend vite, j'ai trouvé un moyen simple pour favoriser ma circulation sanguine et j'ai pu m'entraîner à viser sans avoir à me stabiliser. À la tombée de la nuit, j'étais devenu un expert en tir perché dans les arbres. J'étais aussi devenu ornithologue, à force d'observer attentivement les allées et venues d'une maman cardinal qui nourrissait ses petits dans un nid à un mètre cinquante de moi sur une branche feuillue. J'ai fini par devenir jaloux de leur petite famille bien en sécurité qui mangeait des vers et gazouillait de manière arrogante pour dire à quel point le mal ne les touchait pas. Bien douillets dans leur petite maison de brindilles, ils sortaient leurs têtes rondes et s'agitaient, sûrement pour m'inciter à rire pendant qu'ils roucoulaient. Peut-être que j'ai pointé mon arme dans leur direction, furieux de leur bonheur. Mais je me suis ravisé et j'ai reporté ma haine sur l'homme au survêtement noir et l'homme au survêtement rouge.

Vers l'heure du dîner, j'ai aperçu du mouvement dans l'appartement du petit ami de ma nounou. Mes parents se sont garés devant et, à force de brouhaha, de pleurs et d'étreintes, ils ont retrouvé la baby-sitter et son copain, tous munis de bougies allumées et de lampes torches. Je n'arrivais pas à entendre ce qu'ils disaient, juste les bruits de portes qui s'ouvraient et se refermaient. Alors je n'ai pas crié à l'aide; je n'allais pas abandonner Mozi ne serait-ce que quelques secondes. Juste au cas où. Et s'ils s'en allaient? *Et s'ils partent et qu'on ne le retrouve jamais?* Je devais tenir ma position.

Avec l'expérience et le recul, j'avais un million de solutions. Pas un jour ne se passe sans que je ne m'en veuille des mauvais choix que j'ai faits ce jour-là.

Un peu après le dîner, une grosse voiture vert métallisé s'est avancée sur la route en arc de cercle, l'allure hésitante. Le vieil homme qui la conduisait tournait lentement son volant et se chantait une chanson, sans avoir conscience de la présence d'un garçon dans l'arbre au-dessus de lui. Un écureuil s'est approché un peu trop près de moi, mais j'ai agité la main pour le faire déguerpir.

Puis une obscurité plus obscure encore est tombée et l'éclairage urbain s'est allumé. À droite de l'impasse, un lampadaire luisait comme dans une rue du vieux Londres, jadis, au temps des chandelles. La lune, fine comme un ongle de pied, éclairait à peine assez pour qu'on puisse refaire son lacet. Mes jambes s'étaient engourdies pour la dixième fois, et je me suis mis à les remuer avec prudence, bien accroché à la branche au-dessus de moi. J'avais abandonné des heures auparavant l'idée que mes fesses puissent ressentir quoi que ce soit.

Vers dix heures, j'ai pu voir Survêtement Noir et Survêtement Rouge faire quelques passages dans le salon, à travers les rideaux à moitié ouverts de la fenêtre que je surveillais. Noir traversait un couloir derrière le mur du salon et Rouge le suivait, muni d'un sac à dos. Ils allaient et venaient avec des sacs, des papiers et autres objets : ils se préparaient à partir. J'ai essayé d'apercevoir Mozi, mais sans succès. Les lumières de la maison allumées, tout est devenu visible à l'intérieur et aux alentours; on aurait dit une étoile solitaire dans un ciel noir. Ce contraste facilitait la visée.

Même si j'étais resté éveillé douze longues heures à attendre et surveiller cette horrible maison bleue, je me suis senti crispé, sous le choc, au moment où la porte latérale s'est enfin ouverte. Noir en est sorti, un sac à dos négligemment pendu à l'épaule gauche et un sac en toile dans la main droite. Il a scruté le périmètre autour de la maison pour voir s'il n'y avait pas d'intrus cachés derrière les buissons. Ma montre à affichage digital GI Joe indiquait 00:02. J'ai dû plaquer ma main devant ma bouche pour réprimer un cri lorsque j'ai vu ce qui a suivi.

Mozi, chancelant sur ses pieds et bien trop docile dans sa façon de marcher doucement derrière Noir, s'est traîné à travers la porte latérale, poussé par Rouge. J'ai vu à ses épaules tombantes qu'il avait été fortement drogué. Ils marchaient tous les trois en file indienne en direction de la Datsun. On aurait pu les prendre pour trois frères réfugiés, d'une bien étrange famille, prêts à passer une frontière de nuit.

J'ai levé mon arme, visé l'œil droit de Noir et tiré. Dans le mille. Touché, en plein dedans. Il est tombé à genoux dans l'allée, en hurlant. Rouge a attrapé Mozi pour s'en servir de bouclier, mais mon frère était si petit que le torse et la tête du conducteur, même s'il se penchait en avant, restaient bien visibles. J'ai tiré à nouveau, cette fois sur l'œil gauche de Rouge. Encore dans le mille. Touché aussi, en plein dedans.

« Mozi, Mozi, cours, bonhomme ! Cours vers moi. Cours, Mozi ! » ai-je crié en sautant de l'arbre. Mon deuxième saut d'un arbre de la journée. Cette fois-ci, mes jambes engourdies m'ont lâché à l'atterrissage et j'ai laissé échapper le pistolet. Mais soudain : l'adrénaline, quelle bonne amie, l'adrénaline. J'ai lutté contre mon désir de céder à la douleur qui me prenait les jambes, je me suis levé, tout tremblant, j'ai ramassé mon arme et j'ai visé les deux hommes qui hurlaient dans l'allée.

« Mozi, Mozi, cours, bonhomme ! »

Mais il semblait trop drogué, trop ailleurs. Il a titubé en avant, m'a reconnu à moitié, a titubé encore. Il n'était qu'à trente centimètres des deux criminels. Je devais m'approcher.

Tel un soldat déterminé à tuer à l'approche d'un ennemi impuissant, j'ai armé mon pistolet, droit devant moi, et j'ai tiré sans sommation. J'ai touché un bras par-ci, une jambe par-là, la moindre partie vulnérable à mes billes. Leurs corps se tordaient de douleur sous mes tirs. L'un d'entre eux a tourné son oreille vers moi, alors j'ai visé le petit trou noir et j'ai logé un projectile tout droit dans son conduit auditif. Je suis presque sûr que ça devait faire plus mal que dans l'œil. Enfin, peut-être pas. Mais on s'en fout.

« Mozi, viens jusqu'à moi maintenant ! »

Derrière moi, quelqu'un a fini par remarquer le vacarme, enfin.

« Mais qu'est-ce qui se passe, ici ? a crié une femme.

— Appelez la police ! Appelez la police ! » ai-je répondu.

J'ai appris plus tard qu'elle était dehors parce qu'elle sortait son caniche et son colley.

Les deux hommes ont boité jusqu'à leur Datsun et, sans même fermer les portières avant de faire marche arrière, sont sortis en trombe de l'allée, de l'impasse et de la ville. La police a coincé ces deux idiots au cours d'une fusillade ratée dans un McDonald's près de Cicero.

Mozi est tombé dans l'herbe et j'ai couru pour le porter. Il n'avait aucune idée de ce qui se passait. Cette nuit-là… Cette nuit-là, Mozi a dormi sans se rendre compte de rien, grâce aux pilules prescrites par le médecin.

Il n'a jamais parlé de sa journée avec les deux enfoirés. Il n'a jamais raconté ce qui s'était passé dans cette maison. Mais il n'a plus jamais enfilé sa drôle de cape rouge. Plus jamais chanté de chanson joyeuse. Je suis sûr de ne l'avoir jamais vu sourire pendant toutes ces années. Après sa deuxième tentative de suicide et son troisième mariage raté, Mozi a emménagé chez les parents. Il refusait catégoriquement de mettre un pied à la cave, dans aucune cave, nulle part, plus jamais.

Une fois, je l'ai emmené dans le Montana pour aller pêcher à la mouche, dans le but d'extraire le poison de ses veines. Il n'a fait que pêcher. Et un soir il a pleuré dans sa tente. Je ne voulais pas le gêner, alors je suis resté dehors, impuissant, à faire les cent pas autour du feu de camp, fixer les flammes et me ronger les ongles, ne sachant pas quoi faire. J'ai prié pour qu'il ouvre la fermeture Éclair et qu'il vienne me voir, me parler. Je voulais tant entrer dans la tente et le serrer dans mes bras. Le serrer jusqu'à ce que les mauvais souvenirs disparaissent. Mais il n'est pas sorti.

Je suis toujours dévasté lorsque je vois Mozi entrer dans une pièce en traînant des pantoufles, suivi d'un immense néant qui lui pompe la moindre énergie. Ses yeux cernés de noir et ses paupières tombantes révèlent des nuits sans sommeil.

Alors je traque. Je traque tous ces pitoyables moins-que-rien inutiles, ces tas de viande idiots et indignes, ces démons qui enlèvent des enfants et méritent encore moins d'égards que des rats enragés.

Mes parents ont conçu un nouvel objectif, faire en sorte qu'on ne leur prenne plus jamais leur bébé, et c'est à moi que cette responsabilité est revenue. Ils m'ont traîné au stand de tir et ont insisté pour que j'apprenne à me servir d'un arc. Dans mes rêves, ils me murmuraient de m'entraîner pour rejoindre les forces de l'ordre. C'était leur souhait par procuration, leur façon de surmonter l'horreur. Tout le monde a découvert ma vue excellente, et j'ai décroché le record régional du plus grand nombre de flèches dans le mille ; je délogeais ma première flèche du centre de la cible en y plantant une seconde.

Bref.

Voilà où je voulais en venir : je peux réussir n'importe quel tir. N'importe lequel.

Le FBI a d'abord essayé de faire de moi un tireur d'élite, mais j'ai insisté pour être affecté aux kidnappings. Soit ils ont fini par céder devant mon obstination, soit ils ont fait exprès de ne pas tenir compte des résultats de mes examens psychologiques, qui devaient pourtant leur déconseiller cette option. Toujours est-il qu'ils m'ont désigné Lola comme partenaire, ou comme fardeau, ça dépend d'où on se place. Quand on s'est rencontrés, j'aurais dit fardeau, mais elle est très vite devenue partenaire au meilleur sens du terme.

Tandis que Lola et moi roulions en plein cœur de l'Indiana dans un F-150 réquisitionné, que ma vue s'améliorait et mon audition diminuait, je me suis mis en tête que j'allais tirer sur quelqu'un ce jour-là. Les gens qui kidnappaient des enfants et qui me narguaient enlevaient aussi Mozi, lui faisaient peur, volaient sa joie de vivre, encore et encore. Pour moi, chacun d'entre eux méritait de subir un châtiment terrible et une humiliation insupportable.

Nous avons tourné là où la propriétaire du pick-up nous avait dit de tourner. Les pneus quatre saisons éparpillaient des cailloux le long du chemin de terre partiellement pavé. Des pommiers non taillés, noueux et abîmés par l'âge, bordaient la route, et derrière s'étendait le plus grand champ plein de vaches que j'aie jamais vu. En automne, la rentrée des classes devait avoir un certain charme désuet pour les élèves lorsque cette école était encore en activité. Là, le chemin s'affaissait sous le froid et l'abandon, torturé par une pluie léthargique qui se donnait vaguement la peine de tomber sur cet endroit oublié. L'obscurité du ciel et le mal qui semblait émaner de l'endroit enveloppaient tout.

20

33e JOUR, SUITE

J'avais avec moi dans la Volkswagen de Brad l'item ultime : son pistolet, item nº 42, si seulement j'arrivais à l'arracher de ses doigts sanglants. Quand il m'a traitée de pute, mes yeux se sont mis à palpiter et à rouler dans leurs orbites. Ça m'arrive une fois de temps en temps. Cet état involontaire de mon esprit me prend lorsque mon cortex cérébral surchauffe. J'entre dans une sorte de transe et la sensation de légèreté, d'activité, qui passe dans mon cerveau me fait un bien fou ; un peu comme quand on a la tête qui tourne en buvant du bon vin, sauf que les pensées ne deviennent pas brouillées mais plus vives. Ce sentiment est plutôt addictif, mais on ne peut pas le déclencher sur commande : il faut attendre et laisser le picotement prendre le dessus.

Tout ce dont j'avais besoin, c'était d'une diversion sur le côté gauche de Brad. S'il tournait la tête, son bras droit — le plus près de moi, celui qui tenait le pistolet — bougerait en arrière. Si j'agissais durant cette fraction de seconde où ses muscles sont détendus et que j'appuyais d'une main sur son épaule droite, son coude cognerait son siège et son avant-bras fléchirait. Il lâcherait prise. De mon autre main, et grâce à l'effet de surprise, je pourrais me saisir de l'arme. Je n'aurais qu'une seconde pour agir dès que commencerait la diversion.

Mais quelle diversion ?

Nous étions arrêtés au milieu des bois. Coincés au bout de ce qui devait être la route d'une mine.

La pluie s'est mise à tomber à nouveau çà et là. Le bruit des gouttes n'était même pas assez fort pour me rappeler les coups de feu dans ma classe de CP.

Un écureuil aurait pu sauter d'arbre en arbre, un oiseau aurait pu voler de branche en branche : ces mouvements ne suffiraient pas à créer une vraie diversion. Je n'avais pas de moyens d'agir à disposition en dehors de la voiture. Du moins, pas que je sache à ce moment-là.

J'aurais pu dire : « Hé, regarde, là-bas, un ours polaire. » Brad n'était qu'un taré de psychopathe, il aurait peut-être tourné la tête. Mais il aurait douté de moi, même pendant une nanoseconde, et donc il aurait resserré sa poigne sur le pistolet. Il me fallait quelque chose de vraiment inquiétant pour le faire se retourner, car c'est ainsi qu'il allait tomber physiquement et mentalement dans mon piège. En état de choc et les muscles en compote, voilà comment j'avais besoin qu'il soit.

Je ne pouvais pas trouver de solution en examinant la forêt à l'extérieur de la Volkswagen, alors j'ai continué à battre des paupières : je passais en revue mes possibilités, je calculais, reliais les points, traçais des traits, façonnais un nouveau plan. La voiture était remplie d'items. Tandis que je les enregistrais mentalement en roulant des yeux, il se moquait de moi et m'insultait.

« Espèce de tarée. Sale petite dégénérée. Regarde-toi », a-t-il dit, le visage plissé de dégoût.

Un tournevis par terre à l'arrière, à soixante centimètres de ma main, en bas à gauche, item n° 43.

« Arrête de cligner des yeux ! »

Un rouleau de bande adhésive autour du levier de vitesse, item n° 44.

Un stylo par terre près de mon pied droit, contre le côté extérieur de ma Nike, item n° 45…

La cravate autour de son cou, item n° 46.

Son téléphone dans la boîte à gants, item n° 47.

« Panthère, tu me fais peur. N'essaye même pas, ha ha ha. »

J'ai continué à battre des paupières même si le geste devenait de moins en moins naturel et de plus en plus forcé. Je me suis dit que simuler la folie pourrait le mettre en confiance. Il semblait distrait. Il a desserré son poing de l'arme ; je le voyais aux plis sur ses phalanges épilées.

Quand soudain…

À ma grande surprise, une distraction extérieure s'est produite pour de vrai, cadeau du ciel, alors que j'envisageais sérieusement d'attraper le tournevis. Si je n'avais pas été aussi bien entraînée et vide de toute émotion, je serais restée figée sur place.

« Lève tes putain de mains en l'air », a crié un homme dehors.

Je n'ai même pas levé les yeux. Brad s'est tourné vers la voix dans les bois, comme j'avais espéré qu'il le fasse quelques secondes auparavant, et j'ai enfoncé son épaule droite dans son siège. Son coude a résisté, il a lâché prise et j'ai pu me saisir du foutu pistolet.

J'ai levé la tête et j'ai vu un homme, métisse caucasien-asiatique, les jambes arquées, le pistolet sorti. Son costume gris trahissait son rôle d'agent fédéral.

Derrière la voiture se tenait une femme robuste avec des cheveux courts et un nez masculin. Son pantalon gris et sa chemise blanche criaient aussi : agent fédéral. Elle tenait Brad en joue également. Et derrière elle se tenait un vieil homme, probablement pas un agent mais plutôt un fermier, avec un fusil armé et pointé sur mon ravisseur.

« Sors de cette putain de voiture, espèce d'enfoiré, a ordonné la femme.

— Lola, mets-toi à couvert, je m'en charge. Boyd, ne bougez pas. Ouais. Ne bougez pas, mon gars », a dit l'agent, un peu trop calmement. Il a plissé une paupière pour viser, et je crois qu'il m'a fait un clin d'œil, comme s'il était ravi de tuer quelqu'un pour moi.

Je voyais bien qu'il voulait faire du mal à Brad.

Il m'a plu instantanément.

Je me suis tortillée en arrière pour sortir de la voiture, mais j'ai réalisé trop tard que j'étais encore attachée. Brad a choisi l'option la plus sauvage, que j'avais envisagée puis éliminée parce que je la trouvais trop folle, même pour lui. Avant que je ne puisse sortir, il a appuyé à fond sur le champignon et on est partis plus vite qu'il n'aurait fallu vu le peu de route restant. On a manqué de peu les arbres lorsqu'il a donné un coup de volant sec vers la gauche pour quitter le chemin. Les branches basses cognaient les ailes de la voiture alors que nous continuions à dévaler la pente en granit au bout de la carrière.

On a plongé dans l'eau.

Le pistolet est tombé hors de ma portée.

21

AGENT SPÉCIAL ROGER LUI

Dès que nous sommes arrivés à Appletree, Boyd est sorti par la porte d'un des bâtiments. Un panneau usé annonçait Appletree Boarding School sur le côté. Boyd a passé son fusil sur l'épaule et nous a fait signe de sortir du pick-up et de courir vers lui. Mon ouïe revenait par vagues successives, en une sorte d'ondulation déconcertante de bruits qui s'éteignent et renaissent. Un souffle, un grésillement, quelques mots décousus, le volume qui augmente et qui diminue d'un coup.

Les paroles de Boyd m'arrivaient en un flot : « Venez, vous autres. Bobby est presque sûr qu'ils ont pris le chemin de terre qui mène à la carrière. Ils sont coincés là-bas, c'est clair. Ils doivent se planquer, tout ça. Bobby est venu me dire qu'il partait à l'hosto avec l'autre fille. L'autre fille dit qu'il y a une autre fille. Celle qu'est avec Bobby, c'est Dorothy. C'est bien ça, monsieur Liu ?

— Oui, Boyd. C'est par où ?

— Venez avec moi, j'vais vous montrer. »

La procédure aurait exigé que je confisque le fusil de Bobby et que je lui demande de m'indiquer le chemin en m'assurant qu'il reste près de l'école et qu'il prévienne les autorités du coin.

J'emmerde la procédure. Lola et moi avions besoin de renforts. Et je n'avais pas le temps d'attendre que d'autres troupes se mobilisent.

Il s'est avéré que Boyd est un champion de la chasse. Il a chassé toute sa vie. À l'époque, il avait même battu le record de l'Indiana du plus grand cerf abattu avec une seule balle. Il savait donc marcher sur les feuilles sans faire de bruit. C'était presque mignon de le voir avancer dans les bois sur la pointe des pieds ; une sorte de Fred Astaire de la discrétion. Lola et moi étions entraînés à suivre des traces et approcher sans bruit, et c'est ce qu'on a fait. Mais franchement, je n'entendais pas grand-chose de toute façon, alors je ne peux pas vraiment juger de notre furtivité. Le vent sourd avait repris le dessus sur mon ouïe. Je ne captais que quelques bribes des murmures de Lola.

« Liu… Il y a… odeur… essence… voiture… moteur qui tourne. »

Je ne sentais aucune voiture. Je ne percevais que l'arôme de la forêt, des feuilles mouillées, de l'écorce humide, de la fraîcheur de la terre trempée. L'odeur que n'importe qui d'autre sur cette planète aurait sentie en marchant dans les bois. Mais Lola était la spécialiste des odeurs, alors j'ai suivi son nez.

Boyd a hoché la tête, car il se dirigeait dans cette direction de toute façon.

Sans surprise, on est arrivés derrière une Volkswagen à l'arrêt. De la fumée sortait du pot d'échappement, bien visible dans l'air frais.

Je me suis doucement approché du côté conducteur. Aussi clairement que si elle se trouvait à trente centimètres de moi, j'ai vu Lisa, qui semblait en transe et clignait des yeux avec frénésie. Elle ressemblait trait pour trait à la photo scolaire qu'ils avaient mise dans son dossier ; dossier qu'ils avaient remis à la mauvaise équipe. Celui que je prenais pour Ding-Dong lui faisait face, et me tournait donc le dos. On aurait dit qu'il lui criait dessus. Ils avaient l'air si étrange, la victime et son bourreau, assis dans une voiture au milieu de la forêt à se regarder dans les yeux.

Je lui ai hurlé de lever ses putain de mains en l'air.

Lola lui a ensuite lancé un ordre. Je n'ai entendu que « espèce d'enfoiré ».

J'ai vu Lisa s'arrêter de battre des paupières quand l'homme s'est retourné pour me regarder. Je l'ai vue lui pousser l'épaule et attraper le pistolet.

Elle a vraiment fait ça ? J'étais déconcerté de voir un tel geste effectué par une enfant. Mais ma vue ne me trompe jamais et je n'étais qu'à dix mètres. Je sais parfaitement ce que j'ai vu, aussi bien que si j'avais été dans la voiture avec elle et que j'avais observé ses actions au ralenti. *La fille a pris son flingue.*

J'ai quand même gardé le type en joue.

Je crois que quelque chose a éclos en moi. Une sérénité que je n'avais jamais connue auparavant. En fait, je ne ressentais rien, ce qui était très rassurant. Peut-être était-ce simplement le soulagement de pouvoir gratter à nouveau ma vieille blessure, le fait de pouvoir faire du mal à un horrible être humain.

J'avais tant de complices pour m'aider : Lola, Boyd et même la victime. J'avais lu son profil, je savais qu'elle était douée et je me souvenais de son problème d'émotions. Elle paraissait si calme dans cette voiture quand elle lui a pris son arme.

Il m'a même semblé la voir sourire en posant la main sur la poignée de la portière. L'air fier.

Je toque, je toque et tu réponds.

Le diable est bien une « elle ».

Pourquoi n'ai-je pas tiré quand je le pouvais? Pourquoi ne lui ai-je pas troué le crâne? C'est sûr, j'aurais pu. Tout aurait été fini en un rien de temps. Mais de là où je me tenais, je l'aurais forcément tué. L'homme était enfoncé si bas dans le siège de la Volkswagen et la portière si haute que seule sa tête dépassait de la vitre. Un tir à la tête l'aurait forcément achevé. Je n'avais pas de scrupules à le tuer. Là n'était pas le problème : je voulais qu'il souffre pour le restant de ses jours. Je voulais qu'il soit défiguré, qu'il ait mal, qu'il soit enfermé tout seul ou, mieux encore, qu'il se retrouve au milieu des détenus d'une prison d'État. J'étais peut-être un agent fédéral en mission fédérale, mais j'allais faire des pieds et des mains pour remettre son cas aux autorités locales sur un plateau d'argent. Une prison de l'Indiana en manque de moyens serait parfaite pour ce gros sac de viande, surtout si je racontais — et je le ferais — à ses petits camarades comment il traitait les enfants. Oh oui, je le ferais, et Lola aussi, mais pas avant d'avoir passé un moment avec lui. En privé. Moment sur lequel je fermerais les yeux.

Pourquoi est-ce que Lola est comme ça? Écoutez, c'est son histoire, et je vous défie d'essayer de remuer son passé. Je sais juste que ses familles d'accueil lui ont laissé des séquelles, et c'est tout, même après toutes ces années. Mais si vous voulez jouer les journalistes d'investigation et fouiller sa vie privée, allez-y, je vous en prie.

Maintenant je sais que j'aurais pu tirer : je serais revenu à la raison et je l'aurais fait si j'avais eu deux secondes de plus pour me rendre compte de la situation. En seulement deux secondes de plus, ma chère Sandra m'aurait murmuré à l'oreille, si j'avais simplement pensé à elle. Mais il m'a privé de cette introspection en démarrant en trombe. Lisa est retombée au fond de son siège, stoppée dans son élan, et elle a essayé de retrouver l'équilibre. Même si j'étais soulagé de la retrouver en vie, je n'ai ressenti qu'une crainte affreuse quand ils ont disparu entre les arbres et derrière une crête.

Boyd nous a menés sur un chemin qui sinuait à travers les bois sur la gauche. Il n'a pas dit un mot et s'est contenté de nous diriger sous le feuillage des arbres froids. Le ciel était devenu encore plus gris avec des taches de noir, moisissure cancérigène sur le firmament autrefois très bleu.

Au niveau d'une clairière, un tas de blocs de granit formait un cercle. Une carrière est apparue devant nous, et l'expérience m'a soudain forcé à comprendre que ce que Boyd allait nous montrer anéantirait le soulagement d'avoir retrouvé Lisa vivante. Lola avançait frénétiquement. Elle a couru comme une folle au bord de la carrière. Loin devant moi, elle s'est retournée et a dû crier, vu les veines qui ressortaient de son cou. Mais un étrange sifflement couvrait ses mots, puis un souffle, et d'un coup le son est revenu ; le bouillonnement de l'eau est parvenu à mes oreilles. J'ai foncé pour rejoindre Lola et Boyd au bord de l'eau et j'ai aperçu les feux arrière de la Coccinelle qui s'enfonçaient sous la surface noire. Les clapotis ont éclaboussé les parois de granit, mais avec douceur, sans trop de force, comme si le liquide était un épais sirop difficile à déplacer.

Lola et moi avons retiré nos chaussures et couru jusqu'à un endroit en contrebas par lequel on pourrait entrer plus facilement.

Boyd nous a coupés dans notre élan.

« Faites pas ça, vous autres. N'allez pas barboter là-dedans.

— De quoi tu parles, monsieur Poulet ? » a crié Lola, le front plissé de douleur. Elle a pointé son arme sur lui. Moi aussi. D'habitude, nous ne faisions confiance à personne, ni elle ni moi. Il ne nous fallait qu'un tout petit soupçon.

Boyd a déposé son fusil au sol et levé les mains en l'air. J'ai baissé mon pistolet, soulagé que mon vieux fermier soit toujours un homme bien et que mon instinct ne se soit pas trompé. Il s'est dépêché d'ajouter :

« Non, mais je veux dire : faites attention, c'est tout. C'est une ancienne mine, abandonnée il y a une quarantaine d'années. Avant que cet endroit devienne un pensionnat, et tout ça. Mon père et le père de Bobby venaient chasser sur cette propriété. Ils disent qu'on a balancé des vieilles bagnoles là-dedans. De la ferraille. Des épaves. Si vous sautez là-dedans, vous risquez de vous coincer une patte et de couler. »

Vous voyez comment le fait de suivre la procédure

aurait pu nous tuer, Lola et moi ? Parfois, ça aide de faire confiance aux locaux. Eh bien, allez dire aux chefs du FBI que vous voulez changer les règles en cours de partie. Que vous voulez laisser tomber leurs foutues méthodes. Allez-y, dites-leur que votre instinct et vos sens aigus devraient primer. Voyez où ça vous mène. Puis revenez nous parler, à Lola et à moi.

Ici, Sandra m'arrêterait probablement avec un doux regard d'avertissement, les yeux plissés et la tête légèrement rentrée. Elle poserait sa main qui sent la rose sur mon bras ; sa façon tacite de me calmer. Elle dirait que j'ai eu un coup de chaud et que ça ne me ressemble pas de raconter tout ça. Et elle aurait raison, comme d'habitude. Avant de pénétrer dans la carrière, j'ai essayé de trouver quelque chose d'amusant dans cette scène. Mais ensuite je me suis dit : tu crois vraiment que c'est un bon moment pour l'humour ? Peut-être que j'essayais juste de penser à Sandra pour qu'elle vienne me sauver ; perdu si loin d'elle, là, dans le froid, à plonger dans le noir pour tenter d'empêcher la noyade d'une jeune fille et son bébé. J'avais besoin d'une chaîne de secours : Lisa sauve son enfant, je sauve Lisa, Sandra me sauve. Mais Sandra n'était pas là. Sandra n'était jamais avec moi quand je me traînais jusqu'en enfer.

Avec précaution, d'un pied prudent mais aussi vite que j'ai pu, je suis entré dans l'eau. C'est là que j'ai remarqué la corde attachée à la paroi du puits.

22

33e JOUR, SUITE

J'étais attachée. Brad, non. Tandis que la voiture piquait du nez dans l'eau, j'ai estimé notre chute à un angle approximatif de dix degrés. Heureusement, nous étions sur la partie basse de la carrière. De l'autre côté, la paroi mesure dix mètres du haut jusqu'à la surface ; une telle chute aurait été plus rude. Nous ne sommes tombés que d'un mètre vingt : c'était donc plutôt comme si nous avions dévalé une rampe d'accès pour bateaux. Cependant, même aussi courte, notre descente a été rapide et nous sommes violemment entrés dans l'eau.

Quelques jours auparavant, mon ancien ravisseur désormais mort m'avait informée que cette carrière atteignait les douze mètres de profondeur par endroits, alors je m'attendais à couler longtemps. En fait, on s'est arrêtés quasi dès l'instant où la voiture a été submergée, capot en avant. Je dirais que nous avions atteint les trois mètres de profondeur : pas de panique, en ce qui me concernait. Mais il ne fallait pas minimiser la situation. Certaines personnes se sont noyées dans cinq centimètres d'eau à peine. J'en veux pour preuve l'homme dans ma cellule.

L'arrière de la Volkswagen a commencé à couler et on s'est retrouvés à plat. Nous avions atterri sur une falaise dans la carrière ; je savais que c'était une falaise parce que, même si nous avions soulevé une tonne de sédiments et que l'eau était trouble, celle-ci était plus claire au-dessus de nous et plus sombre en dessous, beaucoup plus sombre. Ce qui voulait dire que, juste devant, le niveau s'affaissait vers un enfer plus profond.

Aussi, quelque chose flottait au bout d'une corde devant nous, et la corde semblait descendre bien plus profond que l'endroit où nous nous trouvions. Je savais parfaitement ce qu'il y avait au bout, même si l'eau était trop agitée pour qu'on y voie nettement.

À côté de moi, Brad était affalé sur le volant, évanoui après s'être cogné la tête ou à cause de sa propre bêtise, je ne savais pas trop. Quoi qu'il en soit, j'étais ravie de ne pas le voir s'agiter comme un idiot. Item n° 48 : Brad inconscient.

L'eau, qui s'infiltrait par les fissures des portières et des vitres fermées, s'est mise à monter dans la voiture. Mes Nike trop grandes ont été submergées, puis mes tibias. Elle montait, montait, jusqu'à mes hanches, et devenait de plus en plus claire. J'étais fascinée par la vitesse à laquelle cette carrière reprenait son état normal, comme si elle n'avait fait qu'avaler une victime de plus, un autre tas de métal, dans son large estomac obscur. Son corps liquide semblait grogner, *ho-hum*.

Le fond de la carrière était une vraie décharge : barres d'acier, tracteur taille enfant retourné, seaux, briques, chaînes, et l'inévitable barrière en maillons de chaîne qui sortait des profondeurs devant la voiture, telle une longue langue courbe qui émanerait d'une bouche démoniaque.

L'eau continuait d'entrer comme un liquide qui s'insinue entre des dents serrées. Mes hanches étaient recouvertes, puis mon gros ventre, mon bébé. Je restais assise.

Devant moi, la scène était opaque, mais je la voyais, elle, qui flottait sur son wakeboard, la corde passée autour de son torse éventré. Elle tanguait légèrement dans sa tombe aquatique, attachée et maintenue à flot dans la mort, les cheveux ondulant selon les rares mouvements de l'eau. Son fardeau et elle ressemblaient à un ballon tout fripé qui flottait sans raison au-dessus d'un concessionnaire automobile abandonné, quelque part dans l'Ouest, là où plus une âme ne passe à moins qu'elle ne soit perdue ou en panne d'essence. À attendre les vautours.

À ma droite, l'agent du FBI s'est mis à frapper des paumes sur ma vitre. Il cognait, cognait, cognait de ses mains à plat. Bam, bam, cogne, cogne, et d'un coup j'ai revu le tireur de l'école, qui déchargeait. Les pan pan, les cris, le vacarme, ses coups de feu qui résonnent dans la classe.

J'ai lutté pour que l'interrupteur de la colère ne s'ouvre pas. J'ai gardé le cap, assise sans bouger. J'ai serré les poings, l'un dans l'autre. Je me suis tournée vers l'agent, toujours furieux contre la vitre — ses coups affaiblis par l'eau — qui tirait sur la porte — son effort diminué par la pression. Bien sûr, tous ses gestes étaient vains.

J'ai levé la main pour lui faire signe d'arrêter et j'ai

posé ma main sur la vitre. J'avais de l'eau jusqu'au cou, mais je pouvais toujours respirer car ma tête dépassait, alors j'ai dit : « Il faut que l'eau se répartisse également des deux côtés. À ce moment-là, la pression sera répartie elle aussi et la porte pourra s'ouvrir. Calmez-vous ! »

Personne ne se souvient de ses cours de physique du lycée ?

L'eau a atteint les racines de mes cheveux. Je me suis détachée, j'ai récupéré le trousseau de clés de Brad qui pendait du contact, et je me suis retournée vers l'agent qui tambourinait toujours bêtement contre la vitre comme un homme armé dans une classe de CP.

Ce bruit va me hanter pour toujours ? Je me rappellerai cette journée à jamais ? Qui puis-je traquer pour faire cesser ce boucan infernal ? Qui puis-je torturer avec ce son ?

J'ai regardé l'agent et j'ai levé la main d'un air de dire : « Eh bien, qu'est-ce que vous attendez ? »

Il a réessayé la poignée et ouvert la portière.

J'ai nagé trois mètres jusqu'à la surface.

23

AGENT SPÉCIAL ROGER LIU

J'ai suivi Lisa pour m'assurer qu'elle arrive bien à la surface et dans les bras de Lola. Une fois la jeune fille en sécurité, j'ai replongé avec réticence pour extraire le conducteur de ce qui aurait dû être son tombeau aquatique. Je l'ai remonté à la surface et le grand Boyd l'a tiré par les aisselles. Lui seul pouvait lui faire du bouche-à-bouche, car le fermier connaissait la technique. Je ne sais pas pourquoi. Et je m'en fiche. Je n'aurais jamais posé mes lèvres sur ce poisson mourant.

Le conducteur est revenu à la vie en toussant et s'est mis à crier, gémir et s'agiter sur le granit. Lola s'est approchée de lui pour lui donner un coup de pied dans la cuisse. Moi, j'essayais de reprendre mon souffle, plié en deux à côté d'elle.

« Tu vas regretter qu'on t'ait sorti de là-dessous, sale pourriture. Tu la fermes. Tu fermes bien ta gueule sinon je te fais sauter toutes les dents. » Elle s'est tournée vers Boyd et a ajouté : « Monsieur Poulet, tiens-lui les mains dans le dos.

— Il s'appelle Brad », a crié Lisa, calmement mais avec un certain dégoût, comme si Brad était un prénom hautement ridicule.

« Vous avez le droit de garder le silence… » Je lui ai lu ses droits en vitesse sur un ton monotone, pour lui faire comprendre à quel point je n'étais pas ravi de lui citer des droits qu'il ne méritait pas. Il fallait que je le fasse parce que Lola ne l'aurait jamais fait. Elle l'a menotté brutalement et, vu qu'il n'arrêtait pas de respirer bruyamment et de chouiner, elle a tiré une écharpe de son chemisier et l'a attachée autour de sa bouche. On n'entendait plus qu'un grognement étouffé.

Boyd a reculé et pointé son fusil sur Brad.

« Merde, monsieur Poulet, ne lui tire pas dessus. J'aime bien l'idée, mais on ne peut pas le descendre maintenant, a dit Lola en s'approchant de lui.

— M'dame, je ne tirerai sur ce salaud que s'il essaye de se barrer en courant, a répondu Boyd sans quitter Brad des yeux. S'il tente sa chance, eh ben… disons que j'ai besoin d'un nouveau trophée de chasse sur mon mur. Dis-moi, mon gars, tu les aimes, les enfants ? Je vais te dire un truc : c'est moi qui détiens le record de tir à une balle de la région. Eh ouais ! Du coup, j'aimerais bien que tu essayes un peu de courir. Allez, vas-y : détale comme un lapin ! »

Lola a souri. Moi aussi. Boyd faisait maintenant partie du gang.

Lisa, debout les bras croisés près de la corde que j'avais aperçue contre la paroi, a relevé un coin de sa bouche, et j'ai rapidement compris qu'elle souriait aussi. Voilà : nous formions, tous les quatre, une nouvelle bande de justiciers. Au moins, nous avions la légitimité des badges de Lola et moi pour nous couvrir. J'ai repensé à l'étrange coïncidence : Boyd vend sa camionnette au kidnappeur et celui-ci gare ladite camionnette sur la propriété d'un cousin de Boyd, à quelques kilomètres de là où il l'a achetée. D'autres personnes auraient trouvé ça au moins suspect, voire impossible à croire. Mais je me suis souvenu des mots de la femme qui avait vu la plaque «Hoosier State» et qui avait regardé *Hoosiers* la veille avec son mari. «Coïncidence divine», avait-elle dit. Coïncidence divine, en effet. C'était comme si elle m'avait donné un indice, une prémonition, presque un fil conducteur à toute l'enquête.

Je me suis rapproché de Lola qui grelottait. Pour oublier le froid humide, j'ai rentré la tête dans les épaules telle une tortue dans sa carapace et j'ai secoué une jambe, puis l'autre. L'eau dégoulinait de moi comme si j'étais une éponge qu'on essorait. Mon costume gris trempé faisait des plis au niveau des coudes. J'aurais tellement aimé avoir un thermos de café à ce moment-là, confort quotidien devenu luxe impensable à cet instant. Autant rêver qu'une licorne descende d'un arbre pour nous emmener à Bonbonville manger des boules de gomme et de la réglisse.

Lisa caressait et étreignait son ventre gonflé, vraisemblablement pour essayer de réchauffer le bébé. Elle ne semblait pas prête à fuir, comme n'importe quelle autre victime. Elle n'était pas non plus devenue hystérique, à pleurer et hurler qu'elle voulait ses parents. Elle n'a pas réclamé les choses habituelles, un médecin, ou quoi que ce soit. En silence, elle m'a regardé m'approcher d'elle, a pris mon allure en considération, peut-être même compté mes pas. Lola et Boyd commençaient à acculer Brad contre un arbre, alors j'ai essayé de récupérer Lisa pour qu'on quitte la forêt.

« Je m'appelle Lisa Yyland. N'appelez pas de foutue ambulance et ne dites rien par radio. Je veux attraper le reste des salauds qui ont fait ça. »

Son regard absent m'a traversé les os. Son détachement de la scène, sa détermination, sa force : tout en elle m'a submergé. J'étais hébété. Sous le choc. J'ai levé la main pour prévenir les autres derrière ; je n'ai tourné que la tête, comme envoûté par elle, et j'ai répété ses mots exacts : « N'appelez pas de foutue ambulance et ne dites rien par radio.

— Il ne faut pas encore appeler mes parents, on va coincer les autres aujourd'hui. Personne ne doit savoir que vous m'avez trouvée. Pour vous convaincre, si vous pensez qu'il vaut mieux appeler mes parents ou contacter vos supérieurs, laissez-moi vous montrer quelque chose. Détachez cette corde, asseyez-vous derrière ce rocher et tirez. »

La corde. J'avais évité de regarder sous l'eau dans sa direction. Je me doutais qu'il y avait un truc horrible au bout. J'ai fait exactement ce que m'a dit Lisa : j'ai détaché la corde, je me suis assis derrière le rocher et j'ai tiré.

Au cours de ma carrière, j'ai vu des tas de choses affreuses, dégoûtantes. Je vous épargne les détails. Disons simplement qu'à ce moment-là de ma vie, j'aurais dû être insensible aux torses sans têtes, aux têtes sans corps et aux corps écrasés, brûlés, broyés et déformés. Mais entre la carrière sombre, les arbres qui tremblaient et me tournaient le dos, le ciel gris d'acier, le néant dans l'air et le petit rictus de Lisa devant l'eau qui bouillonnait, j'ai eu envie de vomir à la vue des entrailles de la jeune fille lorsque son corps a fait surface. J'ai imaginé Lola, au cours d'un futur repas que nous picorerions en silence après ce jour atroce, qui me dirait : « Liu, avec tout ce que me je tape de voir dans les caves, les recoins et les carrières abandonnées, épargne-moi tes réflexions sur la bouffe, le tabac, la boisson ou les rots », selon l'activité dans laquelle elle choisirait de se réfugier pour apaiser ses souvenirs douloureux.

Lisa était un peu hypnotisée par le cadavre de la fille. Elle avait un bras sur le ventre et l'autre sous le menton ; on aurait dit qu'elle donnait avec entrain un cours de philosophie à l'université. Ses cheveux mouillés collaient à son crâne et à son visage.

J'ai lâché la corde quand elle a détourné les yeux de l'eau. Le corps et la planche ont replongé dans les profondeurs de la carrière. Lisa a marché le long du bord, de l'autre côté, vers Boyd, Lola et Brad. Lorsqu'elle est passée devant ce dernier, elle a cligné de l'œil et fait semblant de lui tirer dessus avec ses doigts en pistolet, avant de souffler la fumée imaginaire du canon ; j'aurais aimé qu'elle soit ma fille. Elle a emprunté le chemin par lequel Boyd nous avait conduits sans nous inviter à la suivre, ce que nous avons fait quand même. Nous marchions dans ses pas trempés en essayant de la rattraper, armes sorties pour faire avancer Brad le geignard.

Lola et moi savions bien qu'il ne fallait que la suivre. Nous avons fait signe à Boyd, d'un doigt sur la bouche, de rester silencieux. On a marché tous ensemble en direction de l'école, à travers un petit parking, sur un sentier boisé, au bout duquel se trouvait un saule. Lisa, enceinte, avançait comme un chat énervé, et lorsque Brad a fait mine de parler, je lui ai dit de se taire.

Nous avons suivi notre meneuse adolescente à travers les bois jusqu'à l'école. Arrivés devant le bâtiment, on l'a tous regardée en attendant ses directives. Lola a installé Brad, menotté et les jambes attachées à un crochet, à l'arrière du pick-up.

« Je ne sais pas où est le Docteur. Et Dorothy ? Elle a dû fuir avec le van.

— De quoi parles-tu ? Qui est ce docteur ? lui ai-je demandé.

— Celui qui assiste aux accouchements.

— Dorothy, c'est l'autre fille ? Mon cousin l'a emmenée aux urgences », a dit Boyd.

Lisa a vaguement hoché la tête.

J'allais lui poser plein d'autres questions lorsque j'ai aperçu Lola du coin de l'œil qui avançait en reniflant vers l'une des ailes du pensionnat. Elle semblait attirée par quelque chose derrière la porte et elle est entrée sans faire signe à personne de la suivre.

« Elle doit sentir l'odeur du connard que j'ai fait griller dans ma cellule. Dites-lui de ne pas toucher l'eau, elle est peut-être encore un peu électrifiée. »

Derrière moi, Boyd a dit : « Ah ouais, c'est ça l'odeur dont je vous parlais. La porte est fermée à clé. »

Lisa m'a tendu le trousseau qu'elle tenait dans la main.

J'ai couru vers Lola.

Ce que nous avons trouvé au troisième étage surpasse toutes les histoires d'ourse en tutu du monde.

Après que Lola et moi avons vu ce que nous avons vu dans son ancienne geôle, Lisa n'a pas ajouté un mot pour sa défense. Tout ce qu'elle a dit, c'est : « Monsieur l'agent, on va leur tendre un piège cet après-midi. Je m'occupe de les attirer ici, et vous les coffrez. »

Lola était déjà convaincue : elle hochait la tête, d'accord avec tout ce que demandait la future mère. Elle sentait le sang et voulait s'en mettre plein le gosier.

« J'étais supposée rejoindre cette fille au fond de la carrière, aujourd'hui. » Lisa s'est frotté le ventre pour caresser son bébé. « Je n'arrive pas à exprimer à quel point je hais ces gens. Vous avez vu ce que je suis capable de faire, ce que j'ai fait à ce crétin à l'étage. Je veux les détruire. Et je le ferai. Je les traquerai et je les empoisonnerai petit à petit, sauf si vous êtes d'accord pour les piéger et les arrêter tous aujourd'hui. Il faut que ce soit moi, l'appât. C'est la seule solution. J'y ai réfléchi plus d'un million de fois. »

Je n'avais aucun doute là-dessus.

« Lisa, dis-nous ton plan », a dit Lola.

Avec l'équivalent d'un grand sourire chez cette fille dépourvue d'émotions, Lisa a remué les sourcils et haussé le menton en direction de Lola. Une marque de respect. Un remerciement.

Elle a détaillé son plan. Très simple. Il fallait que nous forcions Brad, pistolet sur la tempe, à appeler le Docteur et lui dire qu'elle allait accoucher. « Le Docteur vient toujours avec les Perspicace, donc il les emmènera avec lui ; ils ont tellement envie de me prendre mon bébé. On les attrapera tous ensemble. Compris ? » Nous nous sommes mis d'accord pour que les renforts qui arrivaient aillent surveiller l'hôtel des Perspicace et le cabinet du Docteur — adresses que nous vérifierions avant de laisser Brad téléphoner — au cas où quelqu'un les préviendrait. Je voulais que le plan de Lisa marche, qu'on les arrête tous à Appletree, pour différentes raisons :

Appletree était un endroit isolé et aucun civil ne pourrait être blessé en cas de fusillade.

Le fait qu'ils viennent ici après un coup de téléphone de Brad prouverait leur implication dans l'affaire.

Lisa avait demandé, et je pense qu'elle en avait le droit, à les voir en tête à tête, sans les restrictions du tribunal ou de la prison. Et sans témoins.

Plus tard, j'ai compris ce que Lisa voulait dire par le Docteur et les Perspicace. Elle m'a aussi expliqué que Brad n'était pas le « Ron Smith » — Ding-Dong — que je cherchais, mais son frère jumeau. Sous le choc, j'avais de nombreuses questions à lui poser. Mais à ce moment-là, j'ai simplement dit : « OK, répétons le plan une dernière fois. » Je ne pouvais pas utiliser mes propres méthodes dans sa guerre à elle. J'étais devenu son soldat. Avec bonheur, Lola a dégainé son pistolet et accepté le rôle de sniper dans un pommier du verger d'à côté. J'ai dû lui rappeler à contrecœur qu'il ne fallait pas tirer sur les cibles si elles étaient désarmées. Elle a tremblé nerveusement de la narine gauche, prête à aboyer, et a crispé un peu plus l'index sur la détente. Je l'ai laissée dans son arbre avec l'espoir qu'elle obéisse, mais il fallait trouver une solution de secours au cas où.

J'avais demandé à mes renforts du FBI de venir chez le cousin Bobby pour que je puisse livrer Brad à une première équipe et expliquer à une seconde où se placer et où mettre des snipers en position. Je ne leur ai pas parlé de « l'évasion » ratée de Brad à l'arrière du pick-up où il était attaché et menotté ; je ne leur ai pas dit non plus comment on a géré ça, en privé. Une affaire entre Lisa, lui et moi. Après avoir ôté l'écharpe-bâillon de son visage pour le remettre aux autres agents — qui suivaient le protocole, eux, et n'auraient jamais bâillonné un prisonnier —, j'ai dû l'écouter se plaindre du trou qu'il avait dans la tête de façon mélodramatique, et j'ai regretté de ne pas l'avoir laissé au fond de la carrière. Une vraie boule de folie : il oscillait sans arrêt entre la voix aiguë d'une jeune fille et celle d'un démon tandis que je le poussais à travers le champ en direction de chez Bobby. Nous sommes passés devant une vache qui meuglait ; il l'a regardée droit dans les yeux et a dit : « Marguerite, comme tu es mignonne, hein, Marguerite ? », puis il a hurlé : « Je vais transformer tes bébés en tranches de veau, salope. » J'ai commencé à craindre qu'il n'arrive à éviter la prison à cause de son état mental.

Tout s'est passé comme Lisa l'avait prévu. Le Docteur s'est pointé dans une El Dorado marron avec les Perspicace. M. Perspicace et sa femme, Mme Perspicace, attendaient dans un motel du coin — appelé, par une atroce ironie, motel de la Cigogne — que vienne au monde leur bébé d'amour volé. Ils comptaient ensuite s'éclipser au Chili dans leur petit refuge de montagne vert et chic, logé au cœur de cinq vignobles et du bonheur sud-américain. Les bébés blonds auraient constitué leur pièce maîtresse au milieu de leur château rempli de tableaux et de statues. Lola et moi avons pu visiter l'endroit avec une équipe chargée d'y faire un inventaire. On a trouvé tellement de preuves les impliquant dans ce crime et d'autres, notamment de célèbres vols de tableaux, qu'on ne sait même plus le nombre exact d'accusations portées contre eux.

Quand on les a coffrés, Lola a sauté de l'arbre pour leur jeter de la terre au visage, parce qu'ils l'avaient privée de l'opportunité de leur tirer dessus, vu qu'ils étaient tombés dans le piège et venus sans armes.

« Ça, c'est fait », a dit Lisa quand j'ai menotté le Docteur.

En tant que joueur d'échecs, je me suis demandé pourquoi elle ne lui avait pas dit « échec et mat » ou « la partie est terminée », mais j'ai ensuite compris qu'elle avait d'autres projets pour lui.

24

QUATRE HEURES APRÈS L'INCIDENT

Liu, c'est quelqu'un de très théâtral. Je sais qu'il vous a raconté sa terreur d'enfance. Comment il est devenu ce qu'il est aujourd'hui. Je trouve ce qu'il a fait pour son frère absolument formidable. Génial. Quand il m'a raconté l'histoire, j'ai décidé qu'il devrait être mon meilleur ami pour la vie.

Bien sûr, je me serais occupée différemment de l'affaire Mozi. Mais ne nous attardons pas sur des critiques malvenues. De plus, on devrait le féliciter pour ses pupilles remarquables et ce que je pense être une amygdale et un hippocampe surdéveloppés, ainsi que pour les excellentes connexions entre les deux. Le circuit qui relie les différentes zones du cerveau de Liu doit être une véritable autoroute empruntée par d'énormes camions-neurones qui se baladent avec des tas de sensations et d'expériences concrètes : la mémoire. Je pense que c'est son acuité visuelle élevée, mêlée à une amygdale et un hippocampe plus gros que la moyenne, qui lui fournit son impressionnante collection de souvenirs détaillés. Il faudrait que je lui ouvre le crâne et que je lui dissèque les yeux pour en être vraiment sûre — je doute de la précision des IRM — mais je ne vais pas lui faire une autopsie. Pas sur un ami.

Néanmoins, Liu a été si tenace, si ingénieux, si courageux pour aider Mozi ! Vraiment très cool. J'ai ouvert les vannes de l'amour, de l'admiration et de la dévotion quand j'ai entendu l'histoire. Au début, quand il m'a sauvée, ou plutôt quand il m'a aidée à me sauver, je n'ai rien allumé du tout. Je l'ai juste compté comme un item en plus : agent Liu, item n° 49.

Il a fourni la diversion que j'espérais, a ouvert ma portière sous l'eau et m'a aidée à attraper le reste de la bande. Ce jour-là, il s'est révélé bien utile à mes yeux. Après avoir menotté le Docteur et les Perspicace, « Lola » — c'est comme ça qu'on m'a demandé de nommer ici la partenaire de Liu — et lui m'ont conduite à l'hôpital dans le pick-up Ford. Elle s'est glissée au milieu parce que j'étais trop grosse pour tenir derrière le levier de vitesse. Nous étions si bien tous les trois : une petite famille de paysans en chemin pour les semailles. J'aurais pu être transportée en ambulance, véhicule plus approprié aux circonstances, mais ils ne faisaient confiance à personne et j'ai refusé d'en prendre une de toute façon.

Les autres agents ont retenu le fermier, Boyd, dans la maison de « cousin Bobby » pour l'interroger. J'ai adoré le discours qu'il a fait à Brad quand il l'a menacé de son fusil dans la carrière. Plus tard, j'ai demandé à Mamie de me broder ses mots sur une taie d'oreiller ; vous ne devinerez jamais : du fait de sa sombre vision du monde — en tant qu'auteur de polars — et de sa joie immense de m'avoir récupérée saine et sauve, elle a envisagé de satisfaire ma requête. Pour plaisanter, elle a même dit qu'elle écrirait en cursive au fil violet et qu'elle coudrait des petits lapins duveteux qui gambadent dans la forêt et culbutent au milieu des cailloux pour souligner la réplique de Boyd : « Détale comme un lapin. » Finalement, sans surprise, elle a profité de notre conversation pour m'apprendre les bonnes réactions émotionnelles à avoir dans les moments de stress. Elle a fini la taie avec uniquement les lapins et la phrase « Je t'aime » brodée sur le devant. J'adore Mamie. Pour elle, je n'éteins jamais l'amour.

La pire chose que j'aie vue de ma vie — pour l'instant — s'est produite quatre heures seulement après que j'ai fait frire mon geôlier et capturé ses complices. Cette image sanglante post-incident, quatre heures après, m'a déterminée encore davantage à me venger. Une triple vengeance.

Presque immédiatement après l'arrestation du Docteur et des Perspicace, on m'a admise à l'hôpital pour quelques examens. L'agent Liu et Lola ne m'ont pas quittée d'une semelle. Je sais aujourd'hui qu'il n'y avait aucun autre endroit où Liu aurait préféré être. Malheureusement, à l'époque, j'étais l'un des quatre seuls enfants enlevés qu'il avait retrouvés vivants — en comptant son frère mais pas Dorothy. En entrant dans ma chambre après nous avoir acheté des cannettes de Coca et des Fritos au distributeur, il a souri d'un air désolé. Lola faisait les cent pas dans le couloir comme un tigre en cage assoiffé de sang et repoussait quiconque pensait ne serait-ce qu'une seconde à venir me parler. Je l'aimais bien. Ma mère l'adorerait.

« Salut, soldat, m'a-t-il dit.
— Salut.
— Ils disent que tout va très bien pour toi.
— Ouais, ça va. Et Dorothy ? Je peux aller la voir ?
— Dorothy ne va pas bien. Si je t'emmène la voir, eh bien, il vaut mieux que tu t'accroches. Le pronostic n'est pas bon.
— Elle va s'en sortir ?
— Pour être franc, sa pression sanguine est très mauvaise. Elle ne va pas bien du tout. Si seulement je vous avais trouvées plus tôt, toutes les deux…
— Vous étiez le seul à la rechercher ?
— Malheureusement oui, le seul, avec ma partenaire bien sûr. » Il a fait un signe de tête en direction de Lola, qui a grogné.
« C'est si triste, agent Liu.
— C'est un putain de scandale, tu veux dire. » Il s'est arrêté, a gonflé les joues et soupiré. « Désolé, je ne devrais pas jurer devant toi.
— Ne vous en faites pas. Aujourd'hui, j'ai carbonisé un homme. Je devrais pouvoir supporter quelques gros mots. »
Lola a ricané et articulé le mot « carbonisé », comme si elle mémorisait le terme pour s'en resservir plus tard.
« Je pourrais vous emprunter un peu d'argent avant que mes parents arrivent ? J'aimerais vraiment acheter quelque chose pour Dorothy.
— Tout ce que tu voudras. » Il a sorti son portefeuille et m'a tendu deux billets de vingt.
Liu et l'infirmière m'ont aidée à m'asseoir dans un fauteuil roulant, ce que j'ai trouvé à la fois désagréable et insultant. Mais ils ont refusé de me laisser

me promener à pied dans l'hôpital, même si je venais de m'échapper d'une prison et de libérer une autre fille. Avec le recul, je crois qu'ils avaient raison. J'étais enceinte de huit mois, extrêmement déshydratée, épuisée, blessée au visage et, j'imagine, peut-être un peu faible physiquement. D'accord, je l'avoue.

À la boutique, j'ai acheté à Dorothy un gros bouquet dans un joli vase rose, combinaison que Mamie aurait adorée.

Liu et moi sommes descendus au deuxième étage pour nous rendre à la chambre de ma codétenue, et j'ai remarqué dans le couloir la présence de policiers qui montaient la garde et de ceux que je connais maintenant comme les parents de Dorothy ainsi que son pauvre petit ami ; il était apparemment passé à la télé avec les parents pour supplier la terre entière de la retrouver. Elle avait été enlevée quelque part en Illinois à trois heures de route de là, alors ils avaient pu rouler à toute allure pour rejoindre son chevet en un rien de temps. Mes parents à moi attendaient toujours leur avion à l'aéroport de Boston-Logan. Mon Lenny ne serait pas du voyage : il déteste l'avion. Je m'étais dit que je l'appellerais après avoir vu Dorothy. Ça ne voulait pas dire que je ne l'aimais pas. Je savais qu'il était là pour moi. Des retrouvailles en larmes à la hâte n'y changeraient rien.

Les parents de Dorothy, en pleurs, se sont jetés sur moi et m'ont exprimé leur gratitude et leur chagrin en me serrant dans leurs bras. Je crois que je sens encore les larmes salées de Mme Salucci qui coulent sur ma joue jusqu'au coin de mes lèvres sèches.

Ils m'ont enlacée très fort et très longtemps dans le couloir, et je ne pouvais pas voir leur fille.

Nous étions sur le point de défaire notre triple étreinte lorsqu'un cri dans la chambre de Dorothy nous a gelés sur place. Nous avons tourné la tête vers elle, tel un dragon tricéphale.

Là, je dois vous épargner quelques détails. Ce que j'ai vu était trop horrible, trop triste à raconter. Comme un tableau impressionniste usé par le temps et couvert de poussière, je ne vous révélerai pas tout ; je vous dirai simplement qu'elle a perdu presque tout son sang, et aussi qu'elle est morte vingt minutes plus tard après une intense agonie.

Ils ont dit qu'elle souffrait d'une légère prééclampsie et qu'elle s'en serait sortie avec un minimum de soins médicaux préalables, que même le moins bon des gynécologues aurait prescrits. Ils ont ajouté qu'avec sa prééclampsie non traitée, son taux de stress incommensurable et l'infection qu'elle avait attrapée lors de sa captivité, son corps était un chaudron bouillant qui la brûlait de l'intérieur et faisait imploser sa peau, ses organes, ses veines, sa vie et celle de son bébé.

Non, aucun mot ne peut décrire ce moment, parce que ce n'était pas du sang que j'ai vu, mais l'essence même de la mort. La mort telle qu'aucun mortel ne peut la voir à moins d'être condamné et de passer ses derniers instants dans une galerie de glaces. La mort déchaînée, impulsive et fière, qui avale les vies de l'intérieur. Dans le couloir, les yeux rivés dans sa chambre, je me suis désintégrée et j'ai regardé la mort se déployer. Une pulsation noire enveloppait la pièce. La peau de Dorothy bouillonnait au fond de la scène. Au premier plan coulait un fleuve rouge — un fleuve, un véritable fleuve rouge — qui remplissait la chambre entière. Pas une tache de lumière, pas de blanc, pas d'anges, pas de main miséricordieuse : rien ne venait perturber ce cadre noir. Quelqu'un m'a peut-être sortie de là. Quelqu'un a peut-être sursauté quand j'ai cassé le vase de pivoines.

Quelqu'un m'a peut-être tirée, poussée, transportée pendant que je pleurais, je m'agitais, je luttais, je cognais, je hurlais. Quelqu'un m'a peut-être calmée à l'aide d'une petite piqûre dans la cuisse. Quelqu'un, n'importe qui, tout le monde a peut-être fait ces choses-là. Je ne sais plus trop.

Je me suis réveillée huit heures plus tard avec des bleus, la voix cassée et quelques points de suture à la cheville à cause d'un morceau de verre qui, m'a-t-on dit, a rebondi lors de ma crise contre la mort. Près de mon lit se trouvait ma mère, qui me tenait la main. Près d'elle mon père, qui regardait par-dessus son épaule, le visage strié de larmes. L'agent Liu et Lola montaient la garde devant la porte l'un en face de l'autre et effrayaient quiconque comptait s'approcher ne serait-ce qu'une seconde de ma chambre.

Peut-être que je ne fais qu'imaginer les derniers instants de Dorothy, je ne sais pas. Je sais juste que la première image d'elle et son cri ont duré pour moi une éternité.

Voilà pourquoi on n'ouvre l'interrupteur de l'amour qu'en cas d'extrême nécessité.

25

LE PROCÈS

J'en savais assez sur le *mens rea* pour être dangereuse. Même si ma mère ne faisait que du droit civil, elle avait quand même gardé un livre de droit pénal. Le chapitre sur l'intention criminelle, ou *mens rea*, l'état d'esprit criminel, me fascinait. Je l'ai lu quand j'avais quatorze ans, puis à quinze ans, et encore une fois à seize après toute cette épreuve. J'étais obsédée par *New York, police judiciaire* et les documentaires sur les crimes. Pour m'assurer d'obtenir la peine de mort, ou au moins, plan B, la prison à perpétuité sans liberté conditionnelle, j'allais faire en sorte qu'il n'y ait aucun doute dans la tête des jurés que le Docteur — le seul qui ait eu droit à un vrai procès — avait bel et bien l'intention de commettre ces crimes. Tout comme pour mon ravisseur, mon plan de revanche contre ce salaud comportait trois filets de sécurité. La réceptionniste a plaidé coupable. Les Perspicace aussi. Et Brad ? Brad, c'est une autre histoire, n'allons pas trop vite pour l'instant.

Si vous êtes un spécialiste du droit et que vous

lisez ceci, vous vous demanderez sûrement pourquoi le gouvernement fédéral n'a pas fait passer le Docteur devant un tribunal fédéral et pourquoi c'est l'Indiana qui a récupéré le gros lot. Je ne connais pas les détails, mais j'ai compris qu'une sorte d'accord a été passé entre Liu, les fédéraux et l'Indiana, pour que ce soit l'État réputé pour envoyer les coupables dans des trous sordides qui récupère l'affaire.

Au fil des mois, plus le procès approchait et plus le Docteur devenait odieux. C'est le seul qui a refusé de plaider coupable pour les lourdes accusations qui lui étaient faites ou de suivre la même route de jugements perpétuels que Brad ; il est donc le seul à avoir insisté pour être jugé par ses pairs. Je n'arrêtais pas de penser : *Quels pairs ? Comment pourrait-il avoir des pairs ? Il a tué Dorothy. Il aurait pu la sauver. Il n'est pas humain. Il n'est même pas assez bien pour être un animal. Il est moins que ça. Il n'est rien. Des pairs ?*

Ils m'avaient empêchée d'entrer dans sa cellule provisoire avec une machette, alors j'ai lutté ferme pour qu'il soit condamné. Il m'était aisé de le faire tomber pour enlèvement avec préméditation et tentative de meurtre — deux crimes — et comme des gens étaient morts à cause de ces crimes, il encourait la peine de mort. Jusque-là, tout allait bien. Tout décès qui intervient au cours d'un crime est considéré comme un meurtre attribuable aux responsables dudit crime, même s'ils n'ont pas appuyé directement sur la détente, comme on dit, ou dans mon cas poussé la victime dans un sommier rempli d'eau pour le noyer et l'électrocuter, ou encore abandonné une adolescente enceinte et son bébé à une mort certaine.

Comme prévu, le Docteur a soutenu que Dorothy serait morte quoi qu'il arrive, et pas « à cause » du crime. Un rat qui se noie serait capable de se raccrocher à n'importe quelle écharde qui flotte sur l'océan. Je ne pouvais me résoudre à ce que personne n'invalide son argument, alors j'ai préparé mon témoignage.

Les salles d'audience ressemblent vraiment à celles qu'on voit à la télé. Les quatre murs de celle dans laquelle j'ai témoigné étaient lambrissés sur deux mètres cinquante de hauteur. Les bancs des spectateurs, des membres des familles, des accros aux tribunaux, des journalistes et des caricaturistes occupaient une dizaine de rangées. Derrière eux, passé une petite porte battante qui monte jusqu'aux hanches, se trouvaient deux grandes tables : celle de gauche pour l'accusation, celle de droite pour ce connard de moins-que-rien de la défense. Tout au fond trônait le bureau du juge, un siège pour les témoins, et le greffier.

Le procès du Docteur a eu lieu six mois après ma libération, période de temps qui est passée très vite, et j'avais retrouvé ma minceur prégrossesse. Le jour où on m'a appelée en tant que principal témoin, j'étais assise devant la salle sur une chaise en bois, le genre de celles qui ont des marques au niveau des fesses, et je balançais mes jambes d'avant en arrière, de superbes babies en cuir aux pieds. Maman avait refusé que le procureur m'habille en pauvre petite miséreuse juste pour gagner la sympathie du jury. Elle avait dit qu'un tel spectacle encouragerait les « partis pris défavorables » et la « discrimination inversée », que c'était agir en « avocat paresseux ».

Oh, ne vous inquiétez pas, Maman avait les griffes plantées dans la stratégie de l'accusation, et elle savait ce qu'elle faisait. C'était la meilleure avocate qu'on puisse rêver d'avoir.

Mes chaussures noires allaient très bien avec ma simple robe noire à manches courtes et ses deux plis droits cousus dans la couture des hanches. Bien sûr, elle était doublée. Bien sûr, elle venait d'Italie. Bien sûr, elle coûtait une fortune. Maman m'avait prêté sa plus belle paire de grosses boucles d'oreilles en diamants, seuls bijoux qu'elle a tolérés lors de mon passage au tribunal, au grand dam d'une procureur mal fagotée qui voulait que je porte un collier de perles innocentes.

« Des perles ? Des perles ? Mais bon Dieu, madame, les perles sont bonnes pour les filles de sororités insipides et les épouses malheureuses. Pas pour ma fille. Elle vaut mieux que ça. » Elle m'a dit plus tard que les perles étaient aussi bonnes pour les pétasses idiotes qui n'avaient aucun goût et qui pensaient qu'elles étaient à la mode parce que « Audrey Hepburn en portait dans *Diamants sur canapé* ». Elle a soupiré par le nez et repris : « Mais le cinéma c'est du cinéma, et Audrey Hepburn c'est Audrey Hepburn. C'est le seul exemple au monde où les perles sont acceptables. »

J'étais assise là, sur la chaise en bois du tribunal, dans une somptueuse robe noire, l'air endeuillé mais riche, sans perles, lorsqu'ils m'ont appelée à entrer dans la salle. Sur le chemin, j'ai croisé Mme Perspicace qui venait de me laisser la place, escortée par le shérif. L'accusation lui avait fait une proposition en échange de son témoignage contre le Docteur ; ils avaient insisté pour qu'elle vienne habillée en civil et non menottée, même si elle purgeait sa propre peine en détention. Les procureurs et Maman ne voulaient pas rappeler aux jurés que Mme Perspicace était une criminelle. Les « pairs » du Docteur le savaient déjà bien assez.

Elle est passée devant moi ; elle détonnait tellement dans cette salle d'audience de campagne. Elle portait une blouse de soie rose et une jupe en cachemire noir, des bas, des escarpins noirs en cuir verni et, bien sûr, des perles. De grosses perles rondes et chères. Pour le procès, on l'avait coiffée et maquillée comme si elle se rendait à un gala. Elle était plutôt jeune, proche de la quarantaine, et, malgré le fait qu'elle était un véritable démon, plutôt belle avec ses longs cheveux châtains, relevés pour faire ressortir ses pommettes saillantes. Ses ongles étaient vernis d'un impeccable rouge cerise, et son alliance devait faire au moins douze carats. Elle marchait, l'air indifférent, le dos droit, le nez incliné. Quand elle est arrivée près de moi, elle s'est dandinée et m'a souri de façon méprisante ; elle aurait tout aussi bien pu me bousculer d'un coup d'épaule avec ses épaulettes.

Je me suis retenue de faire un clin d'œil à Maman, assise derrière le procureur d'État, car elle avait prédit que Mme Perspicace agirait ainsi, et elle avait insisté pour qu'on me fasse entrer à ce moment précis. Maman et moi avons regardé les jurés. J'ai vu qu'ils avaient remarqué l'attitude hautaine de Mme Perspicace. Un homme élégant vêtu d'un pull rose saumon a articulé silencieusement « la vache » et s'est mis à écrire quelque chose sur son carnet de notes.

Manipuler ce genre de détails, prédire le comportement et les actions des autres, regrouper toutes ces informations précises en une stratégie judiciaire : tel est le jeu des avocats, qui ne sont rien d'autre que des maîtres du théâtre. À la fois producteurs et premiers rôles. J'ai failli me laisser tenter par des études de droit après cette expérience, mais il est trop horrible de devoir passer sa vie dans ces cercueils sans fenêtre qu'ils appellent des salles d'audience.

Vous connaissez déjà la totalité des rapports que j'ai entretenus avec le Docteur. Je vous l'ai dit, il est venu me voir trois fois : la première tout seul, avec ses mains froides, et il n'a rien dit. La deuxième avec M. Perspicace pendant une bonne minute, et il n'a toujours rien dit. Et la dernière, où il m'a violée avec son échographe devant M. et Mme Perspicace et a appelé mon ravisseur « Ronald ». C'est tout. Je ne savais rien d'autre de lui, à part qu'il avait provoqué la mort de Dorothy en refusant de la soigner. Je ne savais même pas à quoi il ressemblait jusqu'au jour où on l'a coincé au pensionnat Appletree. Débraillé et en surpoids, il était ivre ce jour-là. Il portait un gilet miteux par-dessus une chemise marron clair avec des taches de sueur sous les bras. Un pantalon en velours côtelé marron venait compléter son camaïeu de brun. On aurait dit une bûche. Lorsque Lola l'a menotté, j'ai remarqué que sa braguette était ouverte. Je lui ai dit : « Ça, c'est fait », il a tourné la tête pour que je puisse regarder droit dans ses yeux injectés de sang, puis il a roté.

Six mois plus tard, quand j'ai passé la porte battante de la salle d'audience 2A et me suis avancée à la barre des témoins, j'ai trouvé un homme complètement transformé. La défense lui avait fourni un costume rayé, une chemise blanche et une cravate rouge du meilleur goût. Il aurait pu passer pour un homme politique ou un banquier. Les cheveux plaqués au gel comme superman, il était rasé de près. Franchement, si je ne savais pas que c'était un monstre et que je m'étais autorisé quelques flux d'hormones féminines, j'aurais pu craquer. Au lieu de ça, étant donné que les jurés sur ma gauche ne pouvaient voir mon autre profil, je lui ai fait un subtil clin d'œil et j'ai levé les sourcils pour lui faire comprendre que la partie avait commencé.

Il s'est raidi, a pris une profonde inspiration et rentré la tête dans les épaules jusqu'aux oreilles, tel un chat effrayé par la pleine lune.

Souvenez-vous, l'argument du Docteur était que Dorothy serait morte quoi qu'il arrive et pas directement « à cause » du crime. Et je savais cela parce que Maman faisait en sorte qu'aucun détail ne m'échappe.

Je me suis assise sur la chaise des témoins et j'ai salué de la tête la sympathique mais ferme juge Rosen, au-dessus de moi dans son fauteuil de juge. J'ai prêté serment sur la Bible, répondu à quelques questions sur qui j'étais, où j'habitais et autres détails de mon identité, j'ai identifié le Docteur comme étant la personne qui m'a examinée, puis j'ai ajouté les ingrédients qui manquaient à l'accusation.

Les yeux baissés, j'ai reniflé d'une manière qui me faisait pleurer. Une fois mes yeux suffisamment humides, j'ai regardé la grand-mère compatissante dans le jury et j'ai expliqué comment, en deux occasions, le Docteur avait dit à mon ravisseur :

« Dorothy serait bien mieux dans un hôpital. Mais on s'en fout. De toute façon, on va la balancer dans la carrière dès qu'elle aura accouché. » J'ai ajouté un peu de fioritures à ce mensonge en affirmant qu'il gloussait comme un méchant de dessins animés après avoir dit ça. Puis j'ai garni le tout en insistant sur le fait qu'il avait également dit : « Attendons de voir. Peut-être qu'elle va guérir, que le bébé ira bien, et qu'on en aura deux à vendre. Sinon, on les balancera dans la carrière comme prévu. Hors de question qu'on l'emmène à l'hôpital. Si son état empire, arrête de la nourrir. »

Le Docteur a interrompu mon témoignage en hurlant : « C'est faux ! Ça n'est pas vrai du tout ! »

J'ai reculé dans ma chaise et j'ai feint la terreur en me mordant la lèvre et en suppliant la juge, les yeux écarquillés, pour qu'elle me protège. Tic-tac, les larmes de crocodile sont arrivées.

« C'est vrai, Votre Honneur, c'est la vérité, ai-je crié.

— Restez assis et tenez votre langue dans ce tribunal, monsieur ! a-t-elle mugi. Encore une réflexion et c'est l'outrage à magistrat. C'est compris ? »

Silence.

« C'est compris ?

— Oui, madame. Oui, Votre Honneur », a répondu le Docteur. Il s'est rassis, tête baissée.

Mais l'avocat de la défense s'est levé, et leur table s'est mise à ressembler à une partie de jeu de la taupe. Le Docteur se levait, se rasseyait, l'avocat aussi. J'ai dû me mordre les joues et fixer une tache d'humidité au plafond pour ne pas rire d'une telle bouffonnerie. J'ai aussi recommencé ma petite technique pour que les larmes continuent de couler sur mon joli petit visage.

« Veuillez nous excuser, Votre Honneur, il n'y aura plus d'autres interruptions », a dit l'avocat.

Maman avait prédit que ça arriverait. Elle m'a dit que je pouvais dire ce que je voulais à la barre parce que la défense répugnerait à me traiter de menteuse devant le jury. Au pire, ils remettraient en question ma capacité à me souvenir de certains détails et événements avec précision, mais ils ne me traiteraient pas de menteuse. Maman ne savait pas à l'avance que j'allais vraiment mentir. Je ne voulais pas qu'elle porte ce fardeau. Je n'avais aucun problème à le porter toute seule.

Cependant, j'ai tout de même vu son regard sceptique, qui s'est transformé en sourire de fierté lorsque j'ai plaidé en larmes la véracité de mon témoignage devant le juge. Maman sait que je ne pleure jamais, et elle avait entendu le récit de ma captivité un millier de fois, au cours desquelles j'avais habilement glissé que j'avais entendu le Docteur dire certaines choses, mais je n'avais jamais donné de détails. Je voulais garder de la marge concernant mon histoire, pour être sûre qu'elle aille dans le sens dont le procès avait besoin. Donc Maman en savait assez pour être sceptique.

Tout le monde s'est rassis, et la juge Rosen a crié au procureur. « Eh bien, continuez. Allez. Donnez-moi une bonne raison de suspendre l'audience. » Elle s'est tournée vers moi et m'a demandé : « Vous vous sentez de continuer ?

— Oui, madame », ai-je répondu d'une voix timide mais assurée.

Le procureur a tourné les talons, attrapé une assiette et dit : « Pièce à conviction n° 77. » L'assiette en porcelaine de Dorothy.

« Oui, monsieur, je reconnais cette assiette. L'homme qui m'apportait ma nourriture avait aussi l'assiette de Dorothy, au début. J'ai remarqué la lettre "D" étiquetée dessus depuis le début. » Mensonge. Le procureur m'a alors présenté le post-it avec la lettre D que j'avais trouvé dans la cuisine, « Pièce à conviction n° 78 ». « Oui, c'est bien ce papier. Il devait lui apporter ses repas après les miens. Mais environ une semaine avant que je ne m'échappe il a arrêté d'apporter son assiette en même temps que la mienne. Parfois, avant ça, je l'ai vu par le trou de la serrure : il mangeait dans cette même assiette. Dans la poubelle de la cuisine, il y avait un tas de post-it avec la lettre D. Il mangeait sa nourriture. » Rien que des mensonges. « Il devait suivre les ordres du Docteur d'affamer Dorothy. » Encore un mensonge, probablement.

L'avocat de la défense a failli faire une crise d'apoplexie ; il jurait presque ses objections sur la « spéculation » et le « manque de preuves », et bla, bla, bla, mais en jetant un regard en coin aux jurés ébahis j'ai compris que le mal était fait. *Le glas a sonné*, ai-je dit en un regard au Docteur, qui prenait des notes et chuchotait tout fort à son avocat désemparé.

Échec et mat, connard.

Je mentais sans arrêt et pleurais sur commande. Trois jurés, dont un homme, ont fondu en larmes. Une journée désastreuse pour El Doctor. *Ouin, ouin. Va pourrir en enfer.* Je n'avais aucun remords quant à mon faux témoignage. Tout le reste était vrai, et moi j'y croyais de toute façon. Si le fait d'enlaidir l'histoire m'assurait la peine la plus dure possible pour lui et permettait d'éviter les habituelles négociations odieuses, alors soit. La justice serait rendue. Froide. Sur une assiette en porcelaine peinte.

Ils ont dragué la carrière et découvert trois filles et deux fœtus. Le troisième bébé a été retrouvé vivant dans le Montana, chez le couple qui l'avait acheté. Une tout autre histoire judiciaire. Le Docteur a clamé haut et fort qu'il n'avait rien à voir avec la carrière et les « meurtres précédents ». Il a affirmé que, dans les vapeurs de la drogue au cours d'un de ses fréquents voyages à Las Vegas, son bookmaker lui avait présenté la secrétaire médicale — bookmaker à qui il devait soixante-dix mille dollars à cause de ses problèmes de drogue et de jeu. La secrétaire — qui avait falsifié son CV pour obtenir divers emplois dans des cliniques aux quatre coins du pays — l'a mis en lien avec la bande. Elle avait déjà repéré Dorothy des mois avant son enlèvement, vu que celle-ci avait eu la bonne idée de demander de l'aide à un médecin dès qu'elle avait eu du retard. Les criminels l'ont laissée mariner dans sa grossesse chez elle, puis ils l'ont kidnappée, et c'est là que la réceptionniste a malheureusement déménagé dans ma ville.

Le Docteur a nié « toute implication » dans ce qui s'est passé avant ou pendant la captivité de Dorothy. « Ils m'ont appelé parce qu'ils avaient foiré des césariennes, avant. Ils auraient peut-être fait le boulot eux-mêmes, je ne sais pas, ou ils auraient appelé un autre médecin », a-t-il dit à l'agent Liu.

Sans surprise, il a sorti la carte du Cinquième Amendement. L'accusation a analysé scientifiquement son emploi du temps passé et ses habitudes, et ils n'ont trouvé aucune preuve concluante de son implication antérieure. La juge Rosen a donc rayé la mention des corps retrouvés dans la carrière, mais pas celle de l'existence de la carrière sur la propriété, puisque j'avais témoigné qu'on m'avait menacée de m'y jeter. Cette chère juge Rosen a dit sèchement au procureur : « Faites les connections et apportez-moi un dossier complet sur les autres meurtres. » J'étais mal à l'aise de devoir donner de telles proportions à mes mensonges, alors j'ai refusé de faire les connections moi-même. J'aurais facilement pu dire : « Le Docteur a parlé des "autres dans la carrière" et de "les jeter dedans comme les autres". » Mais je ne savais pas à quel point il était réellement impliqué avec les victimes antérieures, et je devais attendre que la justice finisse par trouver un lien.

Il s'est avéré que la captivité de Dorothy avait commencé une semaine avant la mienne. Lorsque les inspecteurs ont fouillé le pensionnat, que Brad avait acheté au cours d'une vente judiciaire deux ans auparavant, ils ont découvert une boîte d'objets trouvés et une salle des professeurs. Ils en ont donc déduit que ma trousse venait de la boîte, et le matériel de tricot de Dorothy, ainsi que ses livres, de la salle de repos ; ils ont aussi présumé qu'elle avait tricoté la couverture rouge avant que j'arrive et que mon ravisseur la lui avait prise. J'ai préféré croire qu'elle l'avait fabriquée de ses doigts brûlants, maille après maille, avec la ferme intention d'ajouter une arme à notre arsenal de guerre.

Pourquoi est-ce qu'un ravisseur donnerait des aiguilles à tricoter à sa victime ? C'est pourtant pointu, non ? Elle ne risquait pas de lui faire du mal avec ? Pour avoir porté Dorothy, je peux vous le dire, elle était très faible, ses bras plus fins que les miens, et petite aussi ; un mètre cinquante-cinq pas plus. Pire encore, la douleur la rongeait ; incapable de descendre l'escalier pour s'enfuir sans mon aide. On pourrait croire que l'adrénaline de la liberté donne des forces. Pas tant que ça. Donc, non, je suis sûre que notre geôlier n'avait pas peur qu'elle lui fasse du mal avec les aiguilles. En plus, il était idiot.

Nous avons appris lors du rude interrogatoire des Perspicace le plan étrange qui consistait à m'enlever comme assurance au cas où Dorothy et son bébé ne survivraient pas, et comment les Perspicace auraient adopté les deux enfants s'ils s'en sortaient, comme des jumeaux. Lors de leurs interrogatoires séparés, ils ont insisté à coups de phrases mot pour mot identiques sorties tout droit de la bouche d'un avocat : « On vous le jure, on n'a jamais voulu que les filles meurent. On nous a dit qu'elles seraient renvoyées chez elles. »

En quoi cela diminue-t-il leur culpabilité ? Le procureur principal m'avait prévenue qu'ils n'écoperaient pas de la peine de mort. Il m'a montré les textes de loi et a essayé de me convaincre qu'au mieux on pouvait demander de lourdes peines de prison. J'ai balancé son café dans l'évier et je lui ai demandé de faire mieux que ça. Maman m'a dit de le laisser tranquille.

J'ai vidé mon chocolat chaud dans l'évier.

Je vous avais dit qu'elle était gentille, même quand elle avait raison.

Mon tempérament a dû se calmer avec l'âge.

Parfois, seulement parfois, je me surprends à espérer qu'il se déchaîne à nouveau. Je le reconnais, j'ai conçu dans un coin de ma tête un brouillon de plan; *je l'avais plutôt esquissé selon un ordre numéroté précis et une suite d'actions, d'armes et d'items à ma disposition.*

Vis-à-vis du Docteur, je me suis montrée implacable, insatiable, assoiffée de sang. La diffamation pour le bien de la justice n'enfreint pas les lois de Mère Nature, mais peut-être enfreint-elle celles, indignes et trop générales, du corps législatif.

Ma mère a posé un congé. Elle a grillé toutes ses faveurs pour assister le procureur principal. Les PDG à qui elle avait évité la prison et dont les fils étaient sénateurs ont déplacé toutes les montagnes qui lui barraient la route. «Je ne vais pas laisser un bleu payé par le gouvernement seconder sur cette affaire.» Elle avait le diable en elle, tout comme moi.

J'ai essayé de me rapprocher d'elle, juste avant le procès. Nous nous trouvions à nouveau dans son bureau à la maison : elle était assise sur son trône, absorbée par ses corrections sur les propositions *in limine* du procureur. Il s'agit de propositions faites par les deux parties avant d'aller au tribunal pour interdire l'utilisation de certaines preuves et certains arguments. On était en décembre, tout dans notre foyer du New Hampshire évoquait la parfaite photo de Noël, et les guirlandes sur le sapin dans la pièce voisine reflétaient un arc-en-ciel de couleurs sur le parquet ciré. Les lumières devant sa fenêtre révélaient l'épaisse neige qui tombait dans la nuit noire. Je me réchauffais, debout près du feu de cheminée du bureau, à attendre qu'elle lève les yeux du brouillon de propositions qu'elle était en train de massacrer. Mon petit garçon ronflait à l'étage, son ventre rond plein de lait et sa grenouillère si douce sur sa peau de velours, et je me suis dit qu'il pourrait dormir une éternité avec ce sourire de bébé repu entre ses joues dodues et parfaites.

J'ai observé Maman. Elle griffonnait des notes sur les pages qu'elle tournait rageusement, et marmonnait des commentaires sur l'écriture du procureur, comme « bêtises », « mais bordel de merde », « crétin », « tu sais à quoi ça sert une virgule ? », « nom de Dieu, de quoi tu parles ? », « sérieusement ? » et « je crois que je vais devoir tout réécrire depuis le début ».

Tandis qu'elle continuait son massacre éditorial, je me suis rappelé l'épisode dans la Volkswagen avec Brad. Je m'étais promis de faire des efforts avec Maman. Je me suis tournée vers le feu, j'ai approché mes paumes pour les réchauffer et j'ai continué à la regarder. Elle faisait glisser son stylo Cross sur la page et se mordait la lèvre en lisant les paragraphes suivants, paragraphes qu'elle barrait en entier, et je me suis demandé : *Suis-je capable de l'aimer ? Ouvertement ?*

J'ai ouvert pour elle l'interrupteur de l'amour. Ce faisant, je me suis souvenue que j'avais déjà essayé longtemps auparavant. L'expérience ne s'était pas bien terminée et je pensais qu'il en serait de même cette fois-là. L'émotion que je ressentais pour elle me faisait trop souffrir. La sueur a lentement envahi ma nuque et une vague de nausée m'a noué l'estomac. J'avais l'impression qu'une main me serrait le cœur. J'ai continué d'essayer, mais mes muscles se sont crispés d'anxiété. *Quand est-ce qu'elle va partir pour un autre procès, et pour combien de temps? Est-ce qu'elle va jamais lever les yeux pour me regarder, ici, dans son bureau? Est-ce qu'elle va m'accorder du temps en dehors de son travail? Jouer avec moi? Me parler de sujets sans importance? Plaisanter? Me raconter une blague?*

J'ai continué d'essayer. J'ai continué de m'inquiéter. L'angoisse s'est manifestée par de profondes respirations, puis je me suis mise à pleurer. Dans son bureau. Devant elle. La honte se mêlait à l'amour.

« Lisa, Lisa, oh ma Lisa. Qu'est-ce qu'il y a ? »

Elle a bondi de son fauteuil et traversé la pièce plus vite encore que si je m'étais jetée dans l'âtre pour m'immoler par le feu. Elle m'étreignait et m'embrassait dans le cou en répétant : « Lisa, Lisa, Lisa. » Je ne sais pas si elle se souvenait de la fois où j'avais essayé la même technique à l'âge de huit ans et si elle a choisi de réagir de la même façon, mais moi, je me rappelais comment j'avais coupé tous les interrupteurs à l'époque et j'étais prête à le refaire.

Pour exprimer ce que je ressentais vraiment, j'ai décidé de laisser l'amour allumé une minute de plus ; j'avais peur qu'elle ne me lâche et qu'elle retourne à son travail.

En pleurs, j'ai dit : « Maman, je t'aime. J'espère que tu le sais. C'est juste trop douloureux à…

— Lisa… » Elle m'a fait taire en appuyant ma tête contre l'épaule de son pull en cachemire. « Lisa, Lisa, Lisa, je suis ta mère. Et même si ça me brise le cœur de te laisser être froide envers moi, ce serait bien trop égoïste de ma part de te demander de m'aimer ouvertement. Je comprends. S'il y a bien une chose que j'ai apprise en t'élevant, c'est que je comprends. Tu es plus forte que je ne le serai jamais, et je t'aime comme ça. Tu es ce que j'aspire à être, mon espoir brillant, mon amour. S'il faut que tu restes forte, fais tout ce que tu peux pour être la plus forte possible. Tu m'as sauvée, tu t'es sauvée et je veux que tu sois toujours toi-même. Tu es parfaite. Tu es parfaite. Tu es tout pour moi. Certains d'entre nous doivent enfouir leur passé sous des tas de paperasse, ma chérie. D'autres, en fait tu es sûrement la seule, ont la chance de pouvoir fermer des interrupteurs. Je crois que c'est une bénédiction. Tu es bénie, ma chérie. Je t'aime. Ne dis plus rien. »

J'ai laissé l'amour allumé pour enfermer ses mots dans une capsule de titane, j'ai enfermé son câlin avec, j'ai placé ce précieux moment au fond de ma mémoire et j'ai continué de me balancer avec elle quelques secondes de plus à la lueur du feu. Elle a reculé pour voir mes yeux, les mains sur mes bras, et j'ai éteint l'amour, mais la Gratitude est bien restée allumée.

En ce qui concerne mes actes en captivité et mon témoignage au cours du procès, je n'étais qu'une jeune fille à l'époque, mais je comprends maintenant comment marchait mon cerveau, même si je ne connaissais pas les raisons derrière mes actions. Mon ravisseur menaçait de me tuer ou de prendre mon bébé, bien décidé à mettre à exécution ces menaces. Pour ça, il méritait de mourir de ma main. Les autres complices méritaient aussi de mourir, ou de pourrir en prison et se faire torturer. Je n'ai pas honte d'avoir crié vengeance et d'avoir menti pour cela. En revanche, j'ai honte de n'avoir pas pu me venger plus efficacement, de ne pas les avoir tous eus d'un seul coup. Les items dont je disposais, si géniaux qu'ils fussent, ne m'ont pas permis un tel luxe.

J'ai surtout honte d'avoir si mal pris en compte le temps. Certains jours, je peux à peine me regarder dans le miroir parce que je me suis tant entraînée à être précise alors que ce que j'aurais dû faire, c'est agir plus tôt et sauver Dorothy.

26

PRISONS RECONVERTIES

Aujourd'hui, à l'âge de trente-trois ans, je suis assise dans mon laboratoire et j'écris cette histoire au lieu d'examiner des empreintes. Sur mon bureau en bois flotté se trouve une photo de mon fils, que j'ai étiqueté… Je plaisante ! Que j'ai *appelé* Vantaggio, ce qui, si vous l'ignorez, signifie « avantage » en italien, en l'honneur de tous les items qui m'ont sauvée. Nous l'appelons affectueusement Vanty. Il a dix-sept ans. Il est beau. Lui aussi est scientifique ; merci, mon Dieu *et son angélique papillon noir*.

Vanty ne devrait pas tarder à revenir du lycée. Il va se garer dans l'allée en faisant vrombir le moteur de la vieille Audi d'occasion qu'il a achetée avec ses économies ; imaginez la prestance quand il traverse le campus. Je suis sûre que toutes les filles de sa classe de terminale, les premières, les secondes et même les troisièmes rêvent de se frotter à son cou et d'enfoncer leur visage dans ses cheveux blonds. Mais je me fiche de savoir à quel point le reste du monde le trouve mignon : après les cours, il travaille avec moi dans le labo, alors il ferait bien de se dépêcher de rentrer et ne pas oublier de prendre le courrier au bout de notre longue allée. Personne n'est assez bien pour lui, de toute façon. Et je ne suis pas subjective, mais seulement lucide. Je suis sa mère. Je tuerais encore et encore pour lui s'il le fallait.

Au-dessus d'un fauteuil rouge dans un coin, à côté de la chambre de décontamination, se trouve un morceau de porcelaine encadré, que j'ai volé avant que la police scientifique ne le prenne comme pièce à conviction. Il y a toujours une tache de *son* sang séché dessus, mais j'ai envie de croire que c'est aussi le sang de cette foutue assiette, et qu'ils sont en enfer ensemble. Quand je me suis mariée, il y a seulement trois ans et comme prévu dix-sept ans plus tôt, on nous a demandé si on voulait de la porcelaine sur la liste de mariage, Lenny et moi. Je pouvais à peine respirer tellement j'ai ri. Lenny, qui connaissait ma nouvelle aversion pour toute la porcelaine du monde, a répondu en riant aussi : « On va s'en passer, merci. »

Je regarde aujourd'hui cette preuve de crime encadrée et je pense à ce que je dois emporter avec moi pour rendre visite à Brad en prison demain, avec Liu.

Après toutes ces épreuves, mes parents ont réengagé ma nourrice-spécialiste-du-mauvais-œil, la fidèle Gilma. Vanty est né en juin, donc j'ai fini mon année de première — avec l'aide d'un tuteur — et j'ai pu le câliner tout l'été. Je sais que j'ai beaucoup de veine. C'est vrai. De nombreuses autres filles n'ont pas eu cette chance. Je leur rends hommage en laissant les interrupteurs de la gratitude et du soulagement ouverts. Ceux de la peur, du remords et de l'incertitude, je les maintiens fermés. Et même si je suis sûre que le sujet des grossesses chez les adolescentes appelle à de nombreux commentaires et autres jugements moraux, cette histoire ne sert pas à présenter des excuses ou donner des leçons à cet égard.

Mes parents ont dépensé beaucoup d'argent en thérapeutes familiaux et personnels, pour eux comme pour moi, et ils m'ont soutenue. J'avais de la chance qu'ils m'aiment sans limites. Mais j'avais aussi de la chance de les avoir pour d'autres raisons. Depuis le début, ils m'avaient fourni les items n° 34 et 35, respectivement l'esprit scientifique et le dédain. Si je n'avais pas été capable de me soustraire à ma condition et de traiter la situation comme un problème scientifique, je me serais fait écraser par le poids de la peur. Et si je ne m'étais pas sentie supérieure à ces créatures méprisables, je n'aurais peut-être pas passé des heures à comploter leur mort. À tous ceux qui me considèrent comme une sociopathe parce que je peux éteindre toutes mes émotions, je pose cette question : que feriez-vous si un homme pointait le canon de son arme sur votre bébé et menaçait de presser la détente ? Peut-être que vous apprécieriez mon détachement et ma détermination. Peut-être que vous désireriez avoir mon savoir et mon courage. Bien sûr, vous utiliseriez les objets à disposition d'une autre façon, et je ne vous juge pas pour ça, comme j'espère que vous ne me jugerez pas. Après tout, on recherche tous la justice à notre manière. Moi, c'est sans remords.

Ma période de souffrance indélébile est loin derrière moi à présent, mais mes pensées de l'époque ne disparaîtront jamais. Je vais mettre ce manuscrit à l'abri parce que j'ai peur que certaines phrases ne compromettent la légitimité des peines à perpétuité qu'on a fini par obtenir. Les Perspicace, eux, seront libérés l'année prochaine ; mais disons qu'il y a d'autres précautions mises en place les concernant.

Je dois vous parler de trois autres choses. D'abord de mon mari, Lenny, mon meilleur ami depuis nos quatre ans. Ma disparition l'a anéanti et il a supplié les enquêteurs de poursuivre les recherches. « Elle n'a pas fugué », leur criait-il. Il a organisé des battues, des veilles, et il est resté debout de nombreuses nuits pour aider mes parents à préparer mon secours. Lenny m'a fourni mon meilleur item : ma grossesse, qui paradoxalement m'a valu d'être au centre de toute cette affaire. C'est la boussole de notre petite famille : Lenny, Vanty et moi. J'ai trouvé dans une chanson parfaite des paroles parfaites qui me font penser à lui. C'est une ballade de Santana à la guitare avec quelques couplets chantés par Everlast : *There's an angel with a hand on my head… there's a darkness living deep in my soul…*

Les ténèbres sont toujours là, au fond de moi. Chaque jour, chaque minute, je lutte contre l'obscurité, je me bats avec les interrupteurs. Lenny, c'est l'ange de la chanson, qui pose sa main sur ma tête et m'offre des perspectives moins sombres. Peut-être que Vanty aussi est une boussole, mais d'autres capacités se développent chez lui. Je me repose surtout, nous nous reposons surtout, sur Lenny pour le côté moral. C'est lui qui se souvient quand on doit téléphoner à la famille pour les anniversaires, lui qui s'occupe des factures, de l'entretien de la maison et des responsabilités du quotidien. Il semblerait que Vanty et moi soyons préposés à d'autres tâches.

Ensuite, il y a ma société. Je suis la propriétaire, la présidente, le directeur général, l'impératrice suprême et la maîtresse de ma propre entreprise de conseil en sciences légales. Nous avons des contrats avec des cabinets d'avocats, des commissariats, des grosses sociétés, des riches industriels et des milliardaires, en plus de quelques agences fédérales que je n'ai pas le droit de citer. Une de ces agences a hérité de « Lola » du FBI, grâce à quoi on me donne les dossiers intéressants. Comme Liu l'a mentionné, vu les méthodes non conventionnelles de Lola, son conflit d'intérêts à travailler avec moi et son éternelle image « ténébreuse et secrète », il nous faut préserver sa véritable identité dans cette histoire. Parfois, sur son temps libre, elle vient au bureau avec des suspects et elle les interroge dans la cave. D'habitude, j'allume le mixeur vert dans la cuisine de l'entreprise pour ne pas entendre ce qui se passe. Je lui propose ensuite des fournées de ses cookies préférés, au sucre et à la cannelle, et je la regarde avaler chaque gâteau en une bouchée. Les uns après les autres.

J'étudie des scènes de crime, j'analyse des échantillons de sang, je me mets à la métallurgie, je brave les éléments chimiques, je cherche, je trouve et, comme je le fais aujourd'hui, je compare des empreintes digitales si mon technicien de labo se fait porter pâle. J'ai témoigné en tant qu'experte devant d'innombrables parties au cours d'innombrables procès. Le bâtiment dans lequel je travaille est rempli d'iMac à écran plat, les plus gros modèles. Je recrute des gens du MIT et de Berkeley, mentions très bien uniquement, et je débauche les plus grands scientifiques des grosses boîtes et des services gouvernementaux en leur proposant de gros salaires et des logements moins chers. J'ai aussi engagé un excellent consultant, ancien agent du FBI : un dénommé Roger Liu. Il a vingt-cinq ans de plus que moi et, si l'on ne compte pas mon mari, c'est mon meilleur ami au monde. Sa femme Sandra nous maintient les pieds sur terre en nous lisant les scripts des sitcoms qu'elle écrit dans le bureau qu'elle partage avec Roger.

Je possède des instruments si évolués que la NASA pourrait croire que je me fournis chez les extraterrestres, et j'en développe d'encore plus performants, pour lesquels je détiens plusieurs brevets, grâce aux droits desquels je soutire des sommes d'argent colossales aux grosses entreprises à qui je vole déjà d'éminents scientifiques. Je suis propriétaire du bâtiment, acheté grâce à un fonds fiduciaire que Mamie a créé quand je suis née et qui m'est revenu à mes vingt et un ans. À ce moment-là, j'avais déjà des vues sur ce bâtiment depuis cinq ans. J'avais demandé à Maman d'intervenir auprès des banques, de l'État et du gouvernement fédéral, qui voulaient tous mettre la main sur l'édifice à quatre ailes entouré de champs et d'un verger. D'une carrière de granit, aussi. Maman a fait du bon boulot pour convaincre les autres acheteurs d'aller voir ailleurs.

J'ai fait rénover et moderniser ce qu'il restait de cet ancien pensionnat, qui surplombe un champ à l'odeur de vache et dans lequel se trouvait une cuisine avec de grandes tables en acier et un four noir. Dans l'Indiana. Oui, oui, celui-là même. Au troisième étage des ailes 1 et 2, j'ai converti deux chambres identiques en terrariums, et pas à moindre frais, je peux vous le dire. Dedans, j'élève des plantes vénéneuses exotiques, des crotales, des grenouilles africaines et tout ce que je peux trouver dans la nature qui puisse « laisser une trace ». Tous ces items sont étiquetés « Dorothy », et j'ai dédié les deux chambres à Dorothy M. Salucci.

Les items venimeux et vénéneux pourraient m'être utiles un jour, on ne sait jamais, si j'ai à travailler sur un crime qui implique du venin, par exemple. Ou si quelqu'un d'autre que le Docteur participait au meurtre de trois filles et deux futurs bébés avant de les jeter dans une carrière. Qui sait…

Les terrariums Dorothy M. Salucci sont des pièces remplies d'une faune et d'une flore puissantes, dangereuses, exotiques et pleines de vie, et seul un idiot y entrerait à l'improviste.

La carrière a depuis longtemps été drainée et vidée. Une équipe de paysagistes s'est chargée de remplir l'espace de rochers, et la partie supérieure, de terre végétale riche en vitamines. Depuis des années, je conserve une roseraie incroyable au milieu de la forêt. De nombreuses épines constellent les séduisantes fleurs rouges, jaune d'or, roses et une variété spéciale de noires.

Si vous passiez devant le bâtiment, qui n'est plus blanc mais repeint en bleu, vous verriez le logo de mon entreprise juste en dessous d'une fenêtre triangulaire. La « Société 15-33 ».

Voilà exactement ce que je suis en train de faire au moment où Vanty arrive sur le chemin de terre dans son Audi, bien trop vite à mon goût. Je n'ai jamais fermé l'interrupteur de l'amour pour Vanty ne serait-ce qu'une milliseconde, c'est pourquoi je suis constamment terrifiée par tout ce qu'il fait. Quand il joue au basket, ne risque-t-il pas une commotion cérébrale ? Quand son meilleur ami va changer d'école, est-ce qu'il réussira à se faire de nouveaux copains ? Quand il sort avec quelqu'un d'autre que moi, s'il mange un hot-dog, un raisin, une poignée de pop-corn ou toute autre nourriture mortelle et qu'il s'étouffe, est-ce que quelqu'un saura utiliser la méthode de Heimlich ? — connaissance fréquemment enseignée et pratiquée dans notre famille par un secouriste que je paye pour venir tous les trois mois. On n'est jamais trop entraîné.

Vanty sort de sa voiture, attrape son sac à dos et m'adresse un large sourire lèvres fermées ; à mes yeux il aura toujours dix ans, même s'il en a bel et bien dix-sept. Tout ce que je veux, c'est couvrir ses joues roses de bisous pour retrouver le toucher de la peau de pêche de son enfance, qui ne disparaîtra jamais de mes lèvres maternelles avec les années et les rides sur son visage.

« Ah, Vanty, mon petit garçon.

— M'man, j'ai dix-sept ans.

— Et alors ? » Je reviens à mon état naturel et froid pour qu'il ne s'éloigne pas. « Écoute, Hal est malade et on a une grosse pile d'empreintes à vérifier. Je vais avoir besoin que tu me prépares ces lamelles pour l'affaire de l'université. Je ne m'en servirai que tard ce soir.

— D'accord, Maman », répond-il en me tapotant l'épaule et en m'embrassant la joue, comme si l'analyse scientifique de crimes importants était la tâche la plus insignifiante de sa vie ; une vie si facile pour un tel apollon de magazine.

Si n'importe quel autre être humain que j'emploie avait regardé aussi nonchalamment des échantillons de terre provenant d'une scène de crime sur le campus d'une des meilleures universités de l'Ivy League — petit indice : ça commence par un H et c'est à Cambridge, Massachusetts —, je le fixerais droit dans les yeux jusqu'à ce qu'il s'excuse. Mais pas Vanty. Vanty possède cette qualité unique, cet avantage bien à lui. Et ça ne marche pas qu'avec moi, sa mère au cœur brisé, mais avec tous les gens qu'il rencontre. Il s'insinue en vous comme un mégalomane charismatique. Une fois, son copain Franky est venu faire les courses avec nous. Ils devaient avoir dix ans. Sans qu'on s'en aperçoive, Franky a piqué une barre chocolatée 3 Musketeers. Lorsque l'alarme a sonné et que le vigile nous a arrêtés dans le parking, c'est Vanty qui a pris les choses en main, pas moi. Après que le vigile a beaucoup crié et Franky beaucoup pleuré, parce que la barre chocolatée était tombée de sa poche sur le macadam, Vanty est entré en scène, a ramassé la sucrerie, l'a tendue au vigile et, sans une once de douceur enfantine ni de condescendance, il lui a parlé d'égal à égal, laissant supposer dans son ton une intelligence similaire à celle de son interlocuteur. L'étiquette du vigile disait : Todd X.

« Todd, je suis vraiment désolé. Franky, c'est mon copain, et Maman et moi on voulait juste lui remonter le moral. Sa grand-mère est morte la nuit dernière, et je crois que les 3 Musketeers étaient ses barres de chocolat favorites, hein Franky ? Tu voulais en glisser une dans son cercueil à l'enterrement, c'est ça ?»

N'importe quel autre préadolescent qui aurait prononcé ces mots m'aurait donné envie de vomir. Mais pas Vanty, et c'est assez difficile à expliquer : il a parlé comme s'il connaissait Todd depuis toujours, que Todd était une personne de plus à respecter dans sa vie, autant qu'il se respectait lui-même. Je crois qu'il transmet une certaine notion d'égalité, qu'il m'a apprise, parce que j'étudie constamment ses techniques. La notion d'égalité neutralise et convainc les gens. Je pense qu'il joue avec leur ego, et une fois le piège en place, ils se laissent embobiner par le physique de Vanty, l'ego d'autant plus satisfait que quelqu'un de si beau prenne le temps de leur parler.

Todd a fini par payer la barre chocolatée.

Je n'aurais jamais fait aussi fort que Vanty — il est comme le chocolat fondu sur les gâteaux : un glaçage sucré qui tient parfaitement en place.

Est-ce que j'étais fâchée qu'il ait menti ? Non. Il y a les problèmes, et il y a les solutions. Problèmes et solutions. Si Lenny avait été là, la boussole morale nous aurait dirigés dans une autre direction. Mais comme il n'était pas là, on a pris la solution de Vanty. Tout ou rien.

Est-ce que Vanty est sournois ? Je ne crois pas, mais je le surveille. Et je m'inquiète. Je pense qu'il est plutôt affectueux, mais je veux en être sûre.

Vanty et moi avons deux vieilles blagues entre nous. Et des millions de récentes. On rit beaucoup, tous les deux. Depuis qu'il est bébé, je m'assois dans sa chambre pour lui faire la lecture ou lui parler avant qu'il ne sombre dans le sommeil. Je sais que Lenny écoute nos conversations sérieuses ou nos ricanements en collant l'oreille sur le mur qui sépare notre chambre de celle de Vanty. Le fait de le savoir le réconforte, et moi aussi. Un ange, la main posée sur ma tête, encore une fois.

Une de nos plus vieilles blagues est qu'avant de lui lire une histoire, je choisis une durée arbitraire pendant laquelle je vais lire et je place un minuteur qui vibre dans ma poche. Par exemple : « Je vais lire pendant vingt et une minutes et trente secondes. » Lorsque le minuteur se déclenche, j'arrête de lire, comme si j'étais sérieuse, et je ferme le livre, ce qui ne manque pas de laisser une scène, une idée ou une phrase en suspens, et Lenny en suspens aussi. La première fois que j'ai fait ça, quand Vanty avait cinq ans, il s'est mis à pleurer parce qu'il adorait ce qui se passait dans le livre et il croyait que j'allais vraiment le faire attendre jusqu'à la nuit suivante. Même si je ne faisais que plaisanter, j'étais immensément soulagée que mon petit garçon soit si passionné par une histoire qu'il en pleure pour de vrai. Ça voulait dire qu'il n'était pas comme moi. Il ne serait pas coupé du monde, comme moi. La fois suivante, lorsque mon minuteur imaginaire a vibré, Vanty a ri parce qu'il a compris que je faisais semblant d'être littérale, ce dont on m'accusait souvent, et il a compris que je me moquais de moi-même. Alors il a ri. Moi aussi. Et on rit à chaque fois depuis. J'espère qu'on aura toujours cette blague entre nous quand j'aurai soixante ans et qu'il viendra me voir avec mes petits-enfants.

Pour notre autre vieille plaisanterie, on fait semblant de parler français en public. Grâce au charisme désarmant de Vanty, les gens croient réellement qu'il parle français. Une fois, une Française lui a même demandé, dans un anglais bancal, de quelle région il venait ! Même si j'adore faire cette farce avec Vanty pour s'amuser et renforcer nos liens, j'ai commencé à m'inquiéter de ses grandes capacités sociales, me demandant si elles faisaient de lui un homme à part, coupé du monde comme moi, mais d'une façon différente. Je ne sais pas vraiment jusqu'à quel point il peut exploiter ce talent, ni ce qu'il implique, ni si c'est une bonne ou une mauvaise chose. Avec le respect que j'ai pour Vanty, j'essaye de ne pas le catégoriser comme les autres dans une boîte noire ou une boîte blanche ; au lieu de ça, je fais de mon mieux pour qu'il se développe naturellement. Mais aujourd'hui je me demande si certains aspects de sa personnalité ne devraient pas être contrôlés, limités ou affinés. Est-ce normal qu'il lise le langage des signes aussi facilement qu'il respire ? Est-ce normal qu'il impose le silence sur tout un groupe de personnes rien qu'en passant à côté et en les regardant ? Le principal du lycée m'a-t-il vraiment annoncé hier soir que le « comité consultatif » de l'établissement était composé du président de l'association parents-professeurs, de l'administrateur et de mon fils ?

Malgré les talents relationnels de Vanty, dans notre trio, c'est tout de même Lenny qui se souvient des anniversaires et qui sait quel cadeau de Noël acheter aux grands-parents et aux amis. Vanty ne va pas vers les gens, c'est eux qui viennent à lui. Et je commence à penser que c'est une qualité un peu dangereuse, bien qu'utile. Peut-être que je suis simplement obsédée par tout ce qui pourrait faire du mal à mon cher fils plus tard, et qu'en fait tout va bien. *Est-ce que j'arriverais à me détendre et me calmer un jour, qu'il soit avec moi ou pas? Il est là, devant moi, et il fait encore semblant de lever les yeux au ciel, avec amour.*

« Amène-toi et prépare ces lamelles de terre. Et si tu as des devoirs, tu ferais mieux de les faire maintenant, monsieur Je-sais-tout. On a plein de boulot. Oh, et on mange des burritos maison ce soir, c'est Papa qui cuisine. J'imagine que tu as encore réussi à avoir ce que tu voulais, même si je lui ai dit que je préférais m'affamer plutôt que de manger ces trucs gros comme des ballons de football. » Il a commencé à s'éloigner mais je l'ai arrêté, pas prête à le laisser partir. « Et ton arrière-grand-mère vient nous voir de Savannah demain, alors fais en sorte que la jungle qui te sert de chambre soit rangée. Ce soir, on peut parler de *Cent Ans de solitude* si tu veux. Je t'en lirai mon passage préféré pendant exactement une minute et douze secondes.

— Jeu n'a sé en quoi à toi, a-t-il répondu en faux français.

— Oui, oui, moi aussi je t'aime. Maintenant, au boulot ! »

Je regarde mon garçon, beau et calme — et potentiellement terrifiant —, entrer dans le siège de 15-33. Puis je me mets à fixer les pétunias violets dans les pots bleus près de l'entrée pour faire disparaître le triste tremblement de mon menton. *L'année prochaine, il part pour l'université.*

Aimer quelqu'un au point d'en avoir le cœur brisé dès qu'on le regarde. C'est ça, avoir un enfant.

Je voulais vous parler de trois choses. Lenny, ma société, et la dernière, de loin la moins importante : Brad.

Vanty, Lenny et Mamie sont les seules personnes pour qui je garde l'interrupteur de l'amour ouvert en permanence. Pour certains, je l'enclenche parfois, et pour d'autres, jamais, rien qu'une haine immense, infinie, et même des envies de meurtre. Si Lenny ne posait pas sa main angélique sur ma tête, de nombreuses personnes auraient déjà quitté ce monde.

Une nouvelle journée commence au 15-33. Après avoir revu ce manuscrit une dernière fois, je le range en sécurité ; il ne pourra être ouvert et partagé qu'après ma mort. À ce moment-là, Liu se gare devant le bâtiment. Sandra, sa femme, bondit de la portière côté passager de leur Ford F-150, seul véhicule que Liu accepte encore de conduire. Je crois que c'est son quatrième depuis que je le connais. Sandra lui fait des grimaces et lui demande laquelle se rapproche le plus de la réaction d'un homme qui mange un « burger de merde ». Comme tous les jours, elle travaille sur un nouveau sketch.

Personnellement, je pense qu'un homme qui mange un hamburger à la merde doit ressembler à un chat qui crache une boule de poils, et j'essaye d'en faire pour Sandra la meilleure imitation possible quand elle arrive devant la porte rouge de la cuisine. Mon propre chat, Stewie Poe, miaule de désapprobation devant cette scène. Il est affalé de toute sa glorieuse masse flasque et tend paresseusement la patte en signe d'agacement parce que je l'ai tiré de la première de ses trente siestes de la journée.

Sa fourrure grise répandue, on dirait un pharaon à sa manière de paresser sur le tapis turquoise devant sa petite maison bleu marine, le plus près possible de sa gamelle. Stewie est vraiment pénible : il me saute sur le visage quand je dors et il réclame bruyamment du filet de bœuf ou du thon blanc à la place de sa nourriture. Mais je ne peux m'en prendre qu'à moi-même. J'ai toujours admiré la façon dont les chats montrent leur répugnance à quasi tout ce qui existe, la nonchalance avec laquelle ils rejettent même la main qui les nourrit. Donc j'accorde à Stewie presque tout ce qu'il veut, mais je lui fais porter des clochettes roses à son collier, pour me venger.

« Salut, jeune fille. Tu es prête ? me demande Liu devant son pick-up dont le moteur tourne encore.

— Oui, oui, c'est très bien. Refais-le, me dit Sandra à propos de ma grimace en passant la tête par la porte de la cuisine.

— Attends, Liu. Je prends un manteau. » J'attrape ma saharienne blanche pendue au portemanteau rouge dans l'entrée et je refais ma grimace à Sandra dans l'espoir qu'elle la trouve drôle.

« Parfait, c'est comme ça que je l'écrirai dans le script. Ne soyez pas trop cruels aujourd'hui », a-t-elle dit en se servant une tasse du café que je lui ai préparé. Elle s'accroupit pour caresser le cou gras de Stewie et se dirige vers son bureau.

Je continue à la regarder en grimaçant et je recule vers la porte d'entrée, puis je saute dans le pick-up de Liu.

« Elle nous demande de ne pas être trop cruels aujourd'hui. »

Liu réprime un sourire, le nez plissé.

Aujourd'hui, on va être aussi cruels que possible.

« Ouais, c'est ça. »

Liu approche de la cinquantaine. Une épaisse toison de cheveux gris domine son crâne. Il fait toujours autant de musculation que s'il était en mission gouvernementale pour poursuivre les rois du kidnapping à travers la forêt, alors son corps est très musclé ; ses avant-bras se contractent quand il tourne le volant.

Je sais à quoi il pense, et j'y pense aussi. C'est à l'arrière d'un pick-up identique à celui-ci qu'il y a dix-sept ans Brad s'est défait de l'écharpe qui lui servait de bâillon à grands coups de langue et de dents et a essayé de se soustraire à notre justice en ingurgitant de l'essence du jerrican de secours, à genoux, les mains dans le dos et les jambes attachées à un crochet. Lola a senti l'essence et Liu a couru pour mettre une baffe à Brad, si fort qu'il lui a brisé la mâchoire. Nous étions en train de planifier la capture du Docteur et des Perspicace, en cercle près du capot, mais heureusement la forte odeur s'est vite répandue dans l'air frais comme de l'eau sur un toboggan en métal. Si Brad avait réussi à quitter ce monde, j'aurais dû attendre ma propre mort pour le torturer en enfer. Dieu merci, ce n'est pas le cas.

Liu et moi avons fait ce déplacement deux fois en dix-sept ans. C'est la troisième. On se sent obligés de le faire chaque fois que Brad demande la clémence et supplie qu'on lui accorde la liberté conditionnelle. Parfois, il a besoin qu'on lui rappelle ce qui l'attend à l'extérieur, et la chance qu'il a de se faire torturer à l'intérieur. Liu et moi avons des amis dans le système pénitentiaire de l'Indiana et quelques indics parmi les prisonniers à vie, à qui nous accordons peut-être des faveurs. Donc on sait tout ce qui se passe. Absolument tout.

On a conclu un marché avec Brad à l'arrière du pick-up : il se laisse vivre, et on ne demande pas la peine de mort. Au lieu de ça, on le livre à la prison d'État à perpétuité, mais sous notre surveillance officieuse. Sur le moment, quand on l'a arrêté, Brad s'inquiétait davantage du couloir de la mort, sentence dont il aurait sûrement écopé, que de la mort en elle-même ; souvenez-vous, tous ces jeunes corps dans la carrière. Quand on lui a proposé cette offre, une petite lueur s'est allumée en lui, une once d'espoir, juste assez pour lui donner envie de vivre, ce qui était notre but précis. On peut dire que Brad a accepté une réduction de peine très spéciale de notre part, et de ce fait la prison où il croupit aujourd'hui m'appartient en quelque sorte.

Il ne m'a pas fallu longtemps pour convaincre Liu de m'aider à faire souffrir Brad. Depuis la troisième tentative de suicide ratée de Mozi il y a cinq ans, il s'est endurci. Parfois je m'inquiète pour lui, parce qu'il peut passer la nuit à travailler sur les affaires pour lesquelles on nous engage, mais je finis par éteindre l'interrupteur du souci quand j'entre dans leur bureau commun et que je vois Sandra qui l'enlace par-derrière, qui fait des dessins de son front ridé. Certaines personnes acceptent leur lot quotidien, font avec, persévèrent, et certaines de ces personnes sont récompensées par la présence d'un bon partenaire qui les aide à grimper dans les arbres auxquels ils doivent grimper pour chasser et éliminer tous les démons qu'ils traquent.

On se gare sur le parking des visiteurs de notre propre prison d'État. Après avoir montré nos pièces d'identité, nos autorisations, et discuté avec nos amis les gardiens, on se rend à la salle des visites. Je garde ma veste, les poches fermées afin de cacher mon cadeau pour Brad.

La salle est un horrible carré de ciment aux murs peints en vert menthe. D'un vert menthe clair, la couleur la plus affreuse et la plus abordable qu'un gouvernement sans moyens puisse s'offrir. Ce qui me va très bien. Je ne veux pas que l'État dépense mes impôts pour embellir l'endroit. Vivre avec cette couleur écœurante devrait être une punition suffisamment terrifiante pour passer l'envie à quiconque de commettre un crime, je pense.

Les fenêtres rectangulaires munies de barreaux et de grillages se trouvent à trois mètres du sol en lino. La pièce est remplie d'une dizaine de tables carrées. Une femme d'une soixantaine d'années vêtue d'un pull noir fait main plie nerveusement un mouchoir, sans lever les yeux sur Liu et moi. Elle a l'air gentille, comme n'importe quelle grand-mère qui tricote sur un banc dans un parc. J'imagine qu'elle attend son fils, qui l'a beaucoup déçue. Une autre femme, la trentaine, mais avec la bouche plissée et vieillie d'une fumeuse de soixante ans, rentre les épaules et croise les bras à une autre table. Elle semble si mauvaise, si criminelle, que j'ai l'impression qu'elle veut m'arracher les cheveux. J'aperçois ses yeux bleu clair et je me demande comment une personne qui aurait pu être aussi belle a tout plaqué pour un connard derrière les barreaux. J'ai envie de lui parler, de lui demander pourquoi elle fume autant, comment quelqu'un avec des yeux aussi sages peut être aussi aveugle. Mais je me retiens et me force à ne pas la juger. *On a tous nos problèmes et nos démons, et on n'a pas tous le même soutien* : une phrase que Mamie me disait souvent pour m'apprendre à relativiser.

Une porte blindée s'ouvre et en sortent trois hommes menottés, suivis de cinq gardiens qui se répartissent dans la pièce, pistolet à la ceinture.

« Oh, chéri. » La vieille dame au pull noir pleure et se lève pour enlacer un néonazi avec une croix gammée sur le visage. Au moment où elle quitte son siège, son pull se soulève et révèle un drapeau confédéré tatoué dans le bas de son dos.

« Salut, Papa », dit l'autre femme à un monsieur aux cheveux blancs qui a les mêmes yeux qu'elle. Elle aussi, elle pleure, et répète « Papa, Papa, Papa » contre son épaule, attendant un câlin en retour, qui ne viendra pas parce que les bras de son père sont toujours menottés dans son dos.

Ne jamais se fier à une première impression. Toujours creuser plus loin. Chaque personne est une énigme. Les stéréotypes sont très rarement exacts.

Brad nous voit et essaye de quitter la pièce.

« Assieds-toi », lui crie un gardien en le poussant sur un siège dans un coin, loin des oreilles indiscrètes de M. et Mme Racistes et de la famille Yeux-Bleus.

Liu et moi nous asseyons en face de Brad, dont la respiration difficile nous fait sourire. Les années n'ont pas été tendres avec M. Excentrique. Quand on l'a arrêté, il avait quarante-trois ans, et il en a aujourd'hui soixante. À l'époque, il perdait ses cheveux et avait un gros ventre, mais il était impeccable, épilé, rasé, lustré, manucuré et j'en passe. On aurait dit la jolie épouse d'un riche mari de South Beach. Maintenant, il ressemble à un raisin sec. Il a perdu vingt kilos avec le temps, et pas grâce à l'exercice mais à cause du stress, dont je suis peut-être responsable.

Son uniforme orange tombe sur sa silhouette squelettique comme une grande couverture sur le dos d'un bambin. Il est complètement chauve mais il porte un bonnet jaune. Ses ongles sont limés mais pas soignés, et son dentier abîmé empeste.

« C'est ton petit ami qui t'a tricoté le bonnet ? » Je me moque de lui en découvrant cette chose ridicule sur sa tête.

« Tu es toujours une petite salope de panthère ! »

Je mets la main sur les genoux de Liu pour l'empêcher de frapper Brad.

« Oh, Brad, ça va aller. Je comprends que tu doives porter ça. Harkin ne serait pas content d'apprendre que tu n'aimes pas son cadeau. »

Le gardien qui l'a escorté dans la salle rigole.

Brad se retourne vers lui. « Hi-hi-hi, très drôle, petite balance.

— Fais gaffe, Brad, répond-il avec calme. Tu vas rester assis ici à les écouter parler aussi longtemps que ça me chante. Et ton chapeau, il est moche. Harkin est nul en tricot. Je lui dirais que t'a dit ça. »

Brad se retourne vers nous en se tortillant, à la merci du gardien.

Harkin possède Brad. Il l'a acheté avec les mille dollars que j'ai fait passer à un des surveillants. C'est un prisonnier particulièrement violent, qui a déjà étranglé trois de ses « amants » dans d'autres prisons avant d'être transféré. Il a écopé de dix condamnations à perpétuité consécutives pour avoir massacré à coups de hache les dix membres d'un gang de motards rival pendant leur sommeil. Il a tué leurs animaux de compagnie aussi. Avec ses cent cinquante kilos et ses deux mètres quinze, Harkin est un vrai géant parmi les prisonniers. Des thérapeutes l'ont convaincu de se mettre au tricot pour apaiser sa colère constante, donc il tricote, mais uniquement avec de la laine jaune parce que c'est la seule dont dispose l'État ; ils en ont saisi de pleines caisses à destination de Detroit dans l'entrepôt d'une société d'import illégale à Gary.

Harkin est nul en tricot. Le bonnet qu'il a tricoté pour Brad n'a rien à voir avec les vestes en velours et les foulards en soie de la grande époque.

« Alors, Brad, on a cru comprendre que tu essayais de convaincre l'État de te laisser une chance avec la conditionnelle ? » dit Liu.

Brad regarde fixement Liu, mais pas moi. Il ne me fait pas face et se renverse en arrière sur sa chaise, comme si je le piquais avec la pointe d'une longue épée.

« Tu sais, Brad, on avait un accord : tu acceptes la prison à vie, sans liberté conditionnelle, et on ne demande pas la peine de mort. Tu sais que tu l'aurais méritée au moins vingt fois, avec toutes ces filles que tu as découpées, tous les bébés morts, tout ce qu'on a retrouvé dans la carrière et ailleurs. Souviens-toi de notre accord, Brad. Tu t'en souviens ? »

Il grimace.

Je lui lance : « Pourquoi tu veux sortir, de toute façon ? T'es pas bien ici ?

— Va te faire foutre, toi et ta petite salope de panthère », répond-il à Liu, en m'évitant toujours physiquement.

Liu et moi, on le fixe, on attend, et il finit par dire d'une voix aiguë : « Ha ha ha, vous êtes si drôles tous les deux.

— Eh, Brad, on m'a dit que tu t'étais mis au jardinage. »

Je pose ma main sur la table de façon qu'il me regarde enfin.

« Et alors, qu'est-ce que ça peut te faire, petite salope ? »

Il balaie toujours la table des yeux et refuse de me faire face par peur de croiser mon regard.

J'ouvre une des huit poches de ma veste et j'en tire une feuille dans un sachet en plastique.

« On m'a dit que tu t'étais mis au jardinage. C'était il y a quoi, un an ? Tu t'es fait un petit potager dans le jardin de la prison, hein ?

— Oh, tu te crois si maligne. Tous les crétins de la prison travaillent pour toi et m'espionnent.

— Je ne les appellerais pas "crétins", mais plutôt "amis".

— Écoute, Brad. Écoute attentivement », dit Liu.

Il recule encore sur sa chaise.

« Bref, tu sais ce que c'est, ça ? » Je pousse vers lui le sachet avec la feuille sur la table rayée. C'est une longue feuille pointue, fine et dure, d'un vert profond.

« Hmm », répond Brad. Il croise et décroise les jambes et se tient la tête de la main droite, puis de la main gauche. Il se tortille. Il a peur, et les traits de son visage trahissent son tourment intérieur.

« Je l'ai cultivée moi-même, Brad. J'ai fait le

chemin jusqu'au sud de la Chine pour récupérer des graines, rien que pour toi, Brad. Rien que pour toi. »

Il tressaille.

« C'est un croisement spécial entre le laurier-rose et une autre plante qui pousse dans des coins d'Asie très reculés. L'une des plantes les plus toxiques et les plus mortelles que l'homme connaisse. Une simple bouchée et le cœur explose. » Je gonfle les lèvres, j'agite mes doigts comme des feux d'artifice et je fais « pop », avant de caresser mon cœur qui bat.

Le gardien qui se tient derrière Brad se redresse et se rapproche de son collègue pour montrer qu'il ne veut pas entendre la suite de la conversation, mais qu'il veut bien qu'elle continue.

Je me penche vers Brad et lui murmure d'une voix mielleuse, comme pour le séduire — ce qui à mon avis est presque impossible : « Je n'ai qu'à broyer cette feuille et la glisser dans ton assiette de purée quand je veux. Je peux faire ça tant que t'es enfermé, ou si pour une raison qui m'échappe tu arrives à sortir d'ici, quand tu seras coincé dans une misérable existence, dans le recoin merdique où tu finiras tes jours. On dit que la douleur provoquée par cette plante est si insoutenable qu'on croirait se brûler l'œsophage avec de l'essence, elle consume la poitrine et remplit de lave les boyaux, qui se déchirent de l'intérieur. Et personne ne voudra ouvrir une enquête sur ton cas ni faire d'examen toxicologique, Brad. Ils seront ravis de te diagnostiquer une crise cardiaque. Cette feuille, cette plante, ressemble beaucoup à celles que tu fais pousser dans ton jardin. Facile à camoufler.

— Espèce de salope ! » Il me regarde enfin.

C'est pour cet instant précis que je suis venue.

L'instant qu'il ne voulait pas m'accorder. L'instant où j'ai le droit de lui rappeler :

« Tu vis à ma merci. Ne l'oublie jamais », dis-je en plantant mon index dans le sachet mortel.

Liu sourit. J'attrape le sachet et le range dans une de mes poches, lentement.

Bien sûr, j'aurais pu tuer Brad de cent mille façons différentes. Mais le tuer n'était pas mon but premier, ni celui de Liu. La priorité sur notre liste le concernant était de nous assurer qu'il « passait le restant de ses jours dans une abominable douleur et une humiliation sans limites », comme le disait Liu.

Quand j'ai appris que Brad était enthousiaste à l'idée de commencer le jardinage en prison, qu'il s'était inscrit à un cours d'horticulture, qu'il se levait tôt pour ratisser, désherber et semer en sifflotant, le sourire aux lèvres, je lui ai laissé un an pour qu'il commence à apprécier ce hobby. Je voulais qu'il subisse une réelle perte émotionnelle. La menace de cette feuille provoquerait chez lui la déception, la peur, une inquiétude de mort constante chaque fois qu'il marcherait dans son stupide carré de fleurs des champs et de roses pourries ou qu'il verrait la moindre feuille verte. Je pourrais pimenter le tout en lui envoyant une variété de plante par le biais des gardiens, avec des notes scientifiques concernant leur danger potentiel — aucune ne serait vraiment vénéneuse, parce que je ne lui enverrais jamais d'armes. Et bientôt son pathétique petit jardin sera tout sec, couvert de pissenlits, et il ne pourra plus rien en attendre.

Certaines victimes cherchent à tourner la page grâce à la justice; elles cherchent la peine de mort ou bien elles pardonnent. Et je les comprends. D'autres, comme moi, sont prêtes à agir sur tous les fronts pendant très longtemps pour obtenir un véritable œil pour œil. Brad, vu la gravité de ses crimes atroces, j'aurais pu le brûler vif et le sortir des flammes juste à temps pour que son corps grille mais que ses organes ne cuisent pas complètement. Mais ça n'aurait toujours pas suffi à nous mettre à égalité, en ce qui me concerne.

Liu hoche la tête pour me demander tacitement si j'ai fini. Je lui réponds que c'est bon et le laisse prononcer les mots de la fin. Il tousse pour interrompre le regard mortel que nous échangeons, Brad et moi, et dit en se levant : « On a fini. Tiens-toi tranquille et ne t'en fais pas, si tu es sage et que tu arrêtes de demander la liberté conditionnelle, que tu n'obtiendras jamais de toute façon, tu finiras bien par mourir de cause naturelle ou bien Harkin t'étranglera. L'un ou l'autre. Et ta punition terrestre sera enfin terminée. » Il s'arrête pour réprimer un ricanement, mais je lui tape la cuisse et on rit tous les deux. « Même si je crois que le diable a deux ou trois projets pour toi, Brad.

— Moi aussi, j'en suis sûre. » Je pense à Dorothy, à Mozi, et à toutes les filles et tous les bébés dans la carrière qui n'ont pas survécu.

Liu et moi, on rentre au QG de 15-33 en écoutant sa liste de chansons de country et de Ray LaMontagne, mélange parfait du Nord et du Sud. Il fredonne les paroles de *Trouble*, et ça me berce. On se connaît depuis si longtemps qu'on n'a pas besoin de parler ; il n'a pas besoin d'arrêter de chanter en ma présence.

« Hé, Liu. Sandra et toi, vous devriez rester dîner ce soir. Lenny fait encore des burritos.

— Ceux qui sont gros comme des ballons de football ? Et comment ! On sera là.

— Ouais. Et après ça on pourra jeter un œil aux échantillons de terre dans l'affaire de l'université. Impossible que ces grains et ces cailloux viennent du Massachusetts.

— Comme tu voudras, Lisa. C'est toi le chef. » Il fait un clin d'œil dans ma direction et s'en retourne aux paroles et à la voix guérisseuses de Ray LaMontagne.

REMERCIEMENTS

Un grand merci à ma famille, qui me soutient beaucoup, pour m'avoir encouragée et m'avoir laissé le temps d'écrire. À mon mari, Michael, qui m'apporte régulièrement du café dans le bureau où j'écris : je n'aurais pas réussi à faire grand-chose sans toi. Tu me motives à ne jamais abandonner. À mon fils, Max, qui, même si jeune, trouve toujours le moyen de me soutenir et m'a donné sans le savoir tout l'« amour » que l'on peut trouver dans cette histoire. À mes parents, Rich et Kathy, qui lisent chaque brouillon et m'offrent non seulement des encouragements, mais aussi des remarques constructives. À mes frères, Adam, Brandt et Mike : je me sens bien dans ce monde parce que je sais que vous êtes toujours là pour moi. À Beth Hoang, une cousine mais aussi une sœur : sans tes corrections et tes critiques, je ne serais jamais parvenue à ce résultat. À tous mes amis et toute ma famille, merci de ne jamais me laisser tomber. Un remerciement spécial à mon frère Michael C. Capone, rappeur et musicien de blues accompli. Les mots *Concentre-toi / S'il te plaît / Concentre-toi / Respire* proviennent d'une de ses chansons, *Hate What's New Get Screwed By Change.* La musique de Mike est une véritable muse pour moi, et je le remercie pour toutes ces paroles.

En tant que profane, je me suis servie de nombreuses

sources pour comprendre des sujets aussi pointus que la neuroplasticité, le traitement des informations transmodales et d'autres concepts scientifiques bien trop compliqués pour moi. Les publications suivantes m'ont offert des informations inestimables : « Super Powers for the Blind and Deaf », par Mary Bates, in *Scientific American*, 8 septembre 2012 ; « Altered Cross-Modal Processing in the Primary Auditory Cortex of Congenitally Deaf Adults : A Visual-Somatosensory MRI Study with a Double-Flash Illusion », par Christina M. Karns, Mark W. Dow et Helen J. Neville, in *The Journal of Neuroscience*, 11 juillet 2012.

DU MÊME AUTEUR

Aux Éditions Denoël

Dans la collection Sueurs froides

MÉTHODE 15-33, 2016, Folio Policier n° 830

COLLECTION FOLIO POLICIER

Dernières parutions

438. Bernhard Schlink	*Le nœud gordien*
439. Joseph Bialot	*Route story*
440. Martina Cole	*Sans visage*
441. Thomas Sanchez	*American Zazou*
442. Georges Simenon	*Les clients d'Avrenos*
443. Georges Simenon	*La maison des sept jeunes filles*
444. J.-P. Manchette & B.-J. Sussman	*L'homme au boulet rouge*
445. Gerald Petievich	*La sentinelle*
446. Didier Daeninckx	*Nazis dans le métro*
447. Batya Gour	*Le meurtre du samedi matin*
448. Gunnar Staalesen	*La nuit, tous les loups sont gris*
449. Matilde Asensi	*Le salon d'ambre*
450. Jo Nesbø	*Rouge-gorge*
451. Olen Steinhauer	*Cher camarade*
452. Pete Dexter	*Deadwood*
454. Keith Ablow	*Psychopathe*
455. Batya Gour	*Meurtre à l'université*
456. Adrian McKinty	*À l'automne, je serai peut-être mort*
457. Chuck Palahniuk	*Monstres invisibles*
458. Bernard Mathieu	*Otelo*
459. James Crumley	*Folie douce*
460. Henry Porter	*Empire State*
461. James Hadley Chase	*Pas d'orchidées pour Miss Blandish*
462. James Hadley Chase	*La chair de l'orchidée*
463. James Hadley Chase	*Eva*
464. Arkadi & Gueorgui Vaïner	*38, rue Petrovka*
465. Ken Bruen	*Toxic Blues*

466. Larry Beinhart	*Le bibliothécaire*
467. Caryl Férey	*La jambe gauche de Joe Strummer*
468. Jim Thompson	*Deuil dans le coton*
469. Jim Thompson	*Monsieur Zéro*
470. Jim Thompson	*Éliminatoires*
471. Jim Thompson	*Un chouette petit lot*
472. Lalie Walker	*N'oublie pas*
473. Joe R. Lansdale	*Juillet de sang*
474. Batya Gour	*Meurtre au Philharmonique*
475. Carlene Thompson	*Les secrets sont éternels*
476. Harry Crews	*Le Roi du K.O.*
477. Georges Simenon	*Malempin*
478. Georges Simenon	*Les rescapés du Télémaque*
479. Thomas Sanchez	*King Bongo*
480. Jo Nesbø	*Rue Sans-Souci*
481. Ken Bruen	*R&B – Le Mutant apprivoisé*
482. Christopher Moore	*L'agneau*
483. Carlene Thompson	*Papa est mort, Tourterelle*
484. Leif Davidsen	*Le Danois serbe*
485. Graham Hurley	*La nuit du naufrage*
486. John Burdett	*Typhon sur Hong Kong*
487. Mark Henshaw & John Clanchy	*Si Dieu dort*
488. William Lashner	*Dette de sang*
489. Patrick Pécherot	*Belleville-Barcelone*
490. James Hadley Chase	*Méfiez-vous, fillettes !*
491. James Hadley Chase	*Miss Shumway jette un sort*
492. Joachim Sebastiano Valdez	*Celui qui sait lire le sang*
493. Joe R. Lansdale	*Un froid d'enfer*
494. Carlene Thompson	*Tu es si jolie ce soir*
495. Alessandro Perissinotto	*Train 8017*
496. James Hadley Chase	*Il fait ce qu'il peut*
497. Thierry Bourcy	*La cote 512*
498. Boston Teran	*Trois femmes*
499. Keith Ablow	*Suicidaire*

500.	Caryl Férey	*Utu*
501.	Thierry Maugenest	*La poudre des rois*
502.	Chuck Palahniuk	*À l'estomac*
503.	Olen Steinhauer	*Niet camarade*
504.	Christine Adamo	*Noir austral*
505.	Arkadi & Gueorgui Vaïner	*La corde et la pierre*
506.	Marcus Malte	*Carnage, constellation*
507.	Joe R. Lansdale	*Sur la ligne noire*
508.	Matilde Asensi	*Le dernier Caton*
509.	Gunnar Staalesen	*Anges déchus*
510.	Yasmina Khadra	*Le quatuor algérien*
511.	Hervé Claude	*Riches, cruels et fardés*
512.	Lalie Walker	*La stratégie du fou*
513.	Leif Davidsen	*L'ennemi dans le miroir*
514.	James Hadley Chase	*Pochette surprise*
515.	Ned Crabb	*La bouffe est chouette à Fatchakulla*
516.	Larry Brown	*L'usine à lapins*
517.	James Hadley Chase	*Une manche et la belle*
518.	Graham Hurley	*Les quais de la blanche*
519.	Marcus Malte	*La part des chiens*
520.	Abasse Ndione	*Ramata*
521.	Chantal Pelletier	*More is less*
522.	Carlene Thompson	*Le crime des roses*
523.	Ken Bruen	*Le martyre des Magdalènes*
525.	James Hadley Chase	*Vipère au sein*
526.	James Hadley Chase	*Alerte aux croque-morts*
527.	Jo Nesbø	*L'étoile du diable*
528.	Thierry Bourcy	*L'arme secrète de Louis Renault*
529.	Béatrice Joyaud	*Plaisir en bouche*
531.	Patrick Pécherot	*Boulevard des Branques*
532.	Larry Brown	*Fay*
533.	Thomas H. Cook	*Les rues de feu*
534.	Carlene Thompson	*Six de Cœur*
535.	Carlene Thompson	*Noir comme le souvenir*
536.	Olen Steinhauer	*36, boulevard Yalta*

537.	Raymond Chandler	*Un tueur sous la pluie*
538.	Charlie Williams	*Les allongés*
539.	DOA	*Citoyens clandestins*
540.	Thierry Bourcy	*Le château d'Amberville*
541.	Jonathan Trigell	*Jeux d'enfants*
542.	Bernhard Schlink	*La fin de Selb*
543.	Jean-Bernard Pouy	*La clef des mensonges*
544.	A.D.G.	*Kangouroad Movie*
545.	Chris Petit	*Le Tueur aux Psaumes*
546.	Keith Ablow	*L'Architecte*
547.	Antoine Chainas	*Versus*
548.	Joe R. Lansdale	*Le mambo des deux ours*
549.	Bernard Mathieu	*Carmelita*
550.	Joe Gores	*Hammett*
551.	Marcus Malte	*Le doigt d'Horace*
552.	Jo Nesbø	*Le sauveur*
553.	Patrick Pécherot	*Soleil noir*
554.	Carlene Thompson	*Perdues de vue*
555.	Harry Crews	*Le Chanteur de Gospel*
556.	Georges Simenon	*La maison du juge*
557.	Georges Simenon	*Cécile est morte*
558.	Georges Simenon	*Le clan des Ostendais*
559.	Georges Simenon	*Monsieur La Souris*
560.	Joe R. Lansdale	*Tape-cul*
561.	William Lashner	*L'homme marqué*
562.	Adrian McKinty	*Le Fils de la Mort*
563.	Ken Bruen	*Le Dramaturge*
564.	Marcus Malte	*Le lac des singes*
565.	Chuck Palahniuk	*Journal intime*
566.	Leif Davidsen	*La photo de Lime*
567.	James Sallis	*Bois mort*
568.	Thomas H. Cook	*Les ombres du passé*
569.	Mark Henshaw & John Clanchy	*L'ombre de la chute*
570.	Olen Steinhauer	*La variante Istanbul*
571.	Thierry Bourcy	*Les traîtres*
572.	Joe R. Lansdale	*Du sang dans la sciure*

573.	Joachim Sebastiano Valdez	*Puma qui sommeille*
574.	Joolz Denby	*Stone Baby*
575.	Jo Nesbø	*Le bonhomme de neige*
576.	René Reouven	*Histoires secrètes de Sherlock Holmes*
577.	Leif Davidsen	*Le dernier espion*
578.	Guy-Philippe Goldstein	*Babel Minute Zéro*
579.	Nick Stone	*Tonton Clarinette*
580.	Thierry Jonquet	*Romans noirs*
581.	Patrick Pécherot	*Tranchecaille*
582.	Antoine Chainas	*Aime-moi, Casanova*
583.	Gabriel Trujillo Muñoz	*Tijuana City Blues*
584.	Caryl Férey	*Zulu*
585.	James Sallis	*Cripple Creek*
586.	Didier Daeninckx	*Éthique en toc*
587.	John le Carré	*L'espion qui venait du froid*
588.	Jeffrey Ford	*La fille dans le verre*
589.	Marcus Malte	*Garden of love*
590.	Georges Simenon	*Les caves du Majestic*
591.	Georges Simenon	*Signé Picpus*
592.	Carlene Thompson	*Mortel secret*
593.	Thomas H. Cook	*Les feuilles mortes*
594.	Didier Daeninckx	*Mémoire noire*
595.	Graham Hurley	*Du sang et du miel*
596.	Marek Krajewski	*Les fantômes de Breslau*
597.	François Boulay	*Traces*
598.	Gunnar Staalesen	*Fleurs amères*
599.	James Sallis	*Le faucheux*
600.	Nicolas Jaillet	*Sansalina*
601.	Jean-Bernard Pouy	*Le rouge et le vert*
602.	William Lashner	*Le baiser du tueur*
603.	Joseph Bialot	*La nuit du souvenir*
604.	Georges Simenon	*L'outlaw*
605.	Kent Harrington	*Le serment*
606.	Thierry Bourcy	*Le gendarme scalpé*
607.	Gunnar Staalesen	*Les chiens enterrés ne mordent pas*

608.	Jo Nesbø	*Chasseurs de têtes*
609.	Dashiell Hammett	*Sang maudit*
610.	Joe R. Lansdale	*Vierge de cuir*
611.	Dominique Manotti	*Bien connu des services de police*
612.	Åsa Larsson	*Horreur boréale*
613.	Saskia Noort	*Petits meurtres entre voisins*
614.	Pavel Kohout	*L'heure étoilée du meurtrier*
615.	Boileau-Narcejac	*La vie en miettes*
616.	Boileau-Narcejac	*Les veufs*
617.	Gabriel Trujillo Muñoz	*Loverboy*
618.	Antoine Chainas	*Anaisthêsia*
619.	Thomas H. Cook	*Les liens du sang*
620.	Tom Piccirilli	*La rédemption du Marchand de sable*
621.	Francis Zamponi	*Le Boucher de Guelma*
622.	James Sallis	*Papillon de nuit*
623.	Kem Nunn	*Le Sabot du Diable*
624.	Graham Hurley	*Sur la mauvaise pente*
625.	Georges Simenon	*Bergelon*
626.	Georges Simenon	*Félicie est là*
627.	Ken Bruen	*La main droite du diable*
628.	William Muir	*Le Sixième Commandement*
629.	Kirk Mitchell	*Dans la vallée de l'ombre de la mort*
630.	Jean-François Vilar	*Djemila*
631.	Dashiell Hammett	*Moisson rouge*
632.	Will Christopher Baer	*Embrasse-moi, Judas*
633.	Gene Kerrigan	*À la petite semaine*
634.	Caryl Férey	*Saga maorie*
635.	James Sallis	*Le frelon noir*
636.	Gabriel Trujillo Muñoz	*Mexicali City Blues*
637.	Heinrich Steinfest	*Requins d'eau douce*
638.	Simon Lelic	*Rupture*
639.	Jenny Siler	*Flashback*
640.	Joachim Sebastiano Valdez	*Les larmes des innocentes*
641.	Kjell Ola Dahl	*L'homme dans la vitrine*
642.	Ingrid Astier	*Quai des enfers*

643. Kent Harrington — *Jungle rouge*
644. Dashiell Hammett — *Le faucon maltais*
645. Dashiell Hammett — *L'introuvable*
646. DOA — *Le serpent aux mille coupures*
647. Larry Beinhart — *L'évangile du billet vert*
648. William Gay — *La mort au crépuscule*
649. Gabriel Trujillo Muñoz — *Mezquite Road*
650. Boileau-Narcejac — *L'âge bête*
651. Anthony Bourdain — *La surprise du chef*
652. Stefán Máni — *Noir Océan*
653. *** — *Los Angeles Noir*
654. *** — *Londres Noir*
655. *** — *Paris Noir*
656. Elsa Marpeau — *Les yeux des morts*
657. François Boulay — *Suite rouge*
658. James Sallis — *L'œil du criquet*
659. Jo Nesbø — *Le léopard*
660. Joe R. Lansdale — *Vanilla Ride*
661. Georges Flipo — *La commissaire n'aime point les vers*
662. Stephen Hunter — *Shooter*
663. Pierre Magnan — *Élégie pour Laviolette*
664. James Hadley Chase — *Tu me suivras dans la tombe* et autres romans
665. Georges Simenon — *Long cours*
666. Thomas H. Cook — *La preuve de sang*
667. Gene Kerrigan — *Le chœur des paumés*
668. Serge Quadruppani — *Saturne*
669. Gunnar Staalesen — *L'écriture sur le mur*
670. Georges Simenon — *Chez Krull*
671. Georges Simenon — *L'inspecteur Cadavre*
672. Kjetil Try — *Noël sanglant*
673. Graham Hurley — *L'autre côté de l'ombre*
674. John Maddox Roberts — *Les fantômes de Saigon*
675. Marek Krajewski — *La peste à Breslau*
676. James Sallis — *Bluebottle*
677. Philipp Meyer — *Un arrière-goût de rouille*

678.	Marcus Malte	*Les harmoniques*
679.	Georges Simenon	*Les nouvelles enquêtes de Maigret*
680.	Dashiell Hammett	*La clé de verre*
681.	Caryl Férey & Sophie Couronne	*D'amour et dope fraîche*
682.	Marin Ledun	*La guerre des vanités*
683.	Nick Stone	*Voodoo Land*
684.	Frederick Busch	*Filles*
685.	Paul Colize	*Back up*
686.	Saskia Noort	*Retour vers la côte*
687.	Attica Locke	*Marée noire*
688.	Manotti – DOA	*L'honorable société*
689.	Carlene Thompson	*Les ombres qui attendent*
690.	Claude d'Abzac	*Opération Cyclope*
691.	Joe R. Lansdale	*Tsunami mexicain*
692.	F. G. Haghenbeck	*Martini Shoot*
693.	***	*Rome Noir*
694.	***	*Mexico Noir*
695	James Preston Girard	*Le Veilleur*
696.	James Sallis	*Bête à bon dieu*
697.	Georges Flipo	*La commissaire n'a point l'esprit club*
698.	Stephen Hunter	*Le 47e samouraï*
699.	Kent Anderson	*Sympathy for the Devil*
700.	Heinrich Steinfest	*Le grand nez de Lilli Steinbeck*
701.	Serge Quadruppani	*La disparition soudaine des ouvrières*
702.	Anthony Bourdain	*Pizza créole*
703.	Frederick Busch	*Nord*
704.	Gunnar Staalesen	*Comme dans un miroir*
705.	Jack Ketchum	*Une fille comme les autres*
706.	John le Carré	*Chandelles noires*
707.	Jérôme Leroy	*Le Bloc*
708.	Julius Horwitz	*Natural Enemies*
709.	Carlene Thompson	*Ceux qui se cachent*

710.	Fredrik Ekelund	*Le garçon dans le chêne*
711.	James Sallis	*Salt River*
712.	Georges Simenon	*Cour d'assises*
713.	Antoine Chainas	*Une histoire d'amour radioactive*
714.	Matthew Stokoe	*La belle vie*
715.	Frederick Forsyth	*Le dossier Odessa*
716.	Caryl Férey	*Mapuche*
717.	Frank Bill	*Chiennes de vies*
718.	Kjell Ola Dahl	*Faux-semblants*
719.	Thierry Bourcy	*Célestin Louise, flic et soldat dans la guerre de 14-18*
720.	Doug Allyn	*Cœur de glace*
721.	Kent Anderson	*Chiens de la nuit*
722.	Raphaël Confiant	*Citoyens au-dessus de tout soupçon...*
723.	Serge Quadruppani	*Madame Courage*
724.	Boileau-Narcejac	*Les magiciennes*
725.	Boileau-Narcejac	*L'ingénieur aimait trop les chiffres*
726.	Inger Wolf	*Nid de guêpes*
727.	Seishi Yokomizo	*Le village aux Huit Tombes*
728.	Paul Colize	*Un long moment de silence*
729.	F. G. Haghenbeck	*L'Affaire tequila*
730.	Pekka Hiltunen	*Sans visage*
731.	Graham Hurley	*Une si jolie mort*
732.	Georges Simenon	*Le bilan Malétras*
733.	Peter Duncan	*Je suis un sournois*
734.	Stephen Hunter	*Le sniper*
735.	James Sallis	*La mort aura tes yeux*
736.	Elsa Marpeau	*L'expatriée*
737.	Jô Soares	*Les yeux plus grand que le ventre*
738.	Thierry Bourcy	*Le crime de l'Albatros*
739.	Raymond Chandler	*The Long Goodbye*
740.	Matthew F. Jones	*Une semaine en enfer*
741.	Jo Nesbø	*Fantôme*
742.	Alix Deniger	*I cursini*

Composition Utibi.
Impression Grafica Veneta
à Trebaseleghe, le 03 avril 2017
Dépôt légal : avril 2017

ISBN : 978-2-07-079260-3./Imprimé en Italie